塬畔的树

李拥军◎著

陕西新华出版传媒集团

三 秦 出 版 社

图书在版编目（CIP）数据

　　塬畔的树 / 李拥军著. — 西安 : 三秦出版社，
2019.10
　　ISBN 978-7-5518-2016-5

　　Ⅰ.①塬… Ⅱ.①李… Ⅲ.①散文集－中国－当代
Ⅳ.①I267

　　中国版本图书馆CIP数据核字（2019）第229077号

塬畔的树

李拥军◎著

出版发行	陕西新华出版传媒集团　三秦出版社	
社　　址	西安市雁塔区曲江新区登高路1388号	
电　　话	（029）81205236	
邮政编码	710061	
印　　刷	三河市嵩川印刷有限公司	
开　　本	787mm×1092mm　1/16	
印　　张	17.25	
字　　数	160千字	
版　　次	2019年10月第1版	
	2021年7月第2次印刷	
标准书号	ISBN 978-7-5518-2016-5	
定　　价	68.00元	

网　　址 http://www.sqcbs.cn

塬畔上的柿子树

——李拥军《塬畔的树》序言

■ 安 黎

如果把写作者比作一株树，那么完全可以这样说：每一株树，无论是屹立于道旁，充当被人欣赏的风景；还是挺拔于野坡，被整个世界遗忘，都不影响其各有各的神态，各有各的价值。

道旁的树尽管招人眼目，但极易落满灰尘，甚至不乏面临夭折或枯萎的危险。而真正的栋梁之材，恰恰来自鲜为人知的崇山峻岭。

提起李拥军，我总能想起一株柿子树，一株在夏末才被人发现果子挂满枝头的柿子树。柿子树春天开花，花形微小，花色也不娇艳，在万花竞娆的季节，根本进入不了猎艳者的视野；夏天结果，可青涩的小绿果，被满树的浮叶遮蔽，很难吸引来众目的关注。唯有秋天，众花凋谢或褪色，大地从繁锦趋向素朴，柿子树上的柿子，才从不断掉落的柿叶中突显而出，并愈发地醉红透亮。

李拥军的文学人生，正是起程于生命的夏季，也许将在秋季硕果满枝。

我于耀州中学从教时，李拥军正在读高中，但他所在的年级我没有带过，所以未曾教授过他课业，因此，尽管我们常以师生相称，但实际上，我对他的了解有限，尚且止步于道听途说。传说他下海经商，收益颇丰；传说他为人厚道，重情重义……然而传说终归是传说，难免失真于粗枝大叶，仿佛潦草的画像，未必就能和真人完全契合。真实的李拥军，究竟如何呢？要解开其谜，详察其态，依我之见，文字则是最为靠谱的通道，亦是最为确凿的说明书。

言为心声，一个人无论怎样掩饰，其笔下的文字，总能将他的内心暴露。李拥军于人生的中途，转而投身文学的耕耘，且用力到很猛，用功到极致，不能不令人瞠目而刮目。一个原本经济领域的成功者，却执着于用文学来显示自我的存在，用书写来证明自己的价值，其所显示的，并非是他人性的贪婪，而是他精神世界的水草丰茂、鸟语花香。对待文学，李拥军不敷衍、不投机，而是虔诚的，是谦恭的，是勤勉的，是倾注全部心力的——他几乎天天都有作品出现于微信或网站，数量之多，足以用"车载斗量"来形容。

纵观李拥军的作品，一个突出的特点就是"土气"。这种"土气"，散发着田畴中土坷垃的些许特征：素朴，本真，野生野长，不娇不媚。在文学日益技术化的年代，能够不受流弊挟裹地"我行我素"，不从众，不跟风，这种貌似"落伍"的姿态，却歪打正着地使他的文学个性得以确立和强化。不是所有的作家都拥有寻觅一己个性的自觉，但个性，却是作家立身立言所必需的构成要件。李拥军的写作，似乎带有李逵抢斧那般"撸起袖子加油干"的横冲直撞，但恰恰就是这种只顾前行却顾不上东张西望的匆忙，使他避免了"文学传染病"的袭扰，从而保持了作品土色土质的原始本性。

很多作家的作品，是大家闺秀化妆后失真的面容，是绸缎上镶嵌的晶莹剔透的缀饰物，是温室里精心布置的插花造型，曼妙而煽情，装裱一派锦绣，腹内却贫乏空荡，经不住一场风的狂吹猛刮。相比之下，李拥军的作品更像是长满老茧的手掌，是针脚粗糙、沾满泥巴的布鞋，是坑洼不平的乡间土路上老牛踩踏的蹄印，虽不精巧雅致，却很结实，很厚实，很真切，原生原态，无雕无琢，能经得起风雨的荡涤，能耐得住远离喧闹的寂寞。

李拥军的作品，绝大部分是以家乡为书写对象，其内容，可以归纳为几个素材单元：故乡，亲情，过往的经历，飘逝的旧事，消失的物件。他仿佛一个陈年旧事的打捞者，一个废品的拾荒者，在往事的烟云里掏挖不尽，在旧式的时光里流连忘返。他的笔触紧贴大地，巡游民间，逆流而上，抵达至人烟稀少的荒芜之境，并将其以漫画的形式，一页一页地展示给怀旧者观览。大众在追赶着奔涌的潮流，顾不上回头一瞥，于是就显得既健忘又心猿意马。昨日之历历在目，今日之记忆依稀；昨日之爱如珠玉，今日之弃若敝帚。李拥军执意于一个劲儿地朝后追溯和搜罗，将目光的重心与书写的重点，聚焦于日益远去的风物，瞄准于被尘埃覆盖的旧人旧事，从而使他的作品，如坛坛罐罐那般地颇具民俗博物馆和旧物陈列馆里的浓厚意味。

写亲情，写出了刻骨铭心的爱与痛；写土地，写出了羔羊跪乳的一往情深；写庄稼，写出了感恩戴德的炽热情怀；写窑洞，写出了含泪的笑和含笑的泪；写牲畜，写出了对生命的怜惜；写苦难，写出了艰辛中的坚韧精神……尤其是写亲情的诸多篇章，字字泣血，声声含泪，感人肺腑，催人潸然。

当然，李拥军的作品并不完美，他目前只是走在追求完美的半路上。作为生活中的朋友和文学上的同道，我想直言不讳地提醒李拥军：唯有以先贤的经典著作为镜鉴，方能明察自己的得失与长短。中国传统文人在散文写作上，很是讲究"家国情怀"的，这从诸子百家和唐宋八大家中的传世之作中，不难看出端倪。李拥军热衷于"家"的抒写，固守于"家"的阵地，当然不是坏事，但却不能就此而自筑藩篱，画地为牢。若想使作品更具宏大的气象，更具社会的属性，还是有必要敞开胸襟，从"小我"中逃离而出，以拥抱更为广阔的世界，体察更为繁复的世态，解析更为各异的人性。日记是写给自己看的，但作品却是写给世人甚至后人读的，这就要求写作者不能拘泥并眷恋于自己生活与情感的涟漪与浪花，而是要极目江海，兼顾"天下"，以教化"天下"为己任，把家和国有效地衔接贯通，做到以家的气色映现国的阴晴，以个体的命运来呈现民族的处境——因为忧患天下，体恤苍生，既是文学的天然使命，更是作家基于良知和道义之上的文化操守。

目 录

第二辑　飘香的美食

第三辑　流淌的情感

郑智云

第 一 辑

美丽的家乡

木扎婆

东塬上的沟很深，深得一眼看不到底；东塬上的山很高，高得可以俯瞰耀州全境。沟底没有水，山上也没有树，沟底、山上尽是石头。塬上干旱少雨，土地贫瘠，草木稀少。但这里却倔强地生长着一种野生植物，我们叫它木扎婆。我的先祖们给它起了这个名字，一代一代地口传下来，至今我没有见到过有关这种植物的文字记载，不知道它名称的字咋样写，也许我是第一个写它吧，根据发音我用了最简单的三个字"木扎婆"。不知道这几个字写得对不对，姑且这样写吧。请教了许多人，大多数都不认识它，可能这种植物在其他地方不常有吧。查资料也查不出来，因此，我无从知道它的学名。拍了照片去网上搜索，也不得而知。但我却对它再熟悉不过了，它就像一粒种子，深深地埋藏在我的记忆里，并且生根、发芽、成长。

木扎婆和东塬上的人就生存在这片干涸的土地上。这里稍有一点能长庄稼的土地都被人们开垦了，木扎婆就只能"苟且"在沟畔边、石头缝、悬崖峭壁之上。

东塬上的牛羊最爱吃的草就是木扎婆，大概是木扎婆硬实，吃了耐饥吧。木扎婆艰难地一点一点地生长，牛羊就一点一点地啃着吃，尽管它还长着刺，但那刺比起枣刺来逊色多了。再说它的刺也不是用来对付牛羊的，而是为了适应干旱的环境所采取的保护措施。它就像沙漠里的仙人掌，为了减少水分蒸发，将叶子蜕变成刺。在适应环境的过程中，木扎婆把它的叶没有全部转化成刺，而是转化了一小部分，保留了一大部分，保留下的叶子也变得很小，这正是木扎婆的智慧之处。

木扎婆所处的环境恶劣，因而它的枝生长得很慢，叶生长得很小，为了能够维持生命，它把更多的精力花费在根基上。它的根一年四季都在长，不停地长。地面的空间有限，干旱缺水，环境又恶劣，它的根就向地下延伸，向周边蔓延，尽可能地扩大自己在地下的地盘。努力地搜寻着，哪怕是干当当的老岩，或者坚硬的石头层，它总能吮吸到那么一丁点的水分和养料。这些水分和养料通过千万条发达的根系汇总、集结，供给它的枝叶生长。枝叶提供给牛羊，牛羊长肉、产奶又供养着抗争在这片土地上的人们。

我在想，为什么先祖给它起名木扎婆？可能是它属于草木类吧；它的根不断地扎向纵深吧；它新长的细枝嫩叶总是喂了牛羊，经常看到的它是一副苍老的、饱经风霜的外表，就像老婆婆的脸。

偶尔也会看到一两株牛羊够不着的孤独地长在悬崖峭壁

上的木扎婆，才知道木扎婆原来也是开花的，紫粉色的很小的花，小得人们根本注意不到它，更没有人去欣赏它，甚至大多数人都认为木扎婆是不开花的。事实上

木扎婆不但开花，而且还结果，它的果实是很小的菱角，剥开菱角里面有针尖大小的籽，没有人尝过它能吃不能吃，但它却是鸟的美食，鸟儿吃了这美食通过粪便把它传播到东塬上的角角落落。

木扎婆能够适应恶劣的环境，再干旱的地方都能看到木扎婆的身影，即使被啃咬得面目全非，仅留下些苍老的枝干，它依然坚挺地活着，从来没有见到过厌世而亡的木扎婆，在我的心目中它有着顽强的生命力，永远都不会死。大凡死了的都是人们把它挖出来晒干的，干了当柴烧再好不过。别看它枝短叶少，枝干却生长得硬扎结实，根又粗又长，一株木扎婆烧了就能烧开一壶水。

东塬上的人就像东塬上的木扎婆，生活在同一个环境里，养成了同样的生活习性。那就是踏踏实实，兢兢业业，不畏严寒，不惧干旱，倔强地活着，顽强地繁衍生息，从不屈服，勇于拼搏，敢于担当。他们挖窑洞居住，打土窖吃水，黄土地里刨食，石头山上寻钱。有人说："别把木扎婆当盆景似的务艺！"一层意思是说：木扎婆适应不了优越的条件，会被宠坏，会害死它的。另一层意思是说：木扎婆太普通、太低微，不要把它当什么稀罕物、珍贵物。

在我看来，人和木扎婆一样，都决定不了自己的出生地，唯一能够做到的就是后天努力地改善。木扎婆出生在恶劣的环境中，但它从不怨天尤人，而是默默地生长、顽强地拼搏，换作盆景里的其他植物肯定难以忍受。穷乡僻壤中的木扎婆，始终难登大雅之堂，品质却未受污染，反倒洁身自好。木扎婆就像我东塬上的父老乡亲，他们一辈子也许不曾走出东塬，始终坚守着那一片贫瘠的土地。偶尔悬崖上的一株木扎婆开花了，就像站在那儿的老农，灿烂地笑着，笑成了我心里的一股乡愁。如果把木扎婆人工养殖在盆里，它得到了充足的水分和营养，肯定会枝繁叶茂，花香四溢。东塬上的人很难走出生他养他的土地，一旦走向外面的世界，也会如鱼得水，游得更欢，走得更远。

木扎婆虽然很普通，很卑微，但它却是我们东塬人心目中的强者，是牛羊最爱的草料，是鸟的美食，是人们取暖、烧水、做饭的好柴火，更是东塬上一道靓丽的风景。顽强、坚韧、固守是它的品行；低调、谦虚、沉默是它的操守。

"兰生幽谷，不以无人而不芳"，四季更迭，日月轮回，木扎婆静守着东塬，默默地生长着，不管有没有人知道，不管有没有人认得，不管有没有人欣赏，它都深深地扎根于这片土地，高高地仰起头颅，顽强地生长，尽情地绽放。

犁　地

　　这个标题要是让村里我爷那辈人听见非骂死我不可。如果他们还活着，准会说："才念了几天书！尾巴能扎到天上去！把本都忘啦！撇洋腔哩，明明是'接（揭）地'，非要说成是'离（犁）地'，土地能离得么？那是我们的根，我们的魂！我们祖祖辈辈赖以生存的根基！对土地要怀敬畏之心！谁要是对土地不恭、不敬就会被土地所抛弃！我看你娃迟早要失去这块土地！要被饿死！死了都会成为孤魂野鬼的！"

　　离开家乡多年了，总觉得没有根，恍惚不定，像丢了魂似的。时常想着家乡；想着那生我养我的地方；想着我迟早都会落叶归根，回到那最终属于我的方寸之地。忽然又想起我小时候跟土地打交道的那些日子，尤其是我心怀梦想耕耘土地时的那段难忘经历。

　　村里实施家庭联产承包责任制以后，家家都有了承包地，也都陆续地养上了牲口，我家也养了一头大犍牛（公牛），父亲赶着它犁地。后来父亲调到偏远地区教书，犁地的重担就搁在了母亲肩上。我常常跟着母亲上地，母亲犁地，我打土疙瘩、挖地头。随着年龄的增长，总觉得一个男子汉不能替母亲分担，让女人犁地在村里有失颜面。我十七岁那年，一再坚持让母亲教我犁地，母亲不肯，总觉得我应该以学习为重，一定要"换粮本"，脱离这祖祖辈辈苦叫的土地。母亲不理解我，我不能让村里人指我脊背，骂我"精干干的小伙子不动手，让一个女人家犁地哩！女人犁地从古到今村里没有第二个，都不嫌丢人，羞先人哩！"母亲犁地的时候我就觉得脸上发烧，不敢抬头，害怕看见别人锥子一样的目光。于是，我就偷偷地跟母亲学，记下每一个环节。母亲套犁的时候我绑绳，母亲歇息的时候我扶犁。就这样我跟着母亲记不清多少次，终于偷着学会了犁地。套牛、拴犁、犁地一个人能独立完成。

记得我第一次独立犁地的时候，早早地就把牛拉上槽喂上，偷偷地给牛槽里加饲料。牛一看见我进来，垂着的尾巴就像摆钟一样摇摆不停，头转向我，眼睛瞪得像灯泡似的渴望着，我就再向槽里撒上几把饲料，就这样来来回回给牛一顿喂了好几天的饲料。牛就像过年似的吃得饱饱的，再饮些水，吃饱喝足。下午三点我们就出发，我肩上扛着犁，牛脊背搭着跟头和撇绳。虽然我手里握着牛缰绳，但我家牛是急性子，牛拽着我，而不是我牵着牛。牛记着我家的那几片地，要到哪片地去，只需轻轻地拽一下缰绳，让牛头朝向那里，牛自然就会拉着我走向目的地。

经过叔家门口，我故意拽紧牛缰绳，放慢脚步。瞥见院子里没人，就故意大声吆喝几声："嘚！啾！"装作赶牲口，生怕别人不知道。经过伯家门口，伯正圪蹴（陕西方言，蹲的意思）着吃饭："吆！会接地了，你一个人？去这么早！太阳还高着哩！"我便谦虚地回答："不接咋弄呀！学着接，早去早回么。"经过八婆家门口，门口婆娘女子一大堆，"这娃这么小都会接地啦！""这是咱村接地年龄最小的。""你把人家这娃看看！多能成！长大了一定有出息！"这是我最爱听的，听到这些话我心里美滋滋的，甜丝丝的，就像吃了蜂蜜。头仰得更起，步子迈得更紧，走得更加坚实。

　　到了地头，安上犁铧，插入土里，扶正犁辕，绑上牛跟头、牛肚带、牛曳绳，拴好撇绳，拉住曳胡子喊："倒！倒！"牛退到犁前，挂好钩子，犁就套好了。好多老农笑我："都是犁套牛，哪有牛撵犁的套法，么见过！"我辩解说："那是你家的牛不听话，不会倒。"犁地前先看整片地的平整情况，再决定地的犁法，要尽量地使土地平整。犁地有三种方法：圆边子，铲边子和一边倒。若整块地中间高两边低，就要用圆边子犁法。圆边子就是沿着地周围逆时针转圈犁，圈子由大到小，把土翻向了周边，中间自然就会变低；若是中间低周边高，就要用铲边子犁法。铲边子就是在中间开一道犁沟，然后围绕这个犁沟顺时针转圈犁地，就把周边的土翻向中间，从而达到平整的目的；若是地一边高一边低，就从最低边开一道犁沟，由低向高处一溜一溜地犁，要用一边倒的犁，把高处的土翻向低处；有些高低不平、地形复杂的土地还要把地分块用不同的犁法。我家在东塬上宝鉴山下，土地大多都是坡地，所以多数是一边倒犁法。

　　几种犁地的方法已经刻在牛的骨子里，我家牛很通人性，领会着我的每一个意图。犁地的时候根本不用喊："犁沟！畔子！"更不用恶狠狠地吆喝、叫骂。虽然拿着鞭子，却从来不用，只是做个样子。因为从来没有人犁地不拿鞭子的，不拿鞭子会被人嘲笑的。再说拿上鞭子也无妨，可以防野狗，万一谁家的牛对我家牛无礼，鞭子也可以派上用场。最让我自豪的是我家牛在犁地时根本不用人牵着，尤其是关键的第一犁沟，端端直直地犁开了去，就像打下的线，不偏也不斜。看到现在的模特 T 台走秀就想起我家的牛犁地，都走得很端直，走得很自信，都在不同的舞台尽情地展现自己。不同的是我家的牛从来不扭屁股，始终踏着畔子，后足踩着前足的脚印，低着头，鼓足劲，踏踏实实地向前。走到地头也不摆弄姿势，不做停留，默默地调过头来继续前行。

一犁能犁一尺宽，一晌能犁二亩地，二亩地要犁六十个来回。当别人上地的时候我已经犁了一亩多地。路过的人都驻足观看，连连夸赞："这么小的娃都会接地！接得这么好！既虚翻又平整！"我十八爷牵着牛，扛着犁站在地头看了又看，一直等我拐回来，问道："你几点来的？接了这么多了！我接了几十年地了怎么还不如你个娃娃接得好！"我谦虚地回答："不是我接得好，是我家牛好，套上犁根本不用操心，只按住手柄，牛自己就把地接了。"十八爷不信，就盯着我看，看我不叫不喊，一只手轻扶着犁手把，跟着牛走。看完一圈说："这大概就是人们说的'四个现代化'中的农业现代化吧！你提前实现啦！"说完惹得大家哈哈大笑。

其实那个时候我也不知道什么是现代化，只知道这犁地是用牛的。看着那翻浪的黄土地，闻着那翻上来新鲜泥土的芳香，又有一群蛐蛐蚂蚱前呼后拥地跳前蹦后，还有那一声不吭、任劳任怨的牛，再听上几句乡党们的啧啧称赞，甭提我心里有多高兴了！觉得这犁地就像答试卷一样，有一种收获感，有一种成就感，有一种满满的喜悦感。不同的是一个在纸上写，一个在土地上犁，相同的是都在默默耕耘。

不一会儿，东边地里传来了秦腔《下河东》，字正腔圆，铿锵有力。还没有听完，下面地里又传来了《梁秋燕》，情意绵绵，意深味长。心想：头顶烈日，脚踩泥土，偌大的土地只有自己和牛，枯燥无味地在荒地里单调地一犁一犁地划着"一"字，竟然还能苦中作乐！也能乐得出来？

　　要说犁地没有人比我更自豪的了，于是，我也不甘示弱，放开嗓子吼起了歌曲《我的未来不是梦》："你是不是像我在太阳下低头，流着汗水默默辛苦地工作，你是不是像我就算受了冷漠也不放弃自己想要的生活……我知道，我的未来不是梦，我认真地过每一分钟……"我这一吼，四周静悄悄的，都在听我唱。唱完一曲，听见有人喊："你唱的外（陕西方言，与"握"同音，那是的意思）啥？"看不见人，只隐隐听到问声。"流行歌曲"，我答道。"流行歌曲哈好听得很，再给咱唱哈一首！"有个女的在喊。于是我又唱开了《黄土高坡》："……我家住在黄土高坡，日头从坡上走过，照着我的窑洞，晒着我的胳膊，还有我的牛跟着我。不管过去了多少岁月，祖祖辈辈留下我，留下我一望无际唱着歌……"唱累了，就吆牛到地头树下歇息。我瘫坐在地上，牛似乎说："我不累！你歇会吧！歇够了咱们继续，你接着给咱唱流行歌曲。"牛不肯卧下，依然直直地站在那静静地面向着我，反刍着胃里的食物，悠闲地甩着尾巴，耐心地看着我，等着我。

　　有些人说"对牛弹琴"，我很不赞成这句话。其实牛也很通人性，只要你对它好一点，不呵斥它，不鞭打它，不野蛮地对待它，给它吃饱，它很乐意为你效力，甚至于不惜奉献它的一生。仔细想想，牛的一生，勤勤恳恳，默默耕耘，不为别的，只为倾其一生在大地上画好这"一"横，为了画好这"一"横，它来来回回，循环往复，日复一日，年复一年，永不停歇。

　　歇好了，我们继续。我犁地的时候最见不得苍蝇轰在牛身上，所以我闲下来的时候要把牛身上刷干净、洗光溜，让它不染杂尘。最讨厌的就是牛虻，看见牛虻趴在牛身上，就好像在喝我的血，我立即"吁！喔！"喊停牛，一巴掌拍下去，拍得满手是血。牛虻掉到了地上，狠狠地踩上几脚，还不解恨，再用脚左右碾拧上几下，直到它粉身碎骨不见尸首。

犁地的时候我在想：为什么别人都说我犁的地好，比几十年的老犁家子都犁得好，难道真是我的水平高吗？经过我仔细思索，终于有所发现。首先我和牛能做到人牛合一，配合默契。其二，牛走得端正，犁出来的地就很工整，不歪斜。其三，牛走得快，走得快了有一股冲劲，犁出的土就会翻浪，浪翻得深，翻得远，看起来就很虚松。其四，牛走得很匀速，翻出来的土就很均匀，不会一快一慢，导致犁出来的地一高一低不平整。归纳原因，都是我有一头通人性的好牛！我们能够"牛"人合一！

牛也有不听话的时候，有一次犁完地，我扛着犁，牛驮着跟头、撇绳自己径直向回走，远远地把我甩在了后面。东山窝下来一头乳牛（母牛），一个女人牵着。只见我那牛扬起了尾巴，拱起了脊梁，昂起了头颅，奋起了蹄，抖落了身上的跟头，端直冲向那乳牛。旷地上升起土雾，尘土飞扬，形成一条土龙，龙头发疯似的奔驰。那女人受了惊吓，躲命似的牵着牛跑，边跑边嚎："牛惊啦！牛惊啦！"我扔掉了犁急忙追赶，哪能追得上！只好走截路。堵在了两牛之间，那女人牵着牛跑到了崖畔下，我的牛被堵在崖上，两牛顺着崖畔向西跑，一上一下，崖畔越来越高，我的牛大有向下跳崖之势，牛重崖高，若是纵身下来，不死也得残。紧急关头我动用了鞭子，在崖下呵斥着，哪能阻拦得住，牛根本不听我的。眼看着牛就要硬跳，我急中生智，喊那女人拉着牛向东跑，不能前进，再向前我的牛没有了去路肯定会跳崖的。吓坏了的那女人不肯听我的，我厉声断喝："你想要我牛的命！"一把抢过了牛缰绳，拽着她的牛向东跑，我那牛在崖上也向东跑，崖畔越来越低，我的牛扑了下来。我握紧了手中的鞭子，料定俩牛有一场恶战。谁知不但没有战，反而两头牛亲热得不得了，就好像多年不见的恋人，亲昵地嗅着、蹭着，尾巴甩得像拨浪鼓。我大松了口气，原来是激情迸发！吓死我了，牲口和人一样，有爱也有恨，为了爱什么都可以不顾，什么都可以抛弃，甚至不惜牺牲自己的生命！

回家的时候，俩牛肩并着肩，肚挨着肚，齐头并进，谁也不肯超前半步，谁也不愿落后毫厘，像一对牵手的恋人。到了村口难舍难分，我和那女人你牵我拽，折腾了半天才把两头牛分开，我的牛一走三回头，恋恋不舍地被我强拽回了家。第二天，天不明，我们又踏上了犁地的征程……

这么多年我离开了农村，离开了土地，一直过着一种虚夸、浮躁的生活。想起了牛，想起了犁地。牛一辈子不忘初心，牢记使命，踏踏实实，辛勤耕耘，把自己的一生奉献给了大地，奉献给了人类。这不正是当今我们的典范，我们的精神榜样吗！

如今的家乡早已不用牛犁地了，取而代之的是机械化的犁地方式。但牛的精神还在，土地还在，乡党们依然在辛勤地耕耘着那片生我养我的土地。

收 麦

　　望着麦田里隆隆作响的收割机，我想起了过去的收麦情景，那个年代的人收麦真是苦！我婆一到夏收，吊在嘴边的一句话就是"麦稍黄，绣女都下床"。我唯一一次没有参加收麦，就是那年刚好赶上了高考。为此，高考完，我狠狠地惩罚了自己，挖了好几亩的荒坡。

　　夏收到来之前各家各户都要收拾好收麦的农具，所有地里用的、场里用的都要仔细检查一遍，该维修的维修，该添置的添置。还要准备好夏收期间的生活用品，如柴米油盐酱醋等。一切准备停当，手握镰刀，在地头巡视，看哪一片该收了，哪一片还得缓几天。麦子不能收得早，也不能收得晚，早了麦粒没有吸收完麦秆的养分，影响产量和质量，也不好脱粒。晚了，叫麦收焦啦，收割时麦粒容易脱落，影响产量，还要被村上的老人们骂："懒怂！糟蹋先人哩！"

　　计划明天收割，今下午就磨镰，磨钐麦刀，拴好架子车。第二天一大早五点就起床拉上架子车，拿上镰刀、钐麦杆子，带上吃的、喝的，直奔麦田。

　　壮劳力用钐麦杆子钐，轻劳力用钐镰子割，割那些杆子钐不到的地方和倒伏了的麦子。父亲和我是壮劳力，母亲和弟妹们是轻劳力。我和父亲一人一把钐麦杆子，父亲在前我在后，向着麦田纵深挺进。

　　麦田深处，骄阳似火，沤热非常，没有一丝风。头上的草帽、身上的衣服显得多余，干脆甩掉草帽，脱了上衣，光着膀子。头上的汗水一滴一滴掉在烘干的土地上，似乎能听到吱吱的吮吸声，仿佛能看到被蒸发的汗滴形成的水雾。脊背被晒得黝黑黝黑，有的地方起了皮，起皮处被汗水浸得蛰疼蛰疼。钐麦的人腰酸，腿困，胳膊疼，想偷懒。看着北边天空的乌云，想想这一料的庄稼，不得不加快节奏"龙口"夺食。钐麦不光燥热、疲劳，有时候也有惊喜，冷不防，面前就蹦出一只野兔，跳跃着一溜烟逃得无影无踪。运气好还会捡到一窝兔娃子，带回家养着，供小娃们赏玩。

到中午十二点，每人二亩麦钐倒在地，可以放松一下，坐在地头开始喝水吃饭。稍坐片刻就开始装车拉麦，一般一亩地可装满满两架子车，四亩地要装八车。装车是个技术活，不但要装端装正，而且还要勒紧绑牢。因为拉到中途乱车、翻车是常有的事，不但耽误了时间、浪费了体力，还糟蹋了麦粒。我身体好、力气大，往往在最后勒绳时爬到车子上的麦垛上，使出全身力气勒绳。有一年勒绳时用力过猛，砰地一声，绳断了，一个倒栽葱，我从一丈多高的麦垛上栽了下来，口鼻出血，昏了过去。父亲握腰，母亲掐人中，我缓过气来，掸了掸身上的尘土继续装车。那个年代，人穷怕了，饿极了，看着到手的麦子，为了能吃饱饭，三夏时候都是在拼，耄耋之人就像我婆尚在场里摊场晒麦，始龀、髫年之童都得上地拾麦。

装满一车，拉回一车，拉回去倒在场里。我婆和母亲在场里负责摊场，我们父子负责运输。有一年麦子收得正犰，摊了一场的麦已经翻晒了几遍，正准备碾场时，天气突变，乌云密布，狂风暴雨，豆大的雨点砸了下来，还夹杂着牛眼大小的冰雹。我婆不顾一切地从场里冲到家里厨房，拿起案上二尺多长的擀面刀，抡起就撇向院子中央，并冲进院子，厉声骂道："擀死你个老天爷，麦才收了一半，你还叫我这一家子人活不？你若不叫我一家子人活，我今天就豁出老命跟你拼了！有种你就砸死我！"说来也神，冰雹停了。也许老天爷大发慈悲，不忍冰雹砸向这个耄耋之人，也许是被我婆的这种为了生存而抗争的精神所震撼，总之冰雹停了。

收麦的季节最忌讳天下雨，所以一到收麦时节顾不上吃，顾不得睡，一年的辛劳就在这十多天。有一年夏收，雨下了一礼拜，麦子在地里还没有割下来就发了芽。许多老人手拿镰刀站在地头，看着发芽的麦子泪水在眼睛里打转，强忍着咽下泪水，继续搭镰收麦。那一年我们村的人都吃着发了芽的小麦。

一到收麦季节，村里我十八爷就是天气预报。十八爷经验丰富，能观天象，预知天雨。后来，他又有了一台半导体收音机，经常早上起来就给大家播天气预报。有时候也经常不准，每当淋了雨的人问起，十八爷便说："气象站，'且相站'，且相了就准。今天我听天气预报没说咱铜川有雨呀，只是说'局部地区'有雷阵雨。要说'局部地区'比咱还倒霉呢，春上老天不给咱下雨，偏心眼，都给'局部地区'下了，'局部地区'经常下雨，麦子不缺墒，肯定长势好。现在倒霉了吧，天天下雨，有时还有冰雹，雨下得麦

可能都收不回来了。所以呀老天爷还是公平的！"听了十八爷一席话，大家的怨气消了一半，心里平衡了许多，都高兴地笑了起来，认为老天爷还是一碗水端平着的。

十八爷说，今个天晴得光光的，全国都没有雨。大家就婆娘女子的家家场里立满了人，开始摊场，摊场时尽边尽沿，摊得麦子向场外溢。麦子尽量要立得高些，有的要立一人多高，目的是要尽可能地让麦享受阳光暴晒和通风。每间隔两小时还要翻腾一遍，叫倒场，下午两点时分开始碾场，碾场之前要把立起的麦秆压倒，把场周围碾不到的麦子拾起，叫圆场。

上初中的时候，我喜欢套着牛拉着碌碡碾场。我走在中央，一手拽着牛缰绳，一手扬起长鞭，牛围绕着我拉着碌碡转圈圈，北边收南边放，一圈套着一圈。这个时候也是我最得意的，一鞭在手，大权在握，鞭子在空中高高地扬起，牛乖乖地听我使唤。高兴的时候我还会哼上两句，"牛儿跑，你慢些跑，慢些跑……"碾完头遍，把麦子翻过来再碾二遍。

碾完两遍就算碾完场了，开始起场。起场时，乡亲邻里都来帮忙，大家并排站着，手拿叉，抖擞着麦秸，向后倒退着移动。麦粒全都被抖擞到麦秸下面，挑去麦秸，把下面的麦粒攒起，等待起风时扬场。

这个时候我们全家就去给邻家帮忙起场。起场时大家在一块又说又笑，和睦融洽，平时的隔阂矛盾在这个时候荡然无存。在农村，农忙的时候，大家都需要抱团，需要以这种方式抚平以前的矛盾，增进友谊，加深感情。想起现在的小区，现在的楼房，一个小区，一栋楼，甚至一个单元有时候一年都碰不上一面，说不上一句话，更不用说建立感情了。真怀念农村时的生活，一个村子近千口人没有不认识的，大家见面都打招呼，很亲热，谁家有个红白事全村人都上阵帮忙。

记得那一年收麦，父亲带回来一瓶外国人喝的啤酒，叫格瓦斯。起完场，村上好多人都赶来看稀奇，一人尝一口，有的人说苦，有的人说是马尿，有的人说像泔水。

大家都笑话外国人，笑外国人不会生活，喝的这叫啥嘛！难喝死了！哪有咱们的红豆子水好喝，一人能喝一盆子，既止渴又降暑。笑完大家都洋洋得意，认为普天下的人就数咱们最幸福了。

等到太阳快要落山，夜幕即将降临，风吹起来的时候，开始扬场。风来了要抓紧时间，我和父亲两把木锨扬，风来就扬，风走就停，有时候扬一晚上也扬不出一场麦。我常常躺在场里的麦剁上，仰望星空听父亲讲那些星星、月亮的故事。那个时候我认识了上弦月、下弦月、北斗星、狮子座、启明星……

扬好的麦粒还不够干，第二天就要摊开来晒，晒的时候一天要用木耙拉好多遍，下午攒在一起再饯麦。饯麦就是像扬场一样，除去麦粒里面的麦秸和麦麸子。一天往往晒不干麦粒，还需再晒一天，直到麦麸子除净，颗粒干透后再入仓。

有一年晒麦，突然发现北边乌云翻滚而来，人们赶忙攒麦，紧接着就电闪雷鸣。那时候人们真的是拼了，急的时候人爆发出来的力量是惊人的，我居然能一个胳膊夹起一百多斤的麦袋子，两个胳膊夹着二百多斤麦袋往家里跑，往返十几趟，大概我的身体就在那个时代、在那样的环境下被锻炼出来了。

　　那一年有好多家的麦粒让白雨冲走了，有许多人急得哭。看到人们拿着笊篱在水渠里打捞麦粒，有的把人吊到水窖里，在窖里打捞。初生牛犊不怕虎的我对大自然有了敬畏之心，心想：以后收麦能不能不再这么辛苦？天气预报能不能再准确一些？局部地区能不能再具体些？成熟了的麦子能不能全部都颗粒归仓？

　　看着今天的收麦，不由得感叹，这是社会的发展，人类的进步，劳动生产力的提高。如今的收麦都是机械化，收回来的就是麦粒，一天就能收完，三天就可入仓，农民还能得到种地补贴，真心地替农民们高兴！为农民们感到欣慰！

宝鉴山的石头

一、东山窝

我的家乡在宝鉴山下的宝鉴村。俗话说："靠山吃山，靠水吃水。"宝鉴山光秃秃的，什么也没有，除了石头就长些蒿子、木扎婆和枣刺。乡亲们守着这座石头山，一代一代地在这里下着苦、受着穷。

村里的几个舍货（懒汉二流子）成天埋怨先人们："漆水、沮水河畔、西塬上、关中平原那么多好地方不居住，偏偏跑到东塬这干梁光子上来。守着个石头山，种着些烂怂地，靠天吃饭，年年歉收。"上了年纪的老人们辩驳道："娃呀，你不要看这旱塬石头山，在过去这山可有名啦，山上的石头叫磬玉石，金贵着哩！过去皇宫里的编钟就是咱们这山里的石头做的。"说来也怪，宝鉴山的石头能发声，敲击会发出悦耳动听的乐声。石块的薄厚、大小不同发出的声音不同，不同颜色的石头发出的声也不同，阴面山坡的石头和阳面山坡的石头发出的声更是不同。古人们用宝鉴山的石头制作成多音律的编钟，在重大节日期间演奏乐曲。

听说很早以前，宝鉴山顶是一块巨大的磬玉石，光滑明亮，就像一面镜子在太阳的照射下熠熠生辉，光芒照耀了整个城。因此这座山就叫宝鉴山，这座城就叫耀州城。

小时候经常上山割草斫柴（砍柴），上山要经过一个大山坳，我们都叫它东山窝。东山窝没有柴草，石头裸露，一台一台的石阶依着山坡，每一台阶都由宽到窄，斜向上直通山梁的背面，形成了天然的上山石径，石径经过长期风吹雨淋，打磨得平坦而光滑。下午放学我们沿着石径到山梁的背面去割草斫柴，走在石阶上比走在皇宫里的石板御道上还要惬意得多、嘚瑟得多。回来的时候背着柴沿着它下山，下到山底也就到了东山窝，石径也就到了尽头。这个时候的石板平台最宽、最平、最光滑，舒坦得就像一张床，光滑得就像丝绸被面。

到了东山窝，我们往往要在石床上小憩一会儿。一人一张床，或坐、或卧，就像在金丝楠木床上一样，能歇去一身的疲累。磬玉石床十分干净，好似河里的洗衣石一尘不染。石床十分光滑，在太阳的照耀下，闪耀着迷人的光芒。更令人惊奇的是这里的石床冬暖夏凉，冬天的时候，吸收了一天太阳光的石床温度比外面高得多。躺在石床上，享受着夕阳的余晖，全身感到暖暖和和的。夏天的时候石缝里湿漉漉的有水，有时候还会形成泉，石床的温度比外面低得多，脱光了衣服躺在床上，听着满山的蚂蚱、山雀鸣叫，享受着无蚊蝇骚扰的清凉（山上长着铁杆蒿，铁杆蒿能防蚊蝇，农村人用它拧火腰子熏蚊蝇）。直到月亮露出了山头，我们才背着柴草意犹未尽地回家。

一天，突然传来一声巨响，炸毁了这些磬玉石床，打破了东山窝的宁静。村上决定在东山窝开山劈石，建石头窝子（采石场）。

二、砸石子

村主任一声令下，全村男女精壮劳力都上了东山窝的石头窝子。劳力被分做两组，男的一组，女的一组。男的一组负责采石，采石组又分成打眼组、放炮组、打石组、清运组。女的只有一组，负责砸石子。

那个时代的人穷，穷怕了。一听说东山窝的石头砸成石子能卖钱，便一窝蜂地涌进了石头窝子。石头窝子的劳力都是村上的精壮劳力，干石活比干农活的工分高。不同的工种挣的工分不一样，砸石子的是按方量记工。

所有上山的人天不亮就背着馍布袋、提着水壶进了石头窝子。渴了喝白开水，饿了啃干馍，一直干到天黑。我每天下午一放学就急急匆匆回家，克里马擦（方言，赶快）吃完饭，然后给母亲带上饭，拿上绳、镰，马不停蹄地去石头窝子。

老远就能听到叮叮咣咣的采石声。走进石头窝子，依着山坡从上到下，站满了人。有抡大锤打炮眼的，有打大石块的，有清运石渣的，有砸石子的，一派热火朝天的景象。抡大锤的脱光了上衣，光着膀子，大锤抡起了三百度，准确无误地打在和马钱一样粗细的铁钎上，发出"嗨、镗，嗨、镗"的声音。

最让我佩服的是那些打大石头的，每人手里提着一个特大号的铁锤，铁锤安装着大拇指粗细的桃木把，木把已经弯曲变形却依然柔韧牢固。打起石头来，瞅得准，打得狠，"哼哧、当啷，哼哧、当啷……"，一人多高的石头也不在话下，霎时便打开了花。一直想不通，那个时代的人吃不饱，穿不暖，却心齐得很，一呼百应，干劲冲天。尤其是那些抡大锤的，至今让我难以忘怀。后来再也没有见过有人出那么大的力，流那么多的汗。只惋惜当初没有相机记录下那些抡大锤者，如果有，那些镜头绝对经典，那些人才是绝对的汉子，那才叫真正的铮铮铁骨、铁血好汉！

妇女们都在石头窝子最下面的平处砸石子。母亲也在其中，母亲专心致志地砸着，我的到来她全然不知。母亲头戴一顶草帽，面前垂着一帘薄纱巾，左手拿着铁丝挖挖，右手拿着钉锤，低着头只顾砸石子。我叫了声："妈，吃饭！"母亲才停下手里的活，抬起头来，掸了掸身上的浮尘，卸下头上的草帽，摘掉面前的纱巾，我才看清了母亲的脸面。汗水从她额头流下，在脸颊上留下一道一道的汗迹，满脸的伤疤，新的、旧的，把母亲的脸变成了麻子。衣服上到处都是"窟窿眼睛"，裤子前面的几块补丁上再擦补丁，窟窿上再添窟窿。一双黑布绒鞋，右脚上已经没有了鞋面。母亲双手接过饭碗的那一瞬间更是让我一生难忘：一双粗糙的手上布满了裂纹，大疤小疤星罗棋布，几个手指上都缠着胶布，已经分不出是黑胶布还是白胶布，看不清指甲，全是灰尘。至今想起母亲的那双手，不由得我鼻子发酸，怜惜不已。

因为心疼母亲，每次送饭都趁母亲吃的时候赶紧给母亲推上几车石渣。然后急急匆匆地上山砍柴，砍完柴背下山来就帮母亲砸石子。母亲总是第一个上山最后一个回家，身后的石子堆成了山，村上每次量方，母亲的方数总是比别人多出许多。

三、马车运输

石子堆满了场，运不出去成了难题。村上就去找县上的运输队，县上有两个运输队，第一运输公司和第二运输公司。一运司是汽车运输队，主要负责长途运输；二运司是马车运输队，主要负责县内运输。宝鉴山高，高涧坡长，运输公司都不愿来。队长寻情钻眼，好说歹说，请客送礼，在运费加倍的情况下，二运司才派出了马车队。

石头窝子距离耀县城（今铜川市耀州区）有十多里，全是土路。每天马踏车跑，尘土飞扬，路上的溏土（方言，厚厚的土）足以埋没脚面，脚踏进去就像踏进了面瓮。许多人听说过蹚水没有听说过蹚土。我们那尘土有一尺多厚，只能用"蹚"这个字才更形象。马车没有装起减震作用的弹簧板，硬对硬，走起来一颠一簸，抛洒严重，溏土里埋了许多抛洒的石子，人行走非常困难。我们放学后上山就偷偷摸摸地爬马车，若被车夫发现，长鞭一甩，啪！我们就滚下车来，滚得满身满头是土，成了"土毛子"。村里的孩子们对赶马车的人怀恨在心，想着一定要教训这些野蛮的车夫。一天，有个大一点的孩子想出个馊主意，用十多厘米长的钢筋打成锥刀，路上打一深孔，钢筋刀把插入孔里，刀头露出路面，用溏土埋没，藏起来等着马车经过。只听："噗……砰"一声，"吁！吁！喔！喔！"，马车停下了，车夫下来查看。轮胎放了炮，没了气，轮胎上插着一把锥刀，气得车夫大声叫骂："日你妈哩！谁狗日的干的这缺德事！有种的你出来，非弄死你不可！"几个顽童老远地站着，得意地看着笑着。车夫只得卸下破胎换上备胎，耽误了一个多小时不说，还白白地损失了一个轮胎。后来连着几天都发生了同样的事，车夫和孩子们的矛盾愈演愈烈，吓得二运司的马车不敢上塬。听说二运司领导知道情况后召开了会议，领导会上说："强龙不压地头蛇，就是小蛇也压不得。是我们压坏了群众的道路，给群众出行造成了困难，我们应该主动化解矛盾，马车来回遇到步行的，不论老少都要捎上一程，要和当地群众搞好关系，和睦相处。"

马车又赶上了高涧坡，上了东塬。路上遇到上街的，去石头窝子的人就主动停车捎上。还是应验了那句古话"冤家宜解不宜结。"你敬人一尺，人敬你一丈。孩子们和马车夫和好了，还经常给车夫送喝的送吃的，车陷住了，孩子们帮忙推车，村里人上石头窝子或去城里都坐马车，关系非常融洽。

四、宝鉴山的石头能做尼龙袜子

一天，石头窝子来了几个穿着时尚的外地人，滴里嗒拉地说话，谁也听不清，他们拿着放大镜、显微镜和钉锤，这看看，那敲敲，带走了一些石头碎片。过了一个多月，石头窝子炸开了锅。全村人都涌到石头窝子，听村主任讲，我们窝子的石头含钙量最高，是全国最好的石头，过去能做编钟，现在能造的确良，能造尼龙丝袜子，能造比基尼，还有好多医疗、工业用途哩。上海的一家化工厂把我们的石头全部订购了，今后不砸石子了，砸石子太可惜石头了。以后的石头要拉到火车站，装上火车，运到上海去。所有的人都高兴得合不拢嘴，连那些舍货（懒汉二流子）也听得睁大了眼睛，连连忏悔说："是我错怪了先人，看来还是先人们有眼光，守下了个金山银山，我们要躺在金窝银窝里了，子孙后代要享福了。"

一吨石头拉到火车站台光运费就给3元钱，比石子利润还大。村上停了砸石子，加大了石头开采量，在孙塬信用社贷款买了一辆28型拖拉机，开足了马力运输。妇女们不砸石子了，就负责装车、卸车。有了拖拉机，运输量提高了很多，马车一天能拉两趟，拖拉机一天拉十几趟，跑地不停点。石头窝子的人手增加了几倍，开采量翻了几番。后来全国好几家化工厂闻讯赶来，纷纷要求订购东山窝的石头，我们的石头成了"香饽饽"。

五、开山采石

采石是一项很苦的体力活，全都是男人干。先要在山上的石头上打上许多石眼。打眼的时候，两人一组，一共七八组。

一人坐在石头上双手紧握钢钎，一人站立着抡大锤。抡大锤的哼着号子，每打击一下，握钢钎的人旋转一下钢钎。一个炮眼要打一米多深，两个人一天的任务是打四个炮眼，打炮眼是一项苦差事。石头窝子早晨八点就晒着太阳，一直晒到太阳落山。石头窝子藏在山窝里密不透风，就像蒸笼。夏天里热得人透不过气来，石头好像被晒红了，烫得握钢钎的人坐不住，只有圪蹴下，一会儿脚下就烫得受不了，不时地挪换着脚。抡大锤的汗流浃背，汗水浸湿了衣服，就干脆脱了，脱得只剩大裤头。汗水顺着脸颊，顺着脊背，顺着大腿流淌。流到了石头上挥发了水分，留下的盐分在青石上隐约能看出形状，就像人的影子。打炮眼也是一项危险劳动，有时候锤头掉落，砸在人头上，把人打得昏死过去。有时候钢钎断裂，直接戳入骨头，把人弄残。也有砸失手的时候，砸上了手，断了筋骨，成了永久的残疾。打炮眼的在石头窝子昏过去的事时有发生。所以，石头窝子里住着赤脚医生，随时准备营救。

　　打好眼以后就装药准备放炮，放炮有专门放炮的人。雷管上装上炮捻子，插进打好的石眼，再装入硝胺炸药，用土填平、夯实。装完所有的炮捻，再装biā炮（贴在石头上面的一种炮）。有些大石头太大，大锤难以打烂，就要用biā炮轰。打眼放炮代价大，趁不着，就在石头表面贴上炸药雷管放炮就可以震烂。清点完所有的炮数，开始吹哨通知人员撤离，人们迅速跑到500米以外的土窑洞里躲避。放炮员再次确定周围没有人了，都到安全区了才开始点炮。点完所有的炮放炮员迅速撤离。只听："咚，咚……咚"大伙跟着放炮员听着响声数："1、2、3……"记下炮数，响声要和点的炮数吻合。有时候点了10个，只听见了9响，就继续等着迟迟不敢进窝子。实在没有法了，放炮员就只身前去查看。大多数是已经响了，两个炮同时炸了，声音刚好重叠。

有一年就闯下了大祸，失了人命。有一个炮没有听到响声，以为响声又重了，放炮员前去查看，快到跟前发现炮捻子还在燃烧。正确的做法就是迅速拔掉还在燃烧的炮捻子，而不是逃跑或者卧倒，已经用这种方法救了几个人的命。放炮员一个箭步冲上前去拔炮捻，刚抓住炮捻，炮就响了，悲剧发生了。

炮放下的石头大小不一，有的还需要用大锤再打。打石工绕着石头转一圈，瞅准位置，大锤抡圆，不停点地打着一个点。打得石渣子乱飞，打得火星子乱溅，打得满头大汗，打得人和石头较上了劲，石头硬，人更硬。有的石头要打一响也不一定能打开，稍微有了点裂纹，便可以插入铁楔子用大锤夯开。再难打烂的石头换着"把式"打，轮流打，都能打开。所以石头窝子里找不到打不烂的顽固石头，都会一一被采石工打碎。

六、拉石头

宝鉴山的石头能做尼龙袜子，能造比基尼，能医用，是全国最优质的石灰石。这消息一时间传得沸沸扬扬，订货商纷至沓来，西北地区最大的西安化工就是订货商之一，"胃口"大得惊人。

一时间供应成了问题，村上再投资买了一辆28型拖拉机。乡上也参与进来，投资了一辆更大的55型拖拉机。二运司倾其所有的运输力量，上足了马车。从火车站到石头窝子十几里土路运输车辆络绎不绝，马嘶车鸣，尘土飞扬。

生意红火得让人看着眼馋。村上的几个壮劳力试着用架子车拉石头，一天拉两回，一回拉七八百公斤，收入比在石头窝子挣工分翻了几倍。于是路上又多了架子车大军，架子车虽小，拉得少，但都是给自己拉，挣的运费都归自己，所以拉石头的人很卖力，天不亮四五点就上石头窝子，晚上十一二点还不休息。站台上过磅收石头是早上八点上班，下午六点下班。上班之前下班之后拉石头的都是在石头窝子盘石头，把石头从石窝子盘到村口、路畔。等收石头的八点一上班就不停点地往站台上拉。大禹治水三过家门而不入，我们村拉石头的十二过家门而不入。车辕上都挂着馍布袋和水壶，一天要拉五六趟石头，一车能拉一吨多重，我拴哥曾经一架子车石头拉过一吨半，拉一吨二三是家常便饭。至今我说起此事没人相信，当时过磅的也不相信，以为磅有问题，经过再三过磅确认无误，后来也就习以为常了。

我们村拉石头的架子车和一般的架子车不同，是加重了再加重的车子。大多数人没有见过，网上也找不到，那是宝鉴人的独创，就像牛车，车轱辘不是辐条的，而是用钢筋代替。轮胎都是加厚加粗的，车厢是用结实耐用的老槐木做的，车辕的大头有碗口那么粗，车厢不铺木板，只有木桄，以石头漏不掉为原则，车后的刹圈是用马车轮胎或卡车轮胎割制的。力气小的人拉空车子都很困难，不要说拉着车子上高涧坡了，更不要说拉一吨多的石头上火车站台了。

我们村拉石头的挣了钱，眼红了左邻右舍，其他外村人纷纷来我村拉石头。那些集体的28、55型拖拉机，国营的马车队竞争不过私人，因抢不到石头而搁置到一边，最终被淘汰。于是宝鉴路上只剩下了架子车大军，像蚂蚁搬家一样络绎不绝。

放了暑假，父亲也坐不住了，也想拉石头增加收入，补贴家用。我家七口人，只有母亲和父亲两个劳力，父亲一个民办教师工分又低，家庭收入少，负担重，我家在村里很明显的属于贫困户。父亲下定决心要拉石头挣钱，伐了一棵两把粗的槐树，叫木匠做了架子车厢。又定做了加重的车轱辘，做好了架子车也加入了拉石头行列。我也放了暑假，就给父亲帮忙推车。

早上五点，母亲便做好了早点，我和父亲匆匆忙忙地吃过饭，背上一天的馍，提上一天的水，拉着架子车上山。路上的溏土有半尺厚，埋没了脚面，溏土里时不时地还会有石子垫得脚疼，还要小心躲避不能让石子扎了车胎。父亲在前面拉，我在后面推。新做的架子车足有四百斤重，拉到东山窝的石头窝子时我父子俩便汗流浃背，气喘吁吁。窝子里已挤满了人，各给各抢石头，抢不下就自己给自己撬，自己给自己打。车子最后面要装一块很大的石头叫挡石，挡住所有的石头。我和父亲撬到一块合适的石头，连拉带抬地搬上车子立好，用钢丝绳盘住。然后就找小一点的狗头石向车子里面扔，装平了车子。还要在车两边找大一点的石头加宽，在车辕放一块大板石挡上。找不到合适的就去撬，撬不到就抢大锤打。车子加宽后再继续装石头，就像砌石墙，要砌几层，直到装不下为止。由于第一次拉石头，没有经验，我和父亲一直装到早上十点才装满车。父亲在前面驾辕，我在后面扶车。上坡的时候推，下坡的时候踏。路过村口也顾不上回家，就急急忙忙地赶路。下高涧坡最困难，最危险。有不少人在高涧坡出了事，不是石头塌了人，就是车子冲下了沟。下高涧坡时，父亲把车辕的那几块大石头搬到后面增加后面的重量。父亲用肩扛着辕，我踏着后面车尾，我们小心翼翼地下坡，神经绷得紧紧的，心跳得突突的，腿颤得哗哗的，脸吓得白刷刷的，我眼睛闭着，不敢看旁边的深沟。我们下一段坡就歇一会，歇一会再下一段坡，终于下完了高涧坡，松了口气，父亲把后面的石头挪前来，我们继续前行。

拉到了磅房，过完磅，我们拉了八百多公斤，尽管没有别人拉得多，我们依然很满足。毕竟这是我们拉的第一车石头，算算这车石头我们能挣两块四毛钱，我和父亲美滋滋地坐在高涧坡底，吃着玉米面馍，喝着白开水，兴致勃勃地计划着拉下一趟石头。吃饱了，喝足了开始爬高涧坡，上坡的时候我驾辕，父亲在后面边推边指挥。高涧坡这段路是拉石头要走的最长的坡，最陡的坡，也是最让人发愁的坡。父亲指挥着我拉着车子沿着高涧坡蛇形盘旋。头上顶着烈日，脚下踩着半尺厚的溏土，溏土里时不时地会有"地雷"（石子），垫得脚锥心的疼。这时我才明白，为什么拉石头的人都不穿袜子，把鞋都穿成了凉鞋，露着脚趾头。我和父亲的上身、车子都和坡面几乎平行着，就像拽着一副担架。脸上的汗水一滴一滴地滚落，滴在土里，跑得无影无踪，只泛起一股烟尘。身上的汗水在衣服上留下斑斑印迹，像绘了地图似的。上完高涧坡已是上气不接下气，补充一点水分就急匆匆地赶路。同样路过村口还是顾不上回家，又进了东山窝的石头窝子，窝子里找不到一块能拉的石头，都是各人给各人想办法。有的撬，有的打，有的上了高处，有的下了低处。本应是石头窝子的专业人员提供石头，拉石头的只管拉，谁知拉石头的人太多，根本供不上，只有自己给自己想办法弄石头。

曾经有人在最高处撬石头，脚下一滑，人摔了下来，摔坏了脊柱，伤了神经，造成了永久性的下身瘫痪，现在还坐着轮椅。窝子里没有石头，我们既不会打，又撬不来，只有等着放炮。炮刚一停，人们便迫不及待地冲进窝子各给各占石头。幸亏我跑得比别人快，占下了一炮堆石头。我和父亲往村口盘了两趟，攒足了明天上站台的石头。回到家里已是深夜，我婆还在门口焦急地等着，母亲打好了搅团，听见我们回来赶紧端出洗脸水、热饭。听说我们挣了两块四毛钱，全家人都喜上眉梢，这两块四毛钱可是我们家一个月的生活费啊。

钱里面有火。第二天，我们清晨五点钟就起了床，拉着车子到官路畔装石头，装了满满一车。小心翼翼地向城里拉，下了高涧坡，一不留神没有避过溏土里面的"地雷"，车轱辘被扎破了，没了气。走不成了，父亲用撑棍支起车辕，我跑了十多里回家取补胎工具。我拿上胶水、锉、撬胎棒、橡胶皮子，又一路跑着到高涧坡下，扒开外胎，取出内胎，找出扎破点，先用锉锉，锉粗糙，再打毛，上胶水，贴橡胶皮，压住半小时后就好了，准备打气试试，却发现没有拿气管子。气得父亲就像这没有了气的轮胎。我又跑回家拿气管子，拿回来气管子，打好气已经中午十二点。我们急急忙忙地去缴石头，过了磅，净重一吨。半天时间已经过去了，才拉了一趟，不敢再耽误，赶紧返回再拉第二车，到下班也就只拉了两趟。

一个假期我们父子都在拉石头，从来没有一天拉过六趟，也从来一车没有拉过一吨半。通过一个假期的奋斗，我家终于有钱了，似乎也成了有钱人家，每个人心里都甜滋滋的。开学了，父亲要去学校教书，我带着拉石头挣的钱去学校交学费。挣不成钱了，我就天天盼着放寒假，放了寒假还能拉石头再挣钱。有钱就有底气，有钱也有精气神，有钱就会体面。吃点苦不算什么，只要能挣钱，有钱的感觉太好了！

七、石头富了宝鉴人

一方水土养一方人，宝鉴山的石头富裕了宝鉴人。动身早

的人，挣了钱，却实在熬不下去这苦，就把拉石头攒的钱拿出来，不够再贷些款，买一台手扶拖拉机，搞机械化运输。所有的工具在宝鉴人手里都显得稍薄，都得加工，要加重、加厚，结实了再结实。新买的手扶拖拉机也不例外，车厢都要再加工，加大、加厚、加粗，轱辘子要换成马车的。经过改装，手扶拖拉机可以拉四五吨，能顶三四个架子车，机拉一趟顶人拉四趟。于是大家都一窝蜂地购买了手扶拖拉机，手扶拖拉机对我们在城里上学的学生来说也是好事，上学、放假我们就可以坐着手扶拖拉机回家。

手扶拖拉机轱辘大，打足气的车胎特硬，在路上跑就像蹦蹦车，蹦蹦跳跳的。车厢里根本坐不住，只能站着，站着也不能站直，站直了蹦跳得头疼。坐拖拉机也要有经验、讲技巧，双腿要打弯，腰要弯曲，能缓冲震动的冲击力，减轻对头部的震荡。手扶拖拉机行驶在路上就是一条土龙，烟山土雾，像个沿着公路移动的龙卷风，走到哪把尘土扬到哪。回到家早已成了土人，和下煤窑出来的差不多，不同的是全身不是黑色而是黄土色的。

放了寒假，我和父亲依旧用架子车拉石头。我们是这条路上为数不多的还在用架子车拉石头的。因为原始积累不够，所以只能小打小闹。唯一改变的是由原来的一辆变成了两辆架子车，我和父亲一人一辆。相跟着走在一起。我一般走在前面，父亲紧跟在后面，遇到慢上坡，父亲就腾出一只手给我推着。遇到上大坡时我们先合力拉上去一辆，再一块把另一辆拉上坡。石头一直拉到大年三十才停歇，开始置办年货。

在县城里的人群中，一眼便能认出东塬人。东塬人身上都有标识：满身尘土，带着乡土气。另一个标识是，为了防止脚里面装土而不穿袜子，鞋都破着，有洞，就像凉鞋，这样溏土不会存在鞋里。偶尔穿上一双新鞋，也是沾满了尘土，一踏上城里的水泥路，便留下重重的溏土脚印。还有一个标识是，常年风吹日晒，辛苦劳作，因而个个皮肤黝黑粗糙，就像长在沟畔、山崖多年的木扎婆一样饱经风霜。

过年，好像是我们宝鉴人的年。能吃好，能穿好，还能睡好，对于拉石头的人来说那才叫真正的过年，享受极了。再穷，过年都要割二斤肉，买些菜，灌壶酒，蒸些馍，吃得美，睡得香。大年初三就有人睡不住了，进了窝子转运石头。一个人行动了，大家都心急火燎地跟着行动起来。村口、官路畔堆满了石头，准备初七收购的上班后撸起袖子加油干。石头一直拉到正月十五，我又不得不上学了。就这样在我上高中期间，高二、高三我拉了两个假期的石头，高考我名落孙山。我一心只想着挣钱，根本无心学习。落榜后父亲断了我挣钱的念想。从此我再没有拉过石头，专心读书学习，把拉石头的功夫用于学习，功夫不负有心人，最终我考上了大学，走出了宝鉴村。

八、宝鉴人终于走上了水泥路

1987年我上了大学，东山窝的石头依旧红红火火地拉着。原来村里和我一块上学的人都拉石头挣钱了。就两三年的时间，手扶拖拉机都已经过时了，赶不上时代了，换成了四轮拖拉机。四轮拉得更多，跑得更快，操作更舒适、更简便。村民富裕了，窑洞换成了厦房，厦房换成了平房。吃的、穿的、用的都是商品货，生活有了翻天覆地的变化。

宝鉴山的石头如鉴，就像镜子；宝鉴山的石头能做磬，会发出悦耳的声音。这些都成了辉煌的过去。到底宝鉴山的石头能不能做的确良，能不能做尼龙丝袜，能不能造比基尼，到现在我也不知道。反正村主任当时是这么说的，村民也就信以为真，大家都沾沾自喜，心里乐滋滋的，守着宝鉴山就像抱着聚宝盆。

好景不长，好日子过了七八年，东山窝的石头窝子被叫停了。原因是耀县水泥厂买断了宝鉴山的所有石头资源。我祖祖辈辈在这里吃苦、受穷，唯一守下的宝鉴山却成了别人的摇钱树。宝鉴人眼巴巴看着别人发财，自己的生活却停滞不前。靠山吃山的日子成了美好的回忆。宝鉴人拉不成石头了，挣不来钱了。让宝鉴人骄傲的是宝鉴山的石头、水泥修了无数条公路，盖了无数座高楼大厦，那座号称亚洲第一、世界第三的秦岭水泥厂生产的水泥几乎覆盖了大半个中国。宝鉴的那条溏土路依旧还在，打我记事时就走，一直走了近五十年。2017年5月，宝鉴人终于走上了用宝鉴山石头烧制的水泥修筑的水泥路。

不管怎么说，宝鉴人曾经忘我地甩开膀子大干过，曾经创造了一个又一个奇迹，曾经让四村八邻羡慕得不得了。宝鉴人的酸甜苦辣只有宝鉴人知道，就像一个人不能决定自己的生死一样不能决定自己的出生，出生在东塬，出生在宝鉴，出生在贫苦人的家庭中，你就只有受苦，受穷。不想世代受穷下去，你就得豁出命去抗争，付出百倍于常人的努力，也许才能改变你的命运。

　　宝鉴人一直都相信着，宝鉴山的石头能做尼龙丝袜子，能做的确良，能做比基尼。也一直坚信着面包会有的，房子会有的，一切都会有的。今天，我想起过去鼻子还酸酸的，不免让人难过。我相信大多数人的感受和我是一样的，尤其是那个时代过来的人。

　　宝鉴人先天下之忧而忧，后天下之乐而乐，为社会做出了重大牺牲，为人民做出了巨大贡献。如今的宝鉴山已被掏空，几乎不复存在，我期盼着宝鉴山的涅槃能给宝鉴人民带来吉祥，带来如意，期盼着宝鉴人有一个幸福美好的未来。

斫柴（上）

小时候上学，一周上五天，一天去两晌，放学后的作业就是斫柴。

斫得柴喂猪、育羊，搞家庭副业。猪羊吃过之后的柴晒干了，再烧锅、点炕。斫柴去的时候，隔沟喊，窑背上叫，呼朋唤友，搭伙成群。雨水广的时候我们上山斫柴，斫得柴背下坡路，省劲，背得多；天旱缺墒的时候山上柴少，只能下沟，沟里地阴，保墒，多少还能斫回来些，不至于饿了猪羊。

我们都盼着天涝，喜欢上山斫柴，用很短的时间就能斫够，有充足的时间可以玩耍。斫柴就是我们的第二课堂，能学到好多在学校里学不到的知识，许多学校里学的知识也能在我们斫柴玩耍中得到消化、吸收。

上山斫柴去的路上，要经过一片梨树林，大多是红梨，这片林子是我们的乐园。大年的时候能吃上一季梨子，小年的时候就没得吃。偶尔发现一颗梨隐藏在葱郁的树叶之中，就悄悄地爬上树去摘，梨太靠树梢，够不着，就使劲摇，上下跳。实在摇不下来就脱掉鞋子扔出去打，一双鞋子都落了空，干脆跳下树来，捡拾土疙瘩再打。被发现后，大伙一拥而上，纷纷扔出土疙瘩，看谁的靶子准，靶子准的人打下来梨，就会和发现的人分享。没有吃上梨的人自然心不甘，仰着头围绕着梨树，一个一个树地转圈圈搜寻，恨不得把下巴挂在树杈上，把眼睛伸到树梢上。只要用心去找，每次总会有所发现。梨子像是和我们捉迷藏，每天都会钻出来几个供我们分享。那些靶子不准的人想吃又打不下来，觉着脸上发烧挂不住，不甘心，就默默地设定一个目标，土疙瘩捡拾了一大堆，练！不停地练！扔得胳膊发酸，手生麻，腰疼腿痛。走路也练，回家也练，天天都练。功夫不负有心人，终于有了准性。于是，个个都练成了神投手。所以，一旦发现目标，几靶之内梨子保准落地。

梨园旁边长着几棵高大的柿子树，柿子树上经常会有蛋柿（软柿子）。用打梨的方法打蛋柿，打下来就轰死啦，吃不成，劳而无功。于是有人发明了用镰刀代替飞刀，一镰刀扔上去，枝干被削断，蛋柿连着树枝掉了下来，就手接住，蛋柿完好无损。甜美地享用一番绝技成果，心里喜滋滋的，甭提有多高兴。吃完了，想起抛出去的镰，只顾着接蛋柿，根本没有注意镰刀的下落。到处乱找，怎么也找不到。眼看着太阳就要落山，还没有斫下柴。镰刀找不到大伙都不能上山，用我们的话说，这叫同路不舍伴。急了就搬出我的祖传秘方"掐掐算"。这方子很灵验，不过，不到万不得已我是不用的，用多了就不灵。伸出左手，大拇指头在四个手指上有顺序地来回掐点着，嘴里默念着："天灵灵，地灵灵，掐掐算算准能行。镰刀丢了，请大神出面，若是丢到了东边，它就要落在我的食指上，若是丢到了南边，它就要落在我的中指上……若是架到树上，它就要落在我最高的指头上，若是掉到沟里，它就要落在我最低的指头上，东南西北上下都掐遍，请神仙把方位给我来指点。"按照卦算得的方向去找，一定就能如愿。有一次算卦，卦落在了最长的中指上，说明镰是架在了树上，可怎么也找不到，所有的人都上树去找，找遍了每一个树枝、树杈还是不见镰刀的踪影。眼看着天就要黑了，同伴们急得哭，有人怀疑我卦是不是算错了，要求重算。这种卦只能算一遍，头遍灵，二遍瞎，三遍就是然疙瘩。在大家的一再要求下我就硬着头皮，全当瞎算。再伸出左手，闭上眼睛，嘴里默念着，大拇指来回地掐着四指。结果落在了无名指上，也就是说镰刀在西边。大家就一字排开，地毯式的向西搜寻。搜出了一百多米，来回搜了好几遍，依然没见镰刀的面。从来没有失算过的我被同伴们嚷酸啦，很失面子！走出了梨园，仍不甘心，心里还在琢磨。忽然顿悟，觉得这两个卦合起来不就是说："镰在西边的树上吗！"失主赶忙跑回去找，果不其然，在那棵柿子树西边的梨树上。从此大家对我的卦佩服的是五体投地！有了疑难就来找我，我成了"半仙"，大伙都叫我"李半仙"。

这种飞刀式的方法有许多不足，有几次把镰刀扔到沟里去了，捡不回来。于是有人绑了弹弓，弹弓射得高，打得准，小巧玲珑，携带方便。一个人有了，大家就都向往，一定要想法弄一个。做弹弓需要四种料：木柯杈、汽车轮内胎、捏子、扎线。木柯杈就像"Y"形状，木料要结实耐用，窍道还要好。我们大多在老槐树上找，找到后剥去皮，窍道不合适还要上火去煨，要做得端正、美观。皮子我们一般选用汽车轱辘的内胎，这种内胎结实、耐用、弹性好。自行车、架子车的内胎太软，射程短。汽车内胎不好找，秦岭水泥厂在宝鉴山上开了采石场，我们叫它矿山，矿山上拉石头的都是大吨位载重汽车，这些汽车的内胎补了又补，实在用不成了就淘汰下来。我们就拿上土特产梨、柿子、枣、红茗、鸡蛋去矿山汽车修理厂软磨硬缠地找师傅换，不给换了就帮忙给修理厂干活，周日干一天活可以换得一尺长一指宽的一截汽车内胎，剪开刚好做弹弓的一副皮子。弹弓捏子最不好找，既要柔软又要结实，要用真皮，牛皮最好。那个时候的农村人穿戴都是布的，哪来的皮货？每次找弹弓捏子我就发愁，实在找不下我就用穿烂了的布鞋的鞋帮子代替。做成的弹弓自然准确度差，显得我技不如人，当然也用不了几天就烂了，我成天为找弹弓捏子发愁。后来我终于发现了"新大陆"。周六父亲回家休礼拜，劳动的时候父亲换裤子，突然，我发现父亲的皮带是牛皮的，窃窃生喜。晚上，一切准备停当，就差弹弓捏子，急得我在父亲窑洞前听了几回墙根，终于等父亲睡熟了，我拿了剪刀偷偷溜进父亲的窑洞，慌慌张张地摸黑找到父亲的裤子，急急忙忙地剪了一截皮带出来，一比划，短了！用不成！咋办？一不做二不休，干脆再剪一次，这次剪得绰绰有余。第二天父亲的裤子系不上，皮带短了一大截，母亲赶出来就打，吓得我跑出家门，一天都没敢回家，练了一天的弹弓。剩余的那截皮带父亲没有舍得给我，母亲给接了一段布料，父亲继续使用着。大家都陆续地拿上了弹弓，等所有人都有了，我们成立了一个十人弹弓队。弹弓队每天都要练靶，每天都搞比赛，排名次，竞争非常激烈。设定一个目标，看谁打得准，一声令下，几乎都射向同一个目标——靶心。长此以往，个个都成了神射手，可以射空中的鸟，水中的鱼，逃窜的野兔。

弹弓的用途很广，我们把弹弓的功能发挥到了极致。每次出门斫柴除了带上镰刀和绳，脖子上必定挂着弹弓。梨树上有一窝麻子怪蜂，一伙伴上树不小心晃动了蜂窝，被蜂包围，蜇得掉下树来。蜂还是不依不饶，他身上爬满了麻子怪蜂，蜇得他在地上打滚，连声喊救命！救命！伙伴们前去施救，也都被蜂包围。打得过就打，打不过就跑，这是我们一贯的打斗方法。好汉不吃眼前亏，跑！大家各奔东西，麻子怪蜂穷追不舍，人在前面跑，蜂在后面追，拖着长长的尾巴，跑出几百米开外才摆脱了麻子怪蜂的追击。被蛰得鼻青脸肿，非常恼火了，大家决心除掉这个蜂巢，以绝后患。小时候我们村就有人就被蜂蛰死了，所以大家对蜂恨之入骨。主意既定，一呼百应，几十米开外大家齐齐站立一排，个个拉紧了弹弓，怒目而视，一声令下，十发子弹一同射向蜂巢的根，蜂巢应声落地。足有粪笼那么大，几万只蜂围绕着蜂巢嗡嗡盘旋，就像热锅上的蚂蚁。过了几天，所有的蜂都一散而尽，找不到踪影。终于报了仇，了结了一桩心头之患，我们又可以在梨园无忧无虑地玩耍了。

慢慢的我们弹弓队的名气越来越大，个个都神奇着哩！有好多地方都用的着我们，请我们出面解决问题。比如庄稼地里的鸟儿太多，草人根本吓唬不住它们，谷子、糜子被糟蹋得不成样子。村里人就请我们去打鸟，打上几回鸟儿就少了，时间长了鸟儿就和我们捉迷藏，我们来了，鸟儿飞走了，我们走了鸟儿飞来了。后来我们就想了个方子，打了几只鹞子，不打要害，要活的，抓住后用绳子拴住脚，绑在高空，让鹞子在空中飞旋。鹞子是鸟的天敌，鸟儿看见了远远地就飞走了。一天，村里飞来了鹰，鹰要抓鸡，吓得村里的鸡东躲西藏，惊叫个不停，有的受了惊吓，好多天都不下蛋。我们弹弓队出面，对着鹰就是一阵狂轰滥打。弹丸要打三百多米远，二百多米高，太高了，准确度就差，但足以对盘旋在天空中的鹰构成威胁。鹰见不好得手，危险很大，划算不来，远远地就飞走了，不敢再来。

记得小的时候连着有几年老鼠泛滥，人们大量地买老鼠药灭老鼠，非但没有消灭老鼠，老鼠的天敌猫、蛇、猫头鹰却被间接地弄死不少，老鼠的天敌越来越少，老鼠却越来越多，成了鼠患。老鼠不但数量很多，而且个头大得惊人，有的比猫还大，比猫还厉害。老鼠撵着猫跑，吓得猫四处乱窜不敢应战。生产队的饲养室成了老鼠的天堂，老鼠不怕牲口也不怕人，牲口的饲料被它们抢吃一空，它们在这里不愁吃喝，大量繁殖。就像梨园是我们的乐园一样，饲养室成了老鼠的乐园。气得饲养员和队长丝毫没有办法。有人给队长推荐我们弹弓队，说我们弹弓队百步穿杨、百发百中，不妨试一试。队长平时对我们横眉冷眼，这次不得不放下了架子求我们灭鼠。我们十个人，两个人一个牲口窑，负责灭鼠。开始的时候老鼠根本就不怕我们，蹿到我们面前和我们对峙，瞪眼，耀武扬威；有的甚至后腿站立起来挥舞着前足给我们做鬼脸，就像大猩猩一样拍打着胸膛；有的就像出场时的拳击运动员，指手画脚，对我们不屑一顾，不断地挑逗、羞辱着我们。老鼠不知道我们手里有武器，它们还不认识弹弓，没有领教过弹弓的威力。当我们拉长弹弓瞄准老鼠的脑袋时，它还在嬉皮笑脸地向我们吼叫呢。砰！一弹弓下去老鼠脑袋就开了花，四蹄朝天，前腿刨几下，后腿一蹬，连叫一声都没有来得及便一命呜呼！其他的老鼠赶来查看，还没来得及反应也同样一命呜呼！一晌打了满满一架子车老鼠，队长喜得让我们一礼拜来灭鼠一次，给我们家长各记一天工分。后来老鼠越来越狡猾，出洞之前先探头窥视，我们在它们就不出来，我们不在它们就出来活动。白天不敢出来就晚上出来，老鼠跟我们捉迷藏，有时候我们也搞晚上出击，像猫一样守在老鼠洞口，老鼠一露头就打，打死就拽出来。我们除了守株待兔也主动出击，老鼠藏在窝里不肯出来，我们就用烟在老鼠洞口熏，用口吹，用扇子扇，熏得老鼠在洞里待不住，就跑了出来，出来了就再也回不去。饲养室的鼠患终于被我们一帮斫柴的弹弓队给解决了。

　　我们一般都是下午上山，那个时候没有钟表，看日头高低，日头还高，就不急着上山，山上热，又没有树，没处纳凉。就继续在梨园里玩，抓五子，捣窑，打扑克，下象棋。五子、捣窑用的都是料角石，扑克、象棋是我们自己制作的，用装水泥的袋子纸、牛皮纸裁剪，用糨糊糊了，用毛笔画上，结实耐用。输者下场，赢者继续。对输者的惩罚是吊在树枝上做引体向上，或者是趴在地上做俯卧撑，根据输的程度不同做的数量也不等。这样既锻炼了身体，又开发了智力。在学校里我们个个都是扑克、象棋高手，引体向上、俯卧撑都名列前茅。

　　太阳偏西得厉害，树影越来越长，影子到了我们做的刻度线，我们开始上山。上山是跑着的，看谁跑到早，早到的人会有意想不到的收获。早到的人还有一种胜利感，有一种自豪感，让同伴们羡慕，让同伴们拥戴。上山的时候，没准还会遇到几只野鸡领着一群小鸡，冲散了它们，野鸡惊叫着扑棱棱飞了起来。小鸡不会飞，我们四散追赶。我们跑得快，小鸡比我们跑得还要快，从来没有听说过有人逮住过野鸡娃。它们不但跑得快，还会缩骨，很窄的缝隙，密不透风的草丛它们在里面能自由穿梭。它们还会躲藏，即使无路可逃，它们躲藏在草丛中卧在地上一动不动，加上外表羽毛与环境颜色相适应，就是在你眼前，你也发现不了。抓不到野鸡，运气好的话会捡到一两根野鸡翎子。野鸡受到惊吓，猛地起飞，有可能被蹭下几根羽毛或者挣脱了翎子。有一次我就捡到一根野鸡翎子，有一米五长，红褐色的，多种色泽的花纹，好像还能变色，左看、右看、上看、下看颜色各不相同，在太阳底下光艳明亮，熠熠生辉。更神奇的是，我用手撸一撸羽毛，它的羽尖就会很听话地跟着我的手指移动，叫它向东它向东，叫它向上它向上，甚至于隔着玻璃，隔着一张纸都很听话，而且只听我的话，别的谁也不听。我拿着这翎子没少在同学们面前嘚瑟，同学们都好奇，为什么野鸡翎子只听我的话，不听他们的，我很得意地给他们吹嘘："那是因为这根翎子是我捡的，由我训练的，它有灵性么。"于是我在同学面前就更加神气！其实那个时候我也不知道它为什么会听我的，后来上了初中才知道，那是因为我的手指和翎子摩擦后，翎子失去了电子带上了正电荷，而我的手指得到了电子带上了负电荷，正负电荷相互吸引，从而野鸡翎子听我的手指指挥。

冲上山的时候，有时还会惊动一对正在热恋的野兔。受了惊吓的兔子蹦起足有两米高，有的一下能蹦过人的头顶，玩着命地向山上跑。这个时候正是我们锻炼长跑的机会。兔子后腿长，前腿短，适合长跑，但不宜下坡，所以兔子向山上跑。我们就在后面追，一直追到山顶，兔子没处去，只能向下跑。我们紧追不舍，一脚踢出，踢得兔子栽了几个跟头。有时候能踢断兔子的后腿，那种马踏飞燕脚踢兔的快感，让我们激动不已。我们村的同伴都善跑，个个都是长跑健将，大概就是在那个时候撵兔子练就的。抓住兔子要烧烤着吃，美餐一顿。烤兔子，先要剥皮，我们叫欻皮，用镰刀从兔唇上开个口，然后就分开皮肉，从头到脚欻下来一张整皮筒，皮可以做手套，做帽子，做棉鞋。拾一堆干柴，砍一根粗枣刺，从嘴里穿进，从屁股穿出，穿上整只野兔，架起来生火烧烤，边烤边旋转，烤得焦黄，烤得流油，烤得满山都是肉香。那个时候家穷，根本吃不上肉，烧烤野味就成了我们的美食，不但烤兔子，还烤鹌糕，烤麻雀，甚至烤蝎子。有时候还会碰到一窝鸟蛋，山上的鸟很多，有大的，有小的，有叫上名的，有叫不上名的。捡了鸟蛋就煨进烧过的柴火灰中，回家的时候就熟了，刨出来带上作为我们回去的点心。有时候时间长了，没有见过荤腥，我们就在山顶放石马。放石马就是找一块方片石，立起来从山顶上滚下，石马越滚越欢，有时候能蹦起几丈高，一直从山顶滚到山谷，吓得野兔蹦了出来，我们就去追，追上烧烤。吓得野鸡、野鸟飞了起来，我们就去找它的窝，在窝里掏蛋。还有山上的许多野果子都是我们的美食，夏天的蜜子、茹茹；秋天的酸枣、木棉瓜、尖草根等就是我们的零食，比现在的孩子们吃的零食包包要绿色、环保、营养。吃得一个个生龙活虎，健健康康。吃了回家还要给家里人带上，让家里人也尝尝鲜，改善一下生活。

那个时候学校不开设体育课和劳动课。我们农村孩子的体育课和劳动课就是斫柴和玩耍。上树摘果子，挂在树上荡秋千，像猴子一样和伙伴们打闹嬉戏，在玩乐中练就了好多本领。攀崖摘野果，谁攀得快，到得早，谁就能得到奖赏。野果、野菜，甚至植物的根都是我们的零嘴；许多鸟、鸟蛋、野生动物经过烧烤就成了我们的美食。比起现在的学生，我觉得我们那个时候更自由、更快乐。我们没有那些做不完的作业，我们没有那么沉重的书包，我们也不课外补习，我们也没有现在的孩子那么娇气，经不得风雨，受不得热冷。我们的作业就是斫柴，我们的肩上扛的不是沉重的书包而是柴火，我们雷厉风行，风风火火，个个都是"超人"。

记得有一年上山斫柴，我左手抓住柴，右手握镰，正准备斫，感觉左手被针扎了一下，猛烈地疼。仔细一看，原来我握住了一条蛇，蛇咬住了我的手指，我急了，右手一把上去掐住蛇的脖子，蛇立刻松了口。这是一条绿菜花蛇，有一米多长，镰把那么粗。我用脚踩住蛇尾，用力猛一拽，蛇被拉脱了皮，再一拽拉断了筋，再用力拉成了两截。然后，我用右手立即卡住左手手腕，把左手受伤的指头塞进嘴里，不停地吸，不停地吐血，吸得满脸通红，吸得上不来气。这时，有伙伴拿来荆条皮扎住我的手指，又拿来镰刀，让我咬紧牙关，"嚓"一声，割下我手指头上的一块肉。这些动作既快又狠，有条不紊，镇静自如。这大概源于我们平时对蛇的了解，不怕蛇，敢抓蛇，抓着蛇缠在胳膊上玩。试想现在的孩子遇到蛇会是什么情况？恐怕吓得半死！被咬了可能都得截肢。而这些本领在书本上是学不来的。镰刀没有经过消毒，我也没有去医院看医生，完全靠自身强大的免疫力康复了，只留下一点痕迹。有人说，人体本身就是一个强大的医疗工厂，比世界上任何一个医院都先进。这就是例子，这一点我至今深信不疑。

雨水广的年份，山上的柴长得很旺、很多。要不了多少时辰就砟够了。用绳捆上，试着背一下，若是背不动，就解开绳子，去掉些再捆上。

下山的时候，每一个人都尽最大力量，背着快乐，背着幸福，满载而归。夕阳西下，余晖映照，我们一个跟着一个沿着蜿蜒的山路，踩着落日，就像行走在沙丘上的驼队，驼铃声声，缓缓而下，经过梨园，进入村庄，回家而息。

斫柴（下）

过年的时候回到老家，想看看当年的母校。哥说："学校撤了！"我问："撤了娃们咋上学哩？"哥说："到城里去上啦，上幼儿园时就到城里去了。"在场的几个乡亲纷纷道出农民的苦衷，有的说："现在农村大多数学校都撤了，大人跟着一块去的。孩子小，不能独立，母亲要给孩子做饭，在城里租房子陪住。"有的说："母亲在城里陪孩子读书，父亲在家侍奉老人、种地，养活一大家子。"有的说："夫妻分居，孩子背井离乡，好端端的学校就撤了，害得许多家庭'妻离子散'，苦不堪言，农村人的负担是越来越重了。"我问："好端端的学校你们为啥要撤呢？"哥说："哪里是我们要撤！农村学校的学生越来越少，留不住教师，开办不下去了，不得不撤。"听到这些，我不由得可怜起那些三四岁就离家求学的孩子们，而这个年龄在我们那个年代大多数孩子还没有断奶。忽又想起我那个时代的童年，怀念起我那个时候的快乐时光。

我们那时候没有幼儿园，上学从一年级开始，学校就在本村，每天都能回家吃一碗热乎饭。父母两个人劳动养活全家，尽管日子很苦，但家庭温暖，亲情满满，其乐融融。

我们上小学的时候一天上两晌，下午早早地就放学，放学后就去斫柴。天旱少雨时山上柴少，我们就下沟斫柴。下沟的时候吆喝一大群伙伴，从杏树渠下沟。杏树渠没有几棵杏树，却长着梨树和柿子树，也有核桃树。梨树和山上的品种不同，是苹梨、银梨和冠梨。

砍柴之前自然少不了玩耍。沟里有一种动物叫格里猫，学名叫松鼠。除了大家常见的灰色条纹状的格里猫以外，我们那还独有一种格里猫，通体黑色，体形硕大，比灰色的要大好几倍，有小兔子那么大。黑格里猫经常活动于深不可测的沟崖上，它们在崖壁上打闹嬉戏，上蹿下跳，行动自如，如履平川。格里猫的食物来源是人们种植的庄稼和树上的果子。秋天播种的时候它去地里刨食小麦种子；夏天收割的时候它偷食田里的麦穗；秋天它食庄稼地里的玉米、豆子，还有树上的梨、核桃、苹果、桃子等；冬天的时候，地里没有可食用的东西，它就待在窝里吃库存。收获的季节它不但吃得膘肥体壮，而且连吃带拿，拿回去以后就储藏。只要庄稼成熟了，它就不停点地忙活，急匆匆地来又匆匆地去，稍时就能跑几十趟。一只格里猫一年偷去的粮食比一个人一年吃的都多。它很贪，就像贪官，而且总是贪不够，一有机会就去贪。一年储藏的食物可能它这一辈子也吃不完，但是它还是贪，贪就是它的本性。曾有人挖出过格里猫的仓库，仓库里面的玉米、豆子、小麦、核桃、杏核、梨籽、苹果籽等食物，用担担了满满一担，还没有担完。它的仓库建得很科学，通风、防雨、排水系统都很发达，仓库里的食物好长时间都不会腐朽变质。经常能看到格里猫把仓库里存放时间长的食物搬出来晾晒。格里猫很狡猾，仓库设得很隐秘，一般建在人根本到不了的悬崖上，而且建有好几处仓库。人们对它恨之入骨却奈何不了。格里猫行动诡秘，动作敏捷，撵不上，打不着，干着急没方子！

　　我们斫柴前经常和格里猫打游击战，想办法消灭它。核桃成熟的季节，我们埋伏在暗处，等着格里猫上树摘核桃。格里猫上了树啃咬青核桃的把儿，几口就掉下来一个，一会就掉下来十几个，然后它就溜下树来，一个一个拖回去埋了。等核桃皮腐烂了再刨出来把青皮剥离，核桃入库。我们要等格里猫上了树后一哄而上。格里猫也有哨兵，就像丛林猴一样，一旦发现危险，立即尖声嚎叫，向同伴们报警。我们堵住格里猫的退路，守住树身。没来得及跑的格里猫就被我们堵在了树上。只见格里猫探出头来，翘起扫帚一样的尾巴，瞪着乌溜溜的圆眼珠，露出两颗尖长的门牙，向我们发出刺耳的嘶叫声，随时准备对我们发起进攻。当我们拿出弹弓时，它一下子紧张起来，它认识，它知道这弹弓的厉害，躲在树枝背面悄不作声，不肯露头。好在我们有过寻找梨子的经验，格里猫藏住了头，藏不了尾，它的尾巴往往就暴露了它的行踪。几个弹弓手一起射向同一个目标，弹弓子打在树枝上砰砰地响，还有那从耳边飞过的石子的嗖嗖声足以吓破格里猫的胆。格里猫不敢在树上多留，树身又被我们堵着，只有慌慌张张地纵身跳下。格里猫跳树的动作很特别，它在下行的时候，尾巴舒展，尾毛散开，像降落伞，又像滑翔翼。即将落地的那一刹那，它毛茸茸的尾巴从屁股甩到胸前，接触地面时用尾巴和四肢着地做缓冲，就像跳高运动员蹲在了席梦思垫子上，安然无恙。我们就利用它落地缓身起来的这一瞬间弹弓齐发，置它于死地。由于格里猫太敏捷、太狡猾，反应太灵敏，所以我们成功率很低。

　　后来我们就想了一个办法，用老鼠笼子抓格里猫。用那种大的笼子，里面放上格里猫最喜欢吃的玉米、核桃，把笼子放在格里猫经常出没的地方。格里猫虽然狡猾，但在美食面前还是经不住诱惑。刚一进笼子，就踩到了机关，只听"啪"一声，笼子两头一起关闭，格里猫被活活地圈在了笼子里。我们把活捉的格里猫装在滚笼里，吓唬其他的格里猫，使它们不敢前来偷食。滚笼是一个长一尺五、直径一尺的圆柱形滚筒，滚筒一周用粗铁丝穿着竹筒子，竹筒可以以铁丝为轴转动，整个滚筒轴心穿一个木轴，滚筒可以以木轴为中轴转动。格里猫在笼子里面拼命地跑，滚筒就跟着不停地转，它只跑不前。格里猫刨着竹筒转动，竹筒转动时发出唰啦啦的声响。它跑得越快，滚筒转得就越欢，竹筒转动发出的响声就越大。我们时常把活捉的格里猫装在滚笼里挂在树上，格里猫在里面不停地跑，滚笼发出唰啦啦的声响。有时我们还在滚筒里面装上铃铛，声音就更大，加上沟崖的回声，这声音顺着沟道传送，绵延不绝，吓得其他的格里猫望而生畏，不敢再来。

杏树渠的野生动物很多，在我们看来它们都是"害虫"。它们都想在我们锅里分得一碗羹。在那个粮食紧张的年代，我们都吃不饱，常常以野菜充饥，有了它们吃的，就少了我们的，所以我们以它们为敌。为了我们生存得更好，只能消灭它们，灭绝它们。比如野兔、黄鼠、狐狸、獾、黄鼠狼。还有那些鸟，如野鸽子、黑老鸹、野鸡、嘎雀等。我们用狗撵，用弹弓打，用网子网，用筛子罩，用套子套。也许这就是我们的生存之道，也许这就是我们的生存竞争。

除了和它们斗，我们也和自然较量。比如跳岩、攀崖、探险等。跳岩就是选中一个高岩，从上往下跳，然后再攀上来，高度逐渐增加。跳岩是有讲究的，起初不会跳，沿着岩畔向下溜，衣服撕烂了，屁股磨破了，回家挨了打，上学一拐一拐的，一周都好不了。后来高度不断地增加，坡度九十度，垂直上下。跳的时候闭上眼睛，有的干脆把眼睛蒙上。不敢跳的，就被后面排着队跟上来的人推了下去，有的人下去摔疼了，眼泪唰唰地流，坐在地上动弹不得。看着别人下来上去不停地练，自己不甘心，强忍着疼痛继续攀上。现在回想起来那时肯定都有韧带拉伤或者骨折的，只是那个时候医疗条件差，不看医生，加上个个皮实，忍一段时间就好了。好了的骨头比原来更加粗壮结实，就像接上的断绳，此处轻易不再会断。向上攀爬的时候特别要小心，有的马上就要上来了，一不小心，又摔了下去，摔伤了腰、摔伤了腿，休息一会继续攀爬。后来我们训练得能从十几米高处跳下，也就是现在的四层楼高，跳下去的时候脚尖着地，用脚腕缓冲，用小腿打弯缓冲，用大腿打弯缓冲，腰弯着缓冲，颈椎弯曲缓冲，有时候还要抱头滚，进一步减少冲击力。现在看来，为什么我们个个体格强健、彪悍好斗、顽强拼搏，都是源于当时的竞争锻炼，培养了我们争胜好强的性格。攀爬的训练也让我们受益匪浅，别人够不着的草我们能，别人吃不到悬挂在沟崖上的野果我们能。这就是生存竞争，而这种竞争让强者越来越强！

我们不但和鸟兽斗，和自然斗，也和人斗。天旱少雨，可斫的柴越来越少，左邻右舍经常发生地盘冲突。尤其是在沟底，我们经常和大沟畔村的人打群架。我们和大沟畔隔沟相望，天旱的时候共用大沟底的草场。为了争夺地盘，有时候大打出手，头破血流。打得积下了深怨，双方见面如同仇人，火冒三丈，势不两立。后来，人不多势不众就不敢下沟。今天大沟畔的打败了，明天我们打败了。打败了就总结经验，吸取教训，再强化训练，不断研究新的战略战术，以适应当前新的发展要求。

有一次，我们组织了二十个人下沟斫柴，大沟畔见我们人多势众，不敢下沟，下不了沟就斫不到柴，斫不到柴意味着回家要挨家长骂，猪羊就得挨饿。就在我们斫够了柴准备满载而归之时，不知他们里面谁出了个馊主意，他们得不到的也不想让我们得到！几百米高的头顶一阵雨点般的土疙瘩落下，个个带着哨音，每块土疙瘩落地即刻粉碎，碎屑乱溅，尘土飞扬，瞬间什么也看不见。幸亏沟深崖立，砸下的土块有一定的弧度，落地时已经距离沟崖根底有了相当大的距离，加上他们也看不见胡乱扔，因而无一命中。万一被一块土砸中，必死无疑。我们以为是世界末日，吓得屁滚尿流，赶忙靠近对方崖根底，不敢出声。一阵狂轰滥炸之后，趁着他们稍做休息，我们连滚带爬地上了沟。那天我们双方都没有斫到柴，都回去挨了骂，猪羊都受了饿。自从那次以后，我们双方都不敢贸然下沟，实在扛不住了就偷偷地下沟。下沟时头顶着老笼，老笼上插着草做掩饰，找一个对方看不见的沟渠偷偷地溜下去，留一个人在沟上面站岗放哨，一旦发现对方有动静，立即打口哨通风报信。下了沟克里马擦斫一点就赶紧上来。就这还经常被对方识破，常常被"痛打落水狗"！再后来不是你打了我，就是我打了你，双方都有多人受伤，吓得都不敢再下大沟。下不了沟就到处胡乱找柴，有时候实在找不下柴了，没有办法，就想奇方子，求神算卦。拿两个镰刀，一个插入地下，镰把向上，另一个架在这个镰把上端，待平衡后旋转上面的镰刀，同时口中默念："大把大把指神仙，阿达有柴你言传……"镰把静止后，沿着镰把指的方向去找，有可能就有柴。有时候镰把指到窟圈里，高岩上，半沟崖，这些地方地势险峻，要冒很大的风险。摔了，跌了，受伤是经常的事，常常有人摔断了腰，摔折了腿。有两个同伴，一男一女都因去危险地方斫柴而断送了年轻的生命。女的去半沟岩斫柴，不料脚下的土岩垮了，人掉到了沟里，死的时候才十二岁。男的去窟圈里斫柴，撞上了地窝蜂，蜂蜇得他慌了神，脚下没有踩稳，跌进了窟窿里，岔住了气，死的时候才十四岁。

下不了大沟，其他地方太危险，我们就走远一点下涧沟，涧沟是我们和南凹村的共同草场。在涧沟经常也和南凹村的人发生冲突，好在我们经过深思熟虑，总结了经验，吸取和大沟畔冲突的教训，不能让涧沟也像大沟一样成了"死沟"。我们找到了解决冲突的方法——谈判，通过谈判以河道为界，一段时间相安无事。过了一段时间矛盾就突显出来了，因河床改道而出现了有争议的地带。解决争议的办法还是谈判，谈判能解决的尽量谈判解决。谈判有几种选项，有搁置争议的；有分开日期的；也有共同开发的。实在谈不拢还是打架解决，只不过后来的打架有了绅士风度，文明得多。双方各出十五个人，一对一，摔跤比赛，谁把对方摔倒了谁就获胜，哪边赢得人多，哪边对争议地带就有绝对的发言权。在挑选人的时候伙伴们都很积极主动，因为每一个人都知道，这是为自己而战，为争取自己的权益而战，都争着当兵上战场贡献自己的一份力量。双方各自都进行了淘汰赛，选拔出自己队伍中最强劲的十五名战士。

　　打架那天，双方都来了许多人助威。有男的，也有女的，有提水的，有拿毛巾的，争着为上场的斗士们搞服务。双方人员都编了号，1号到15号。各号对应者为一组，1号对1号，2号对2号……共十五组跤摔比赛者。不巧的是，我和我表弟都是3号，我们两个表兄弟对上了，双方很多人都在看着我们，看我们咋办。那天我很为难，思想斗争很激烈，一边是割不断的亲戚，亲戚之间打斗很难下手，以后怎么见面？逢年过节怎么走动？另一边是我的乡亲，我不能不顾家园，不能背弃同伴，否则我在村里永远也抬不起头，混不下去。经过再三考虑，我们决定还是把亲情搁置一边，全当陌生人，出场谁不认识谁，各自为了自己的村而战，奋力一搏！因为集体的荣誉永远大于个人的私情。哨子一响，我全力以赴，使出浑身解数，进行了顽强的拼搏。那场跤摔的时间很长，别人都已结束了战斗，我们的搏击还在继续，双方各已有7胜7负，偏偏决胜权就落在我们表兄弟之间。记得那是个周末，比赛从中午一直持续到下午，衣服湿透了，纽扣拽掉了，干脆脱了，只穿裤头，光着上身，谁也把谁打不倒。规则规定决胜不能握手言和，有人递上了毛巾，有人递上了水，双方的啦啦队都鼓足劲儿不停地呐喊：加油！加油！坚持！坚持！时间长了，啦啦队的声音越来越小，他们也喊得精疲力尽。夕阳把我俩的影子越拉越长，显得我们非常高大，两个人，两个影，在涧沟底纠缠、厮打，从东打到西，从西打到东，从崖上打到崖下，从崖下又打到崖上。也许平时的锻炼使自己的体能略胜一筹吧，就在太阳落山的那一时刻，我摔倒了表弟。夕阳如血，晚霞高照，太阳的余晖洒在我身上，照耀着我的脸庞，红彤彤的，显得我更加威武雄壮！我赢啦！我们8胜7负险胜对方，赢得了发言权！大家呼喊着：我们赢啦！我们赢啦！欢呼着，雀跃着。大伙围着我，把我抛起来，落下去，再抛起来，又落下去。我第一次感受到了为集体而战所获得的荣誉感，第一次感受到了集体胜利带来的巨大喜悦。

时间长了矛盾就会淡化，我们和大沟畔的矛盾出现了缓和迹象。有了和南凹村谈判的成功经验，我们也尝试着通过谈判的方式解决我们和大沟畔的矛盾。好在双方都有一个共识，那就是：冤家宜解不宜结，和平共处，共同发展，不挑事，不生事。谈判进行得很顺利，大家一致同意：分单双日子下沟。矛盾突然就迎刃而解。开始的时候我们分日子下沟，大沟畔单日子下沟，我们双日子下沟。再后来我们关系越处越融洽，就打破界限，一块下沟，一块斫柴，一块打江水（游泳），一块游戏，一块比赛。我们有弹弓队，他们有斧头帮，我们相互交流，取长补短，久而久之我们成了最要好的朋友。

回忆一下我们欢乐的童年，再看看现在的孩子，他们失去了多少欢乐，失去了多少天性，失去了多少自由成长的空间。他们被"万般皆下品，唯有读书高"的观念所绑架。是的，他们没有输在起跑线上！没有输在物质的起跑线上；没有输在重视教育的起跑线上；没有输在作业的起跑线上。但是，除了课本外，实践也可以获得知识，也可以出真知。事实证明，我们那个时候寓教于乐，劳逸结合，个个学习优秀，德智体全面发展，后来走向社会也都很能干，很有出息。现在的许多孩子已经输在了体能上，输在了精神上，输在了践行上，输在了创造力上，输在了发现问题、解决问题的能力上。

真心地希望现在的孩子有一个自由成长的空间，有一个欢乐的童年，有一个美好的未来。

打 江 水

我的家乡在耀州区的东塬上，那里山高沟深，干旱少雨。人们靠天吃饭，惜水如油。能留住水的方法就是打窖、修涝池、建坝。

我们村处在东塬上的一个半山腰，村子不大，人口不多，地形像个驴脊梁背。找不到一块能够修涝池的地方，就在大沟底建土坝，土坝也建不住，每每被山水冲垮。唯一能留住雨水的方子就是打窖。所以，家家都打有一口水窖，雨水广时勉强能维持一年的生活所需，遇到大旱之年，只能省吃俭用，忍渴挨饿。

村里的人都爱水，一家人共用一脸盆水洗脸，洗了脸的水再洗脚，洗了脚的水再浇院子里的树；洗了锅碗瓢盆的水还要喂猪羊。洗了衣服的水再浇窖边的地，要节省着用，一点也不敢糟蹋。担水时为了防止水衍，还要折些树枝、树叶放在桶里，漂浮在水面。记得有一年冬季母亲担水，脚下一滑，跌倒在地，两只水桶倒了一双，母亲惊叫着赶紧扶起水桶，又立即脱下棉衣，不停地吸附地上的水。母亲穿着衬衣忍着寒冷把剩余的水担回家，把棉袄里的水拧在了猪槽里，猪一股脑地喝了个精光。

我爱去外婆家，外婆家所在的村子有一个大涝池，常年蓄水，可以打江水（家乡人把游泳叫打江水）。外婆家也在东塬上，距我家十里路，相隔三道梁两道沟。外婆家所在的村子是一个大堡寨，人口多，地势相对平坦，有足够的地方可以容纳一个大涝池。

暑假的时候我被允许去外婆家几天，我最爱的是去涝池打江水。涝池很大，人很多，女人们围了大半个圈洗衣服，男孩子们脱光了衣服跳入水中打江水。

开始的时候我胆小，也害臊，不愿意脱衣服，也不敢下水，就圪蹴在岸边观看。一大群孩子一丝不挂，光溜溜地在水中打闹，嬉戏，互相泼水，相互追逐。突然，一个孩子一个猛子扎下去不见了踪影。那些女孩们端了脸盆，拿着一两件小衣服，佯装洗衣，却和我一样也看得提心吊胆。目光四处搜寻，突然，十几米开外水中站立的一个孩子直直地跌了个仰面朝天，咕咚咚咚淹下水去。刚才那个不见踪影的孩子却露出了水，喜得合不拢嘴，惹得岸边洗衣服的女人们咯咯大笑。被暗算了的不服气，迎头去追，两人拍打着浪花一前一后游向对岸。我们把游过对岸叫打过梁子，收满水时一个过梁子有一百米，平时一个过梁子少说也有五十多米。打江水高手可以来回地打几个过梁子，有的游累了还会仰躺在水面上休息。他们打江水的姿势各不相同，有仰泳的，有蛙泳的，也有狗刨的。看得我心里痒痒，也想下水。便在无人处悄悄地蹲下，偷偷摸摸地脱去衣服，生怕别人看见，怯摸着从旁边溜入水中。不敢去深水，也不敢站立，只能趴在仅能埋没身子的浅水中。双手撑底，头高高地仰起，两脚不停地拍打着水面，溅起朵朵水花，掀起层层波浪，沿着涝池边缘在无人处来回地爬行，也"游"得自得其乐。

夕阳西下，干完活的牲口（牛、驴、骡子、马）成群结队赶场子似的来到涝池边喝水，还有那些被放牧回来的羊群，争先恐后地来到涝池边饮水，饮足了水，自个儿回圈。涝池经过一天的折腾水变得混浊起来，打江水的、洗衣服的也都各自收拾回家。经过一晚上，第二天一早又是清衍衍一涝池净水。原来，人们在修建涝池的时候底子铺了一层红胶泥，上面又铺了一层料姜石和炭渣。料姜石、炭渣就像现在饮水机里面放的麦饭石，有吸附杂质、净化水的作用；红胶泥具有防渗漏、防变质作用。经过一晚上的净化，第二天池水便清净如初。女人们又可以洗衣服，男孩子们又可以打江水，牛羊又可以畅饮一番。

由于胆小，加上去外婆家的次数不多，至今我没有学会打江水，成了名副其实的"旱鸭子"。小时候整天盼着天下雨，遇到了下雨天，置身于雨中不肯离开，任凭雨水淋湿头发，打湿衣服，觉得无比的爽快、清凉。家长们也不干涉，全当雨水给我们洗头。雨刚一停，我们便三五成群地溜下了沟，找一处积水，脱个精光，迫不及待地冲入水中打江水。

黄土高原上水土流失严重，才下过雨的积水是浑浊的，水底还有厚厚一层淤泥，水淹没不了我们的隐私部位，淤泥却漫过了小腿，我们就像过沼泽地一样在水中踩踏、打闹；就如鱼得水一般撒欢、蹩跳，"游"得酣畅淋漓。水中泡腻了我们就玩冲浪，爬上高高的立坡，坐着或躺着沿坡道滑溜而下，冲入池中。溅起的泥点就像电影里的地雷、炮弹爆炸时掀起的碎土屑。半截身子陷入淤泥，伙伴们你拉我拽，拉出来又继续。坡道越溜越光，速度越来越大，经不住折腾，一会儿池水就变成了黄泥汤，我们个个都成了泥人，站在那只有睁开眼睛，或者张开嘴才能分辨得出对方是不是泥塑。人陷得越来越深，直到深得实在拽不出来我们才停止了冲浪，改成"骑驴"。

骑驴就是跳木马，木马用人代替。通过石头剪刀布，决出最终的输者，输者当第一头"驴"。当驴就是双腿立直，腰弯下，呈鞠躬状态，让其他的人从身上跳跃而过。由于地面湿滑，冲力过猛，有时候跳跃而过的人站立不稳，跌个屁股蹲，在泥地上重重地拓出一个屁股印。跳不过去的就人仰"驴"翻，然后自己当"驴"让别人去骑。个头小的人往往跳跃不过，就当"驴"，当"驴"的次数多了，就不愿意，要换种玩法，就玩㨃（duǐ）屁股。

㨃屁股就是一丝不挂，站在十米开外，背对着背，屁股撅起，倒退着用屁股猛烈撞击对方，被撞倒者为输。由于浑身淤泥，屁股光滑，往往撞击后滑脱，双双跌坐在地，彼此看着对方的窘态，相觑而笑，惹得大家合不拢嘴。个头小的吃亏大，每每被撞倒，趴在地上不肯起来，在泥地上拓出个人形。有聪明的就想出了损招，在撞击的那一刹那，改变方向躲闪开来。个头大的铆足了劲，腰弯得很低，屁股撅得老高，势要把对方撞入淤泥，倒退着猛烈地冲向对方，却扑了个空，重重地摔个仰面朝天，泥地上深深地留下了他的背印。个头大的爬起来就打，俩人扭在一起，绾成了蛋蛋，打得不可开交。打累了就停下，停下后看着对方的窘样忍不住地发笑，笑了就和好如初。

和好了就又玩到一块，另寻一种公平的游戏——摔泥炮。摔泥炮就是把泥剜成像鸟窝一样的罐罐，往地上摔出炮的声响。泥和的不能太硬，也不能太软，硬了摔不烂，软了容易摔轰死。先剜许多泥炮晾下。比赛摔时，还要给泥炮里面底部唾口唾液，摔时胳膊要来回晃几晃，再抡起、扬高，鼓足了劲，重重地摔下，只听"砰"一声，泥炮底部破了洞。听见"pia"一声泥炮摔轰死了，摔轰死的人就输了，输了认罚，罚就是狠狠地被对方刮一下鼻子。我一直纳闷，为什么要给泥炮底部唾口水？为什么还要晃几下？为什么摔出破洞的响声就响亮？长大了我才弄明白，晾下的泥炮软硬均匀，唾口水到底部是为了让泥炮底部的那一点变软，晃几晃是给充足的时间让口水浸透泥炮底部，摔时泥炮里的空气被急剧压缩，压缩的空气容易从软的地方冲出，形成气洞，声音响亮，就像刺破的气球。若摔轰死了，说明空气是从四周分散冲出，不聚劲，因而响声乏困无力，就像摔碗。

打江水对我们来说就是洗澡，尽管水很浑，打过江水，浑身是泥，找一处没有被打扰的净水擦洗，洗过之后比现在人去洗浴中心让人搓过澡还干净。故乡人把这叫"脏水洗净澡"。我思索其原因，大概是淤泥干了有很强的吸附作用，把身上的死皮，以及污垢甚至毛孔里的代谢物都吸附出来，擦洗之后浑身就干干净净的了。

有一次，刚下过白雨（家乡人把雷阵雨叫白雨），我们就滑下了沟。江水打得正欢，突然电闪雷鸣，白雨杀了个回马枪，我们急忙出水，来不及穿衣，洪水冲走了所有人的衣物，大人们赶来营救，我们连滚带爬地上了沟，光着屁股回了家。听大人们说，这叫"白雨连三场"。

还有一次，白雨很大，连下了三场。站在门口沟畔，看着沟底的洪水就像蟒蛇一样翻腾、驰骋，听着隆隆的水声就像蒸汽火车从身旁开过。洪水冲垮了正在修建的大坝。等水退去我们下了沟，沟底被冲得坑坑洼洼，到处积水。沟道大拐弯处被洪水冲垮了，形成了堰塞湖，积了很深的水，水面上还漂浮着建坝时人们用的夯。夯是木的，四棱柱，有一米多高，有一搂多粗，底部包了铁皮，周围有一圈小铁环。我们几个爬上了夯，骑在上面，划向了深水区。旱鸭子们怕水，越到深水区就越害怕，木夯又难以控制，个个战战兢兢。越晃越厉害，突然木夯翻转了，我们被翻入水中。水有一丈多深，几个孩子在水中上下翻腾，命悬一线，呼天不应，喊地不灵。忽然有一个大一点的孩子抓住了木夯的环，又拉住了一个伙伴，游向了浅水。接着他又不顾一切营救其他人，连着救了几趟。那时，我已被水呛得缓不过来气，想着人生到此，再也见不到我的家人，见不到我的伙伴，闭上了眼睛昏了过去。醒来时，我被搭在了驴脊背上，不停地吐水，吐的全是黄泥水。

有一年，下了一场百年不遇的大暴雨，洪水冲毁了许多良

田，冲走了好多庄稼和树木。生产队的羊圈也被水淹，淹死了好多羊。有几家人家里进了水，东西全被冲走。还有一家倒了窑，一家人无家可归，在雨中哭泣。洪水带走了我们许多，我们却留不住它，任凭它肆虐，拿它没有一点办法，只能默默地忍受。

从此以后我就怕水，再也没有打过江水，成了永久的"旱鸭子"。现在的家乡，大沟、小沟都建了大坝，人们都告别了窑洞住进了楼房，再不会有洪水肆虐，再也不用惧怕暴雨。政府又实施了东塬饮水工程，家家都有了自来水，户户都建了洗澡间，孩子们再也不用去雨中洗头，再也不用下沟打江水。

笛声悠扬

一阵悠扬的笛声随风飘来，听着是《黄土高坡》的曲调。谁在奏乐？还是最新流行的歌曲！能哼哼几句都不错了！居然还是笛子独奏！我一下子来了精神。

刚上大学那会儿，我对什么都感兴趣，充满了求知欲。那时，我正在学绘画，也学吹笛子，对笛子略知一二。首次听到这首歌的笛子独奏，感到很稀奇。不行，我得看个究竟，何许人也？竟如此新潮！莫非也是穿着喇叭裤、留着烫发头、手提录音机、跳着迪斯科的那种潮流青年？寻着笛音，我边走边想。

铜川工人文化宫广场被一群人围得水泄不通。我拨开人群，钻了进去。我吃了一惊，这不是什么时髦青年，也不见录音机，是一个普通男子在吹笛。这人跟我年龄差不多，衣衫褴褛，但很干净，蹴在场地中央，面前放着一歪歪扭扭多处少了瓷的洋瓷碗，碗里零零星星地放着些碎钱。他闭着眼睛全神贯注地吹奏着，头随着音乐的节奏或上下或左右像打拍子一样摇晃着。他完全沉浸在乐曲之中，我也完全陶醉于他精湛的吹奏技艺中。一曲《黄土高坡》奏毕，刚一收笛，观众们即刻报以雨点般的掌声，纷纷向那洋瓷碗里扔钱。他便站起来，睁开了双眼，不断地点头鞠躬感谢着大家。天呐！他是盲人！我不敢相信这是真的，一个盲人怎么会演奏得这么优美！而且还是最新歌曲，这首歌曲好多人还都不会唱，他竟然能用笛子演奏。没有乐谱，当然他也看不见，全凭感觉和记忆！他的笛音时而高亢，时而婉约，时而如高山流水，时而如涓涓细流，时而悠远，时而深邃。我完全被他的演奏折服，一连听了好几首曲子：《大约在冬季》《萍聚》《爱拼才会赢》。

以后的每一个礼拜，我都要去文化宫，听他的笛子独奏，向他学习，向他请教。在一次的聊天中得知，他是我们耀州人，于是就更加地亲近，我称他为"乡党"。他的笛子很一般，笛膜是编席用的芦苇里面剥取的内瓤，这样的笛子我是根本吹不了的。但就是这样一把笛子，经他演奏，却吸引了数百人围观，可见他的水平不一般。一次，我专门在广场旁边的新丰百货大楼买了一包笛膜送与他。那时，他才知道还有专门卖的笛膜，换上了专业的笛膜，吹了一曲《朋友》，音质有了很明显的提高，这首歌经他用笛子吹奏，简直出神入化！那是我听过的最舒心的笛子独奏。我想：如果给他一把好笛子，再稍加高人指导，他能登上国家大剧院的舞台。我上大学的那几年里，每周周末，他都来工人文化宫广场演奏，风雨无阻。我只知道他来自耀州的山里，几经周折，来到铜川最繁华地段——铜川工人文化宫广场，为过往行人送来最新的流行歌曲。他不为挣钱，完全由大家随心布施，给也行，不给也可以，只是为了让大家繁忙过后，周末有一个愉快的心情。

后来我毕业了，走上了教学岗位，再也没有见到他，每次拿起笛子就想起了他。直到两年后，我调到稠桑乡关庄中学。忽然有一天，一缕熟悉的笛声忽隐忽现地传入我的课堂。下课后，我急忙赶出校门，门口街道上他在吹笛。我默默地走到他跟前，和以前一样，圪蹴在旁边听他吹着那首《热情的沙漠》。吹完还没有等我开口，他先开了口："调到我们这了？"我吃了一惊，问："你知道我是谁？""知道，你就是那个在老区送我笛膜的，帮助过我的人，我一辈子也不会忘记的。"他答道。我纳闷地问："你是怎么认得我的？"他自信地回答："用心！"我异常惊讶，我已经三年没有遇到过他了，他居然还记着我。更令我惊讶的是：一个从出生就失明的人，压根没有上过学，目不识丁，更不识谱，怎么就能把一首歌曲用笛子吹出来呢？而且吹奏的曲子还总是最新的！当大多数人还没有学会唱的时候，他已经在大街上演奏了！莫非正如有些人说的那样："当上帝给你关闭一扇门的时候，必定为你打开一扇窗户？"他真有特异功能？出于好奇，我就把他叫到我办公室和他畅谈了起来。他叫余全喜，比我小三岁，家就在关庄中学附近的树林村，家有父母兄长。他并非有什么特异功能，只是他的其他感官比常人更灵敏，比如他的听觉，他能从脚步声、咳嗽声，甚至出气声中分辨出人与人的细微差别。再比如，一首新歌从收音机里播出了，他听一遍就能记下它的曲调，然后用笛子摸索几遍就能吹奏出来。这个问题我琢磨了很久，发现他的记性、听觉、触觉等都很发达，发达的原因也不是什么上帝的功劳。科学的解释应该是达尔文的"用进废退"理论。也就是说，人的器官越用越发达，越不用越就退化。余全喜的眼睛看不见，他就把听觉发挥到了极致，他通过认真地听来辨认事物。而我们常人用眼睛能辨别的，根本不用劳驾耳朵，长此以往，盲人的听觉就会比我们正常人的发达，其他的感官比如触觉，以及记忆力也是这样。记得中央电视台现场直播过一次中国、德国两个盲人的挑战赛。台上有十辆一模一样的小轿车，有十对母子，每个小孩手中都抱一只工艺品毛毛熊，其中有四只毛毛熊是塑料的，有六只是用毛料编织的。让这十对母子分别坐进十辆车，关闭车门窗，盲人用击掌、吼叫、弹舌等方式让声波穿过汽车玻璃到毛毛熊身上又反弹回来，通过不同物件回音的细微差别，用听觉和触觉辨出四只塑料熊来。神奇的是他们分别辨认出了四只和三只塑料熊。如果是我们视觉正常的人恐怕连一个也辨认不出来。有人说他的乐感好，有人说他是天生的音乐天才，还有人说，他就是有特异功能。在我看来，一切都来源于生活的逼迫，一切都来源于他的认真、用功，一切来源于他要活下去的动力。我拥有明亮的眼睛，看着乐谱，拿着优质的笛子，却吹不出他那样动听的乐曲，惭愧至极。这么好的笛子我配不上用它了，干脆把它送给盲人余全喜，他才配拥有这样一把好笛子。

后来，我工作到了城里。再次见到他的时候，是在耀县城的七一路菜市场门口，他坐着小板凳，拿着我送给他的笛子，为来来往往的人吹奏流行歌曲，比以前吹得更优美，音质也比以前更好。他几乎每天都在那为来来往往的人不知疲倦地吹奏着，差不多所有的耀州人都享受过他带来的愉悦，天天如此，他也乐此不疲。

近十几年来，我一直没有他的消息，街道似乎也沉寂了许多，再也见不到他的影子，再也听不到那悠扬笛声。人们怀念有他的日子，还想再听一次他美妙的笛音。直到今年的重阳节，我从姚忠智做的美篇中看到了他。他还健在，他在小丘养老院里，老了许多，脸上布满了皱纹。他依然没有忘记予人为

乐、帮助他人，常常为孤寡老人们献上一曲笛子独奏。眼睛看
不见了嘴还能吹，脚还可以走。所以，他经常推着不能走路的
大婶散心。他一生奉行的宗旨是"赠人玫瑰，手留余香"，他
人开心就是他最大的满足，他走到哪儿，就把快乐带到哪儿。

　　现在，他年岁已高，一生未婚，孤寡一人，政府收留了
他。虽然，他早已不再来城里吹笛，人们依然怀念着有他的日
子，耳畔时常响起他那悠扬的笛声，他的笛子独奏成了耀州的
另一种味道，已经收藏到耀州人的记忆里。

将 军 山

——耀州人民的父亲山

如果说沮河是耀州人民的母亲河的话，那么，将军山就是耀州人民的父亲山。

将军山屹立在耀州城的东方，巍巍峨峨，日夜俯瞰着耀州大地，站在将军山上可以一览耀州全境。早晨，日出将军山，光芒四射、霞光万丈；傍晚日落西山，夕阳映照着将军山，熠熠生辉、伟岸厚重。

相传，将军山本不叫将军山，叫泰山。秦朝大将王翦，为秦统一六国扫平了五国，功不可没，秦始皇为了纪念这个大将军封泰山为将军山。

将军王翦，就是将军山下（今富平老庙）人，将军山一带就是当年王翦屯兵、练兵的场地。这里曾经屯有六十万大军，大多数秦兵都是本地人（富平人、耀州人）。当地人彪悍、强壮、魁梧。平六国之兵都在这里征集、历练、出发。这里也是当年的秦兵工厂，西汉时期称作"役祤"。平六国没有过人的兵器是不行的，那些强硬的兵器都产自这里。今天，我们参观名扬世界的秦兵马俑，依然能够看到那些亲切的面孔，感受到浓浓的乡党情怀和那男子汉的英雄气概。

小的时候，仰望将军山，将军山伟岸、厚重、高不可攀。听着将军那些动人的故事，愈发觉得将军山神秘。将军的文韬武略、老成持重激励着我们这儿一代又一代的人们。

我家就在将军山下，但我从来没有登上过此山。受邀去登将军山那天，我心情非常激动，一路上怀着敬畏之心、崇拜之情，渐渐地，将军山在我的心目中已不再是山，它是人，一个男人，一个像父亲一样的男人。

登上了将军山，站在父亲肩头，遥望耀州大地，我热血沸腾、心潮澎湃、浮想联翩。

将军当年平五国：赵、燕、魏、楚、韩，统一天下，为秦国立下了赫赫战功，助秦始皇完成了中国疆域和中华文明的统一大业。

今天的将军山不正是祖国和平统一、战胜分裂、平息叛乱的象征吗？将军山象征着威武强大，象征着战无不胜。

将军以一个男人的担当保卫国家，像父亲般伟大。

今天，我们要再树将军的形象，再提男人的担当，保家卫国，反对分裂，呼吁和平。

将军，耀州人民心目中崇拜的偶像；将军山，耀州人民的父亲山。

观音是我家乡人

　　我的家乡在陕西省铜川市耀州区，耀州区关庄镇有个村子叫"墓坳"，在南北朝时期这里被称作"北阙国"。传说北阙国有个国王叫妙庄王，妙庄王没有儿子，有三个女儿：大女儿名叫妙清，二女儿名叫妙音，三女儿名字叫妙善，这三个女儿个个聪明伶俐、如花似玉、宛若仙女。

　　三公主妙善诞生时异香满室，宫中的所有人都能闻到那股沁人心脾的芳香。同时，还有满天霞光遍布宫中，如放了礼花炮一般。

　　妙庄王性情暴戾，他南征北战，惊扰四邻不安，到处生灵涂炭。妙庄王尤爱他的三公主妙善，妙善公主自幼聪颖明慧，有超人的见识，不仅长得美艳绝伦，而且性情恬静、聪慧超凡，更主要的是她有一副难得的菩萨心肠。

　　转眼间到了谈婚论嫁的时候，大女儿妙清、二女儿妙音相继招了驸马，过上了无忧无虑的幸福生活。唯有三女儿妙善不肯谈婚论嫁，她看到了受苦受难的黎民百姓，看到了处于水深火热之中的劳苦大众，决心修行成佛，搭救一切生活在苦难之中的善男信女。

　　于是，妙善向父王央求："孩儿平生唯愿静心修行，其他一切荣华富贵，非所愿也，望父王能体恤孩儿一片诚心。"谁知妙庄王坚决不答应。也难怪，天下有哪个父亲愿意自己的女儿一辈子不嫁的。在妙善公主的软磨硬缠之下，无奈的妙庄王给妙善出了一道难题，以阻止妙善的出家修行。他告诉妙善："你如果能感动天，让这六月天飞雪，我就准你出家。"

妙善一路向北，下了九里坡，沿着沮河进入姚峪川（今瑶玉村所在川道），一条河流挡住了去路。她心想：如果这里的河水（今香山脚下瑶玉河）流入地下，岂不就可过往？念头刚起，河流在这一段果真流进地下。妙善过了河，爬上了香山，老天爷真被感动了，六月飞雪，鹅毛大的雪花从天而降，覆盖了整个香山，白茫茫的一片。三座山峰（东峰、中锋、西峰）远望犹如洁白的笔架，因此得名"笔架山"。

妙庄王见阻止不了三公主，又生一计，告诉三公主："如果你再能让这冰雪天山花烂漫，我立刻答应你。"为了实现自己的心愿，为了普度众生，妙善公主就把树枝一个一个地插在墓圪北边岭上的雪地里，插满了整个山坡。妙庄王来看时，惊呆了：只见鲜花开满了山坡，红的、黄的、紫的，一派生机。后来人们就把这个地方就叫"插花岭"。

妙庄王无奈，只好答应妙善去香山脚下的白雀寺修行。他事先跟里面的叫夷优的主持和僧尼们沟通好，想着一来公主受不了寺院的清苦，二来再让这些僧尼劝说公主，公主受不了寺院的苦自然就会回心转意。

妙善进入白雀寺后，事务被安排得满满的，根本没有休息的空，担水、砍柴、扫地、做饭、洗衣等全部杂活都是她做。可怜公主千金之躯，怎能担负得起如此重活？但妙善公主绝无怨言，每天忍受着、坚持着，一有空就静心打坐，抓紧修行。

妙善的诚心终于感动了诸天神众。于是八部天龙、护寺伽蓝、东海龙王、六丁六甲等纷纷前来，甚至连飞禽走兽也前来相助。它们有的扫地，有的担水，有的捡柴，有的送菜，甚至连上香、送茶等活也帮忙干了，以便妙善能腾出更多时间修行。主持夷优看到如此种种，没想到会有这种事情发生，一时也没了主意，只得如实向妙庄王禀报。

妙庄王得到报告，眼见女儿回头无望，心中不禁大怒。即刻令人点齐五百兵马包围白雀寺，将此寺焚毁殆尽，寺内僧尼全部被烧死。妙善被一猛虎救上了香山免遭此劫。妙善从此定居在香山一心向佛，潜心修行。

妙庄王烧了白雀寺，烧死了所有僧尼，遭到了报应，得了不治之症。此病唯有用亲人的手、眼入药方可治愈，否则，他不日将会离世。大公主妙清、二公主妙音都不肯献出自己的手和眼。妙善公主听说后，取下自己的眼、剁下自己的手让人送与自己的父亲入药。妙庄王痊愈后听说是三公主献出了手和眼救了自己的命，想起自己的所作所为悔恨不已，当即命人给三公主安装了金眼金手，并拨银两大修香山寺庙。

妙善最后就在大香山的中峰石窟内修炼。寒来暑往，岁月流逝，终于修成正果。妙善修得正果后显示出了观世音菩萨的庄严法相，而且神通大显，救度了无数善男信女。妙善深得大家的爱戴和拥护，大家纷纷跟她学佛，包括她的父亲和姐姐，以及其他王宫贵族都追随她修行礼佛。后来妙善坐化在香山大殿的石洞中，坐化后，肉身千年不腐，激励信徒们潜心修行。

妙善公主坐化后，妙庄王为了洗清自己的罪孽，感念妙善公主的恩惠，吩咐工匠专门给妙善公主塑造了一个千手千眼的观音菩萨像。

在中国乃至全世界信奉观世音菩萨的人数以亿计，因为传说观世音菩萨是慈悲的化身，她搭救一切生活在苦难中的善男信女。当人们说起观世音菩萨的时候，常常不只是称"观世音菩萨"，而是称"救苦救难的观音菩萨"。

妙善公主生在耀州墓坳，修行在耀州姚峪的白雀寺和香山，坐化在耀州香山，成佛在耀州香山。

妙善的传说最早可追溯到唐代道宣律师《万松老人评唱天童觉和尚颂古从容庵录》，其中提到他曾经听说观音过去是妙善公主。《隆兴佛教编年通论》卷十三也完整地记载了这一传说。

观音菩萨的出生、修行、肉身坐化、成菩萨都在耀州，耀州大香山寺就成了中国最古老、久负盛名的观世音肉身坐化道场。

我是药王后裔

出了远门，到了省外、国外，常常会有人问我是哪里人，我说："耀州人。"有人不知道，我又接着说："铜川人。"还是有人摇头。我就换种方式说："我是药王那个地方的。"在场的所有人一下子就都明白了。有人惊奇地问："就是那个叫孙思邈的？那个人称药圣的？"我自豪地说："对！我和药王是一个村的，药王还是我先人哩。"在场的便对我刮目相看，纷纷问这问那，有的问："孙思邈到底活了多少岁？"有的问："孙思邈真那么神奇？真能起死回生？"我便嘚瑟着给他们一一道来。

孙思邈，京兆华原（今铜川市耀州区孙塬镇孙原村）人。相传，他生于西魏大统七年（541），死于永淳元年（682），活了141岁。被尊称为："药王""孙真人""药圣"。

在场的已是唏嘘不已，有人便问："何以如此？"我自豪地说："养生么。""如何养生？"又有人问我。不急、不急，听我细细道来。

我从小生长在药王爷的村里，抬头便能仰望药王的遗像，随处都能听到流传了千年的药王故事，伸手就能触摸到药王留下的痕迹。小时候，我和几个小伙伴经常手拉手地拥抱药王手植柏，经常在药王居住过的老堡子里捉迷藏，经常去药王的洗药池里洗把手，逢年过节还要去药王庙里烧个香、磕个头，捐些香钱讨个吉祥。让我敬佩的是药王把自己一生的医药成就写成了《千金要方》和《千金翼方》两书，并将它们刻在了石头上让后人誊抄。谁有个头疼脑热，就去石头上找治疗的药方，采些草药煎服，特灵，一服就好。

药王的医术可高明啦，能起死回生。相传，一农妇难产死亡，送葬队伍正准备下葬，被途经此地的孙思邈拦下，命人开棺。亲属们半信半疑地打开棺材，药王找准了穴位，几针扎下去，那妇人果真有了反应，醒了过来。原来，药王上山去采药，发现路上滴有血迹，查看血迹认为此人应该还有救，便急忙寻着血迹追赶至墓地，救下了这对母子。

药王拯救了数以万计百姓的性命。相传在唐朝，耀州曾暴发了大面积霍乱，夺去了许多人的生命，百姓人心惶惶。药王也束手无策，每天来看病的人络绎不绝，大都不治而亡。药王看在眼里，急在心里。

传说有一天，一农夫牵着牛来看病，同样也无药可救，农夫无奈地赶着牛回家。第二天牛的病有了好转，农夫赶紧跑来告诉药王。药王奇怪：没有用药，病症怎么会减轻？他详细询问了农夫经过，跟着农夫沿原路走了一趟。原来，牛在途中吃了一种草，名叫"邪蒿"。药王赶紧采了此草带回家熬制，给一危重病人服了，果然有效，忙命人大量采集，大锅熬成药，分发给乡邻。后来，左邻右舍都知道了邪蒿能治霍乱，便大量采集，大量种植，霍乱疫情得到控制，减少了大面积死亡，以后霍乱在我们家乡绝迹了。

听得在场的人目瞪口呆，有人说："应该给孙思邈发个诺贝尔医学奖。"另有人说："孙思邈都死了一千多年了，谁去领奖？"有人说："让他的后人替他去领呀。"有人纠正："诺贝尔奖就不提名死去的人。"有人立即问:"孙思邈的后人还在吗?"我回答说:"在,我就是。"众人质问:"你姓李,孙思邈姓孙,此话怎讲?"听我说来。先祖孙思邈有遗嘱:"我三次拒官不做,违背皇命,不知哪天会遭杀戮满门之祸,殃及孙氏家族,孙氏户族不如就隐姓埋名为上。"就像司马迁的后代一样,司马迁的后人把"司马"两个字拆开,给"司"字加一竖,成个"同"字,给马"字"加二点,成个"冯"字。孙思邈的后人把"孙"字拆开成"子"和

"系"。木必有本,人必有祖。李姓取木为根,有子就有孙,子孙绵绵;张姓,施弓弦,弦为丝,丝即系也。于是,就把"孙"姓改为李姓和张姓。也有说改成焦姓和蔡姓的。在场的人才恍然大悟,难怪孙思邈的家乡孙塬没有姓孙的,原来你们就是孙思邈的后裔。

相传,药王不但给人看病,还给动物看病,也给神看病。传说药王骑驴远途行医,行至深山老林,一饿虎扑出,吃了他的驴。不料驴骨卡住了老虎的喉咙,老虎上不来气,憋得奄奄一息。药王不顾自己安危舍身相救,手伸进老虎的喉咙,取出了驴骨,救了老虎一命。老虎为了感恩,愿做药王的坐骑,听候使唤。

另有传说,一日,药王采药行至深谷,突然电闪雷鸣,暴雨如注,顿时山洪暴发,河水泛滥,挡住药王去路。一条青龙

从天而降，坐虎立即扑了上去，顿时，龙腾虎跃，一场恶斗。那龙张牙舞爪，不肯恋战。就在这时，药王看清了龙掌红肿淤血，龙爪有伤。忙唤回坐骑，掏出银针，刺向瘀块，顿时瘀血喷出，青龙解除了病痛。那龙磕了三个响头，升空而去，雨停洪退。这就是传说中的"坐虎针龙"，也因此而得一药名"龙虎斗"，即蝎子和蜈蚣入药加上针灸，可治疗四肢麻木之症。

药王不但医术高超，而且医德高尚。他所著的《大医精诚》是中医学典籍中论述医德的一篇极为重要的文献，为习医者所必读。《大医精诚》论述了有关医德的两个问题："精"和"诚"。第一是"精"，要求医者要有精湛的医术。药王认为医道是"至精至微之事"，习医之人必须"博极医源，精勤不倦"。第二是"诚"，要求医者要有高尚的品德修养。药王认为医者须以"见彼苦恼，若己有之"的感同身受之心，策发"大慈恻隐之心"，进而发愿立誓"普救含灵之苦"，且不得"自逞俊快，邀射名誉""恃己所长，经略财物"。

又有人说："快给我们讲讲，孙思邈是怎样养生的？"其实，药王除了留给后人他高超的医术、高尚的医德外，还给我们留下了他宝贵的养生秘诀，即"忌、动、乐"三宝。"忌"，是指生活要注意节制检点，切忌放纵欲望。药王有一首《四不贪歌》："酒色财权四道墙，人人都在里面藏。有人能跳墙外来，不是神仙便寿长。""动"，是指生命在于运动。药王有一首《养生歌》："天有三宝日月星，地有三宝水火风，人有三宝精气神，会用三宝天地通。""乐"，是指人生于世应快快乐乐。药王一生无忧无虑，从不计较个人得失。他性情乐观，始终把自己看成是孩童。他认为，人的精神对健康很重要，情绪无常，喜怒无度，杂虑太多，牢骚太盛，都会影响脑神经，都会引起脏腑功能失调和新陈代谢紊乱，进而影响身体健康。

为了纪念这位有着突出贡献的药王，在我们家乡大到政府官员，小到黎民百姓，每年二月二都会参加公祭仪式。还有二月二古庙会助兴，前来祭拜药王的人是摩肩接踵、络绎不绝。近年来，我们耀州倡导现代化的"生态耀州、健康耀州、文明耀州、幸福耀州"理念，每年举办一次"药王养生节"，欢迎各位来我们家乡做客，感受一下药王故里的人文风情。

听完我的一席话，在场的人对药王有了更深刻的认识，无不对药王竖起大拇指，纷纷称赞说："不愧被称为药王、孙真人、药圣，你有这样的先祖，真是无上荣光！"

药王的故事说不完，药王的功德代代传。作为药王的后裔，继承和发扬药王的美德是我们义不容辞的责任和义务。走到哪儿，我们就应该把药王的医术、医德、养生秘诀宣传到哪儿，让药王的光芒照耀普天下所有的人。

"母亲"也臭美

一条河默默地流淌了几千年。由北向南，横贯耀州。这条河名叫沮河，沮河之水是生命之水，来自遥远的北方。她养育了千千万万的耀州儿女，是耀州人民的母亲河。

曾记得，母亲饥荒的时候，水枯石出，河床瘦骨嶙峋，干瘪得像一根枯柴棒。挤不出一滴奶水，蓬头垢面地横躺在那里，奄奄一息。

曾记得，母亲发怒的时候，暴跳如雷。咆哮的河水，奔流直下，扭动着身躯，横冲直撞。河流决堤，耀州一片汪洋，儿女们望而生畏，四散逃离。

曾记得，母亲那饱经风霜、历尽沧桑的面孔。河岸光秃秃的如锯齿一般，河床千疮百孔，乱石纵横。母亲拖着沉重的脚步，艰难地跋涉在坎坷的征途，唱着那令人心酸的歌。

如今，儿女们在母亲的养育下都过上了幸福安逸的生活，也到了报答母亲的时候。

　　母亲爱美，儿女们就在河床上堵上一个一个的橡皮坝，像一面面镜子。河岸上栽的一棵棵垂柳似梳子，母亲照着镜子梳妆打扮，打扮得干净、漂亮。沿着母亲河修建了走廊，踩着裂石过往，听着流水潺潺，让母亲感受到小桥流水般的江南风韵。种上花花草草如水葱、莎草、芦苇等等，就像给母亲穿上华丽的新衣裳，把母亲装扮得漂漂亮亮，让母亲好好地臭美一番！

　　母亲爱鲜花。儿女们就在河里插上一百朵、一千朵、一万朵。不，整个河床都插上。有薰衣草、油葵、格桑花、千蘽菜、荷花等等。母亲最爱荷花，就多栽些荷花。有白的，有粉红的，有的含苞待放，有的花香四溢。翠绿翠绿的荷叶大如车轮，叶心一颗晶莹剔透的水珠，微风吹拂，浪来浪去，如银珠打滚儿一般。荷塘一片连着一片，沿着河道走廊一直延伸到远方。满眼的绿，到处的花，惹来了蜻蜓悬在菡萏尖处。一只蛤蟆蹲坐在一片荷叶中央，我怦然心动，几首打油诗脱口而出：

（一）

青蛙不自量，

打坐莲花台。

叽里呱啦叫，

念经学如来。

敢问度何人？

此处唯我在。

（二）

青蛙很年轻，

正在谈恋爱。

突然有人来，

羞得四散开。

（三）

老夫寻找当年景，

巧遇青蛙在谈情。

不见过去西河滩，

荷花朵朵似君影。

（四）

天鹅想吃蛤蟆肉，

趴在水中不敢动。

一只跳上荷叶来，

差点就把命葬送。

蝴蝶、蜜蜂更是萦绕在河边。引来了野鸭、白鹭、朱鹮，纷纷散落在河滩。母亲河被装扮得五彩缤纷、花香四溢，引来百鸟朝凤。

母亲耐不住孤独。她常常想念着儿女，盼望着能和儿女们经常相聚。儿女们就络绎不绝地去看望母亲，和母亲说说话，陪母亲散散步，依偎在母亲怀里撒个娇，合个影，享受幸福时光，留下美丽瞬间。

蜿蜒曲折的河道走廊里，儿女们陪伴在母亲身边，其乐融融。母亲开心地笑啦，笑得灿烂，笑得美丽，笑得幸福。

生活在母亲河边，看着母亲一天天地变美，让我幸福，让我震撼。今天的母亲河已经成为耀州一道亮丽的风景线。

望着平静、慈祥、容光焕发的母亲，我的泪水夺眶而出：

玉门，观音菩萨的后花园

沿着沮河流域逆流而上，去看观音菩萨的后花园——玉门。

一路山川秀美、碧水蓝天，我们像一叶小舟，在绿色的河道中蜿蜒划行，越划越远，越行越深，进入无人仙境。

一块偌大的玉石映入眼帘，上面赫然写着"玉门"两个朱红大字。

迎接我们的是满山的迎客松，其中一棵尤为醒目，倾着身子，伸长脖子，一副翘首期盼的样子。更为新奇的是，它携着的不是鹤，而是朱鹮。朱鹮可比鹤金贵多了，心想：松鹤的寓意是"松鹤延年"，这松鹮的寓意大概是"松鹮益寿"，祝你健康吧？

据悉，2013年7月和2015年4月，国家林业局（现为国家自然资源部）和陕西省政府在铜川市耀州区柳林林场先后放飞了两批六十二只朱鹮。五年后的今天，在当地繁育的"铜川籍"朱鹮已达四十六只，铜川朱鹮总数达到了一百零八只，占全球朱鹮总数二千六百只的百分之四，铜

川成为全球六个朱鹮野化放飞地中的佼佼者。

朱鹮伸着脖子，头扭来扭去地打量着我们，一会高高地站立，一会栖身低伏。看到我们都凑过来，朱鹮居然飞了起来给我们表演，或升或降，或翻身或滑翔，或盘旋或猛冲，或俯瞰或仰视，变着法地吸引着我们的视线，引得大家纷纷拍照。不敢鼓掌也不敢喝彩，生怕惊扰了它，只是默默地在心里叫好，暗暗地为我们受到"国宾"级待遇而欣喜、自豪！

朱鹮退去，池鱼登场。清澈的池塘一眼就能望到底，朵朵白云抛洒在水面，水中的蓝天似乎更蓝。鱼儿好像对入侵的白云不满，嘟哝着："我的舞台怎么能让你来表现。"于是，一场阵地争夺战战得正酣：只见鱼儿不停地穿梭于水面，冲进"云霄"，冲入"蓝天"，好像空中的战斗机把云朵冲散。看见大队人马到来，鱼儿整编了队伍，列队欢迎我们，还不时地变换着队形，簇拥在桥廊的左右伴着我们缓缓向前。

小河边的黑鹳、浅滩上的白鹭、草丛中的苍鹭（灰鹭）各自在悠闲地觅食，看到有人来，纷纷驻足观看。鸟儿对我们很好奇，好像在说："这是观音菩萨的花园，清静之地，今天怎么来了这么多人，这是要搞什么活动吗？"鸟儿们蹬直了腿，伸长了脖子，稀奇地打量着我们，左看看右看看，看不够，竟忘了觅食。鸟儿对我们好奇，我们对鸟儿也好奇，不同的是这些鸟很有灵性，知道我们要看什么，因而卖弄着各种姿态，摆着各种姿势让我们瞧。可我们人类就是自私，根本就不懂它们，只是做自己想要的，抓紧拍照留念，留住这凡间少有的瞬间。

这是一片净土，沉寂了几千年，少有人知，鲜有人来。这里流水潺潺，荷花亭亭，琼楼仙阁，小桥通幽，垂柳依依，花

草缤纷。叫上名的、叫不上名的植物挽着你的手，抚着你的肩，吻着你的脸，亲切得好像别了几千年。总之，这里的一切都是那么的亲切，都是那么的让人稀罕，都充满了人性，充满了仙气。

玉门不但有仙山圣水、苍松翠柏、鸟语花香等许多美丽的风光，还有许多传奇故事。相传，一千多年前，土匪来抢劫，村民躲进了崖壁上的爹（方言中读tuo，轻声）雨洞，土匪上不去，就抱来了柴火烧洞。观音菩萨显灵，搬来了龙王，瞬间倾盆大雨夹杂着拳头大小的冰雹浇灭了大火，砸跑了土匪，保住了这里永世的太平。

玉门的美景看不完，玉门的故事说不尽，但我们不得不说再见。临走的时候，各种动物都来送行，有黑色的蜻蜓，有黄色的、红色的、紫色的手掌大小的蝴蝶，还有很多叫不上名字的动物都跟在身后，我与它们依依不舍地告别。

都回去吧，我还会再来，我要把这里的仙景告诉所有人，我会说：观音菩萨开放了她的后花园，让大家都来参观，来感受玉门的仙，欣赏玉门的景，揭开玉门几千年来不为人们所知的秘密吧。

前咀子荷塘

太阳落下了山，月亮爬上了枝头，月光洒在前咀子荷塘。荷塘犹如一张绿色的毯子，静静地铺在河床之上，没有蝉声，没有蛙鸣，静得出奇。似乎月亮也静悄悄的，没了笑，平静地注视着我们。有人说："这是观音菩萨的莲花宝座，观音在这里诵经。"于是，大家也都格外安静，不敢走向纵深，生怕打扰了观音菩萨。只是各自默默地欣赏，悄悄地拍照。

借着月光，我们隐约看见大如斗笠的荷叶，一叶紧挨着一叶。菡萏透出叶面，亭亭玉立，像诵经时敲的木鱼。所有的莲花都迎合着这里的气氛，安静地闭合着，只有荷叶尽情地铺展，承载着这里宁静的氛围。

我带着疑惑，心里暗暗地问观音菩萨："为什么你喜欢莲花？"观音回答："莲花表示清净的功德和清凉的智慧。莲花生长于污泥，绽放于水面，出淤泥而不染。象征着清静、光明、自在、解脱之意。显示了佛的庄严，佛法无边，救度众生，如水滋润万物。"

听完观音菩萨的一席话，我恍然顿悟。莲花开于炎热的夏天，炎表示烦恼，水表示清凉，即由烦恼到清静，使人解脱。

今晚的荷塘，在这烦扰的世间，让人释怀；在这炎热的夏天，给人带来丝丝清凉。

悠悠艾草香

今天是端午节。清晨，打开手机，满篇有关端午的话题。屈原，粽子，艾香，出现在每一个页面。走在街上，大街小巷都是端午的气氛。打地铺卖艾草的摊子围满了人。捧绳支架卖香包的，满架香包花色繁新、各式各样，让人驻足围观。卖粽子的商铺门庭若市，连那卖油糕的门前都排起了长队。人们有的手拿艾草，有的提着粽子，有的脖子上、腰间挂上了香包，说是可以防蚊叮虫咬、消灾避邪。满大街都散发着淡淡的艾香……

可能是受端午气氛的感染，我们同学几个相邀一起去申河湿地放飞一下心情，感受一下薰衣草的幽香，欣赏一下湿地的水、荷塘的月。

薰衣草坪像一片紫色的海洋，风平浪静，又像一张铺开的紫色地毯，散发着静静的幽香，展示着她那悠悠的美。草坪边，一个大旗牌——"申河香谷"高高地矗立着，惹得女同学们纷纷拍照留影。那些倩影有双人并肩欲飞的，有携手惬意漫步的，有回眸嫣然一笑的，有凭栏心醉的，有三人挽臂簇拥的，着实让女同学们过瘾地秀了一把。没去的同学后悔不已，相约一定要明天去感受一下。

最让我喜欢的还是这里的景色，远看有沟、有桥，近看有水、有船，我想这水里面一定还有鱼。

　　天色渐晚，夕阳西下，美丽的申河越发诱人。且不说这散发着的淡淡清香勾引着你的魂魄，就连这傍晚湿地的景色都足以让人乐不思还。这紫，这绿，还有这荷塘，不由地让人想起了朱自清的《荷塘月色》，于是索性就不回了，赏一回今晚的荷塘月色。

荷塘月

荷塘月色美，
往事忆人醉。
憨笑惊飞鸟，
影扰梦中鱼。
鱼戏湖中月，
月淡星光移。
天地才分离，
离合周复始。
心随夜景迷，
鸡鸣人归去。

东塬的柿子

秋收的季节，东塬的柿子树是一道亮丽的风景。一上东塬，老远远映入眼帘的便是一树树柿子，由低到高沿着梯田一层一层地分布着，一直爬上了山坡。

崖畔、沟边、山坳，到处都能看到柿子树的身影，红澄澄的柿子像极了城里过节时装扮的红灯笼树，一树一树的红灯笼扑闪扑闪的发着耀眼的光芒，把整个东塬打扮得红红火火，像过节一样。

最美的是夹柿子的时候。秋分过后寒露来临，东塬披上了节日的盛装，处处红灯闪烁，人声鼎沸，热热闹闹。树上的，树下的，人头攒动，欢声笑语一片。一颗颗"红灯笼"从空中滑落，一筐筐柿子运回到家。家家户户房顶上、屋檐下，一串串红灯笼整齐地排列着，红闪闪的，一直持续到明年二月二……

柿子树是最大的果树之一，寿命长，有的树供养了几代人。其挂果量大、果子耐储存，而且栽培省事，不浇水、不施肥、不修剪、不拉枝、不套袋，基本不用人经管，年年都可以吃柿子。柿子比苹果投资少，产量却不亚于苹果，有一年的柿子价格和苹果价不相上下。

柿子树浑身都是宝，柿叶、柿子、柿饼都是药。柿子有润肺生津、清热止血、解酒降压、健脾化痰的功效，可以治疗肺热咳嗽、口干口渴、呕吐、泻泄等症状。

新鲜柿子有凉血止血的作用；柿霜润肺，可用于咽干、口舌生疮等症状；柿饼和胃止血；柿叶有止血作用，可用于治疗咳血、便血、出血、吐血。新近研究发现柿子和柿叶有降压、利水、消炎的作用。

柿子树是一本万利的果树，投资少见效快，不用经管，药用价值很高。

柿子耐储存，好保管，挂上缠不掉落，曲上柿饼霜多不坏。维生素、葡萄糖含量高，皮薄筋厚，没有核，是招待客人、赠送亲朋的理想佳品。

雨中游园

　　雨，时下时停，时有时无，让人不觉得身在雨中，雨在园中……

　　牡丹园里，没了往日的喧闹，少了蜜蜂的忙碌，看不到蝴蝶飞舞，一切在雨中沉寂了下来，空气中时有淡淡的泥土气息。然而，更浓的是牡丹天然的香气，这香味让人陶醉，使人回味，叫人遐想……

　　花丛中传出小孩子的欢笑声，这里成了他们捉迷藏的天堂，他们无忧无虑的天性在这里表现得淋漓尽致。一簇花旁，美女俯身依花，面带微笑地摄影留念，花美、人美，花衬人更美！一对恋人，走在安静的石径上，姑娘挽着小伙胳膊，轻轻地依着他的肩膀，一脸幸福地欣赏着一簇簇花朵，尽情地享受着爱情的甜蜜。花海深处，一对夫妻并肩漫游，步履优雅、絮语绵绵，静静地爱，浅浅地喜，依着岁月，相守白头……

　　我也把一天的烦恼抛弃，做一次安静的自己，可安静的心却生出一丝莫名的惆怅，生命旅程千回百转，聚散人生喜忧参半，渐行渐远的脚步沉淀了许多往事……

　　一场雨，一园花，一份心境，流失的岁月在脑海中时隐时现。垂柳拂面，珠水涟涟。抬头北望，高楼大厦鳞次栉比，在雨雾迷蒙中如海市蜃楼，一座繁华的现代化都市——铜川新区就在彼岸……

　　忽然明白，人们来牡丹园的目的不单是赏花，更多的是放飞自己的梦想，沉淀自己的心情，回味流失的岁月……

夜游牡丹园

早已被朋友们游牡丹园的照片诱惑得心神不宁。今天难得偷闲，下午刚好有点闲暇，于是徒步去游牡丹园。

一路上车水马龙、拥挤不堪，暗自庆幸没有开车。园里人山人海，小吃百货琳琅满目，看着馋人，索性就坐下用餐，咥（dié，陕西方言，吃的意思）一碗凉皮。

一个人吃着凉皮，感到孤单，就想起了前些日子与同学们一起做饭、吃饭那其乐融融的场景，于是就在饭桌上写下了《梦》那篇短文。

登台赏花，正拿出手机准备拍照，突然手机没了电，关机了。用惯了手机的我，犹如走进原始森林，又像断了线的风筝，失去了与外界的联系，心神不宁。于是赶紧又坐车回家充电，回到家里仍不死心，那一朵朵诱人的牡丹勾引着我，于是决定再走牡丹园。

再去牡丹园的路上，已是灯火阑珊。只有返回的车流开着大灯，就像火龙一般迂回。去的车已寥寥无几，园内人就更少，反倒觉得清静自在。

夜晚的牡丹园别有一番特色，格外的亮、静、香。哈哈哈！然后我就有了"艳遇"……

缘 分

花红花艳与何人，
野风无知蛮折枝。
娇花力衰抗莽夫，
静等我来抚伤心。

幽 会

忽闻我来醒，
半推半就羞。
揽入怀中嗅，
狂吻不想丢。

月中园

夜游牡丹园，
惊醒梦中仙。
若隐又若现，
含羞半遮面。
闻寻飘香去，
幽深不思还。
月明花间道，
丛中蛐蛐叫。
忽被垂柳拂，
对岸霓灯照。

觅红颜

昨晚遇红颜，
爱慕至夜半。
依依把家还，
天亮竟未眠。

走进麻子村

天公作美，雨过天晴，我们一行十六人（加上后来闻讯陆续赶来的，队伍已经壮大到二十几人）由铜川市政府出发，直奔安黎老师的老家——麻子村。

空气清新，麦苗葱绿，梨花绽放，雨后的麻子村祥和、美丽。

麻子村的村委会建得非常漂亮，收拾得干干净净、整整齐齐。

安黎的工作室就设在麻子村村委会的二楼。这里的文化气氛很浓厚，我们这些文人的精气神一下就被提了起来，大家纷纷找书，朗读，挥毫泼墨。范载阳老师显然被这气氛所感染，来了灵感，提笔蘸墨，一幅绝佳的梅兰竹菊书法作品一气呵成，赠予麻子村。

听了我的学生对麻子村的讲述，我对稠麻五堡有了新的认识。尽管以前曾在这里的中学任教三年，但不曾有今天的认知。原来，过去的稠麻五堡各有分工：稠桑东、南、西、北四堡，植桑养蚕，蚕丝做绸，以供达官贵人；麻子村，种麻榨油，麻秆做布，以养布衣百姓。所以才有了稠桑村、麻子村之分，有了以农耕为主、衣食为重的农耕文明。听了安黎公众号管理员左岸（张鲁耀）对安黎的介绍，也听了不下二十位大作家对安黎老师的极高评价，我感到这位三十多年前的高中老师更加神秘，急于去探索个究竟。

进入村里，能够看到麻子村的过去和现在：过去的土窑、二代房（胡基厦房）依然保留着；三代房（砖木结构房）、四代房（混凝土平房）、五代房（楼房）住着村民。从住宅来看，麻子村人的生活以前和现在应该还都是富裕的，房屋没有断代，始终与时俱进；从这里从事的农耕活动来看，桑麻保穿，良田供吃，村民吃穿自足。古时，南有桑梓，属富庶之地；北有桑麻，虽不算富裕，但也衣食无忧，稠麻五堡就是北方典型的农耕文明的体现。

随后我们看了吃水沟、麻子村小学和安老师的家。

看了这些，我们明白了为什么这里会养育出一个"脚踩泥土，仰望天空"的安黎。想起了安老师的《丑脚丫踩过故乡路》和杨柳岸的《吃水沟》中描述的：母子们利用晚上时间把水从十几里路的沟里抬到了家，却因天黑看不清，没有揭开瓮盖子而把水倒在了地上。弟弟赶忙趴在地上喝倒在地上的水，母子们哭成一团。为了明天的吃水，母子们又重新下到沟里去抬水，抬回来天都快亮了。这件事给安黎老师的触动很大，从此家里的水他一个人包了，不再让母亲和姐姐们吃苦受罪。试想：吃水要下到十多里路的河沟里去挑，下去容易回来难啊！一个十三岁的孩子挑着一担水，从深沟里爬上塬，脚下要踩得稳，踩得实，踩得坚定，不然就会人倒水覆前功尽弃，一切要从头再来。不但脚要踩得稳，而且还需挺直了腰杆，抬起头颅仰望天空向上攀爬。脚下的路是凭感觉摸索着前行的，不能弯腰，也不能平视，更不能左顾右盼，得保持着肩上的担子与这坡路平行，坚定地义无反顾地向上走。大概他"脚踩泥土，仰望天空"的习惯就是在这个时候就这样形成了。正如评论家所说："'脚深插泥土，头仰向天空'，土气而洋气，形而下又形而上，具有洞穿历史和现实的穿透力和表现力。"

安黎老师的旧居是几口凿在半沟崖壁上的土窑洞。窑洞虽已倒塌，但依然能够听得到它默默地向我们讲述着这儿的过去。我们听到了一位充满了慈悲仁爱的母亲的故事，想起安老师那篇《母亲是一座教堂》；听到了一位勤劳又富有智慧的父亲的故事，回味

着安老师那篇《父亲是一座桥梁》。出生在这样一个美好的家庭，却出门就上坡，回家就下沟，住在一个凿在沟岔的崖壁上的家里。为什么这样吃苦耐劳、宽厚仁慈的父母却生活得如此寒酸、如此不堪！稠麻五堡不算贫瘠的土地，不算贫穷的村落，为什么老师却生活得如此拮据！老师在日复一日地求索，也在日夜

地抗争，也许就是这样一个家、这样一种环境才造就了安老师，才使安老师获得了"思想的王国，语言的石匠"的美誉。老师的文字考究精致、沉郁厚实，读起来酣畅淋漓，既有逼真的画面感，又有抑扬顿挫的韵律感，他的文章妙语横生，发人深省又耐人寻味。

安老师就读的麻子村小学依然保留着两排厦房。教室比安老师家的条件好多了，也比当时好多地方的"窑洞教室"强得多！最起码窗明几净，光线好，空气流通，冬天的清早教室里不用点柴油灯，不会被呛得气都出不来，不会被熏成黑鼻子污嘴。黑板上安黎的老师的板书"按时到校"四个字依然清晰可见。字迹工整、苍劲有力，透过这几个字能看出安黎遇到了一个好老师，遇到了一个负责任的好老师，严谨、认真、笃学，又有一个比安黎的家条件好得多的学校，也就不难想象安黎老师为什么能够学习好。艰苦的条件、严谨的教育，培养出了一个具有独特个性、善于思考的人。正如陈忠实所说："安黎是一个颇有独立个性且极富创造力的作家。他以独到的视角观察生活，他以独有的敏锐体味万物，他以独有的犀利解剖社会，他以独有的角度思考人类与人性等诸多终极的命题。他的许多见解标新立异，他的许多思考惊世骇俗。他的文字有棱有角、有骨有刺，但却心肠柔软，初衷良善。"

我们又来到稠麻五堡的关庄村委会安黎的另一个工作室。门口挂着陈忠实题词的"安黎工作室"，室内墙上挂着孙见喜的藏头诗"安黎得喜"，里面摆放着各种书籍。看得出，这里经常有慕名而来的访客，其中不乏有一些大家。他们和我一样，带着疑惑而来，带着大悟而归。原来，一方水土养育一方人，这里的条件造就了安黎这样的很有思想的作家，这些成长在岁月里、铸就在骨子里的个性是别人永远也无法学到的。正如评论家、陕西省文联研究员杨乐生指出：安黎一手拿刀割着，一手拿显微镜观察着，作品运用欧美的精神叙述民族的故事，具有现代派风格。

安黎的家乡篇——《父亲是一座桥梁》《母亲是一座教堂》《追寻先祖》《黄土里的生活》《磨房》《回乡记》《年前回故乡，年后回故乡》《我是麻子村村民》等作品让许多读者知道了麻子村，认识了麻子村。《时间的面孔》《小人物》《痉挛》等许多作品走向了世界，让世界了解到中国文学。美国《侨报》刊登了刘荒田的评论，他是这样说的："安黎改变了我对中国文学的看法。"

有位省部级领导曾说：安黎还正年轻，面前的路还很长很远。献给文学是一个玩命的工程，如果许过愿，就不要后悔。人在做，神在看，这个神就是"读者"。安黎的创作之海水还很深，他正在潜入深层，我期待着他出现新的惊世之作。

最后我们参观了安老师家所在的关庄镇。这里和过去的桑麻之地相比，发生了翻天覆地的变化。这里正在建设一个全国最大的移民搬迁安置点，涵盖了新型城镇、电商物流园、社区产业园等项目，占地四百二十亩，投资一亿多，坚持产业、创业、就业并举的新型商业化模式。我们预祝安老师和他的家乡，勇往直前、繁荣昌盛，明天更加辉煌！未来更加美好！

少年时的高涧坡

很早时候，我的祖先住在耀县（今耀州区）城里。后因洪水泛滥，土地减少，他们不得不放弃家园，迁居在距城十里之外的高涧坡宝鉴山下的宝鉴村。

几百年来，高涧坡一直是宝鉴人从贫穷走向富裕，从落后走向文明的绊脚石。我祖祖辈辈们在高涧坡上攀上爬下，和高涧坡做顽强的抗争。从原来的荒山、荒坡，到有了人走的羊肠小道，到走的趟数多了形成的小路，再到大路、官路、沙石路，直到今天终于修成的水泥公路。

记得上小学时候，孩子们很向往城里。每逢周日城里牲口会，孩子们都哭着闹着要跟大人们进城。村口成了孩子们撒泼耍赖之地。孩子们要跟着去，大人们不让去。父亲们前面跑，孩子们后面追，孩子追父亲，母亲追孩子。追到村口，父亲推，母亲拉。有的孩子是脾气犟，大人们拗不过，气得父亲打、母亲骂。村口哭声、喊声、打骂声一片。不是大人们狠心不让孩子们去城里，而是担心、发愁。高涧坡太长、太陡，下去容易，回来难！多数孩子穿着没有脚后跟的鞋，有的脚趾头还露在外面，十来岁了还穿着开裆裤。去的时候高高兴兴、一路小跑，回来的时候就像霜打的茄子一样。有的鞋坏了，有的裤裆扯到了脚面，衣不遮体，冻得流鼻涕、流涎水，饿得走不动。父亲们就不得不背着孩子们走，高涧坡成了父亲们的愁！

不知多少父亲背着孩子把汗水洒在了高涧坡上。

我父亲拗不过我，没办法，就一手牵着羊，一手拉着我进城。去不了城里的街道，沿途的风景就是我的最爱。经过火车道，我一定要等着看火车。终于等来了一趟火车，可火车飞驰而过没看清楚，就等着看下一趟。我一定要弄清楚火车是不是像老人们说的："爬着都跑得看不清，要是站起来跑，一步便能跨出耀县，连个影影都看不到。"汽车也是我的最爱，河滩上的猪羊会尽管热闹非凡、场面很大，猪、马、牛、羊家畜应有尽有，但那根本不是我的喜好。好在牲口会就在公路边上，我蹲在公路边等着看汽车，心想：汽车长大了大概就会变成火车。一看就是一天。父亲既要卖羊又要操心我，就在羊会的最边上靠近我扎摊。我影响了父亲的生意，回家的时候，父亲一手拉着我，一手牵着羊。一口水都没喝上，更不用说吃了。爬高涧坡父亲又累又气，去得迟，回来晚，羊还没有卖掉。我少不了挨骂、挨打，说好了下次一定不再带我去了。下一个周日我还是要跟着去，村口又成了孩子们和大人们纠缠的"战场"，高涧坡又让父亲犯了愁……

为了能进城看火车、看汽车、看新鲜，看那些在农村从来看不到的东西，我爱上了放羊。有了羊，就能进城跟牲口会。尤其喜欢养奶羊，奶羊能下羊娃，有羊娃就可以多进城去卖羊。有一年，我的一头奶羊竟下了三只羊娃，三头奶羊总共下了七只，父亲没少引我进城。同样，高涧坡也没少让父亲犯愁……

从那个时候，我就盼着长大，梦想着长大了一定要修平高涧坡。让高涧坡不再陡，不再长。让父辈们不再为上街进城发愁，让村口不再有哭泣声，让我的伙伴们都能高高兴兴地进城，高高兴兴地回家，让高涧坡不再成为城乡差别的绊脚石。

今天，高涧坡的路终于被修好了，坡变缓了，路变近了，铺上了水泥，通上了班车。乡党们来城里都是乘着班车或骑着摩托车，有的还开着私家车，十几分钟就可以到城里。孩子们都被送到城里读书，美丽乡村建设把宝鉴村建设得跟城里一样漂亮。这也了却了我一桩心愿，实现了我儿时的梦想，我由衷地为乡党们征服了高涧坡、缩小了城乡差别而感到高兴。

第二辑

飘香的美食

吃咸汤面

咸汤面是耀州最有名的小吃之一，有道是，"小小耀县，竟有北京饭店。没吃咸汤面就等于没来耀县。"咸汤面的历史由来已久，不知什么时候起，耀州人就爱吃咸汤面。从我记事时候开始，就知道天不亮开门的，就是咸汤面馆；门前排着长队的，就是人们在等着吃咸汤面。

吃咸汤面也是有讲究的，首先要带上餐巾纸，面馆是不提供免费餐纸的。另外，最好不要穿白色上衣，因为吃面时要吸，吸面时容易把油溅到衣服上，白色的衣服溅上红色的辣子油特别显眼，而且还不容易洗掉。对了，最好还要带上零钱。

偶尔吃一次咸汤面吃不出咸汤面的味道，甚至还觉得太咸、吃不惯，更品不出咸汤面所包含的深层次的文化。吃得次数多了，就品出了味道，吃上了瘾，每次想起就不由自主地口中生津，无比想吃。

一大早起来，肚子饿了，口也寡，你的味觉刺激着你的大脑，大脑指挥着你的双腿，不由得人就径直走向咸汤面馆。

天还没亮，大街上的门面亮着灯，呼呼地往外冒着热蒸汽，闻着香喷喷的，这里就是咸汤面馆。门前的队排成了弯弯曲曲的长龙，大概人们都知道这样既节约地方又不会占更多的道。如果队排得直了，不但没地方可排，而且排的人数也少，所以队排得曲里拐弯的，像蛇一样。队排得虽不整齐，但从来没有人插队，大家很自觉地一个跟着一个，时不时地向前挪动一下脚步。

在很早以前，当人们还不知道购物吃饭要排队的时候，耀州人民就已形成自觉排队的习惯了。这种文明大概就是从吃咸汤面的时候就养成了，一直延续至今。排队的人一边排着队，一边看着旁边吃面的人，他们一个个吃得津津有味、吱吱有声。排队的人闻着锅里飘来的咸汤面特有的香味，口里不断地生津，不停地咽口水，愈加饥饿难耐。队伍不断地向前移位，后面就不断地有人排上来，你从尾已经挪到头，回头看时，队排得比原来更长。

准备好零钱，小碗四元、大碗五元，加豆腐再加一元，豆腐分油豆腐丝和白豆腐片。只听前面那位报饭："老板，来三碗咸汤面，两大一小，一大辣子多，一大辣子少，一小不要辣子，辣子少的加白豆腐，辣子多的加油豆腐丝，小碗不加豆腐，加白豆腐的和不加豆腐的要葱花，加豆腐丝的要韭菜，小碗和辣子少的要羊血，另一大碗不要羊血。不要羊血的要宽面，加羊血的要细面。"听得我糊里糊涂，一团乱麻分不清头绪，淘面师傅却不言不传、不紧不慢，连问都不问，三碗面准确无误地递了出来。到你时，你只需把准备好的零钱扔进他那硕大无比的耀州大老碗就行了。扔进碗里的钱老板从来不数的，当然也不会有人弄虚作假，耀州人有一句古话叫："吃嘴的事赳不住骗人！"在这一点上耀州人民很诚实，彼此都相互信任。来的都是老顾客，经常来吃，时间长了就成了熟人，淘面师傅记得你吃的是大碗还是小碗，加豆腐还是不加，辣子多还是少，要的是葱花臊子还是蒜苗臊子，知道你爱吃的是水面便立即给你淘上，若不是水面便给下一位淘，让你稍等片刻。

满满一大锅汤，烧得滚开，白豆腐片在锅中翻滚，葱花臊子"乘风破浪"，红澄澄的辣子油随滚汤起浮。锅里生姜黄、葱韭绿、油辣红、豆腐白，色鲜味香。淘面师傅个个面色红润、容光焕发、气定神闲。尤其是女师傅，透过氤氲的雾气，更加地妩媚，就像仙女下凡，楚楚动人。这大概就是咸汤面锅里翻腾的几十种佐料经常熏蒸的效果吧。淘面师傅似乎明白你急于想吃，动作更加娴熟，节奏更加快：左手拿着空老碗，右手掌勺，先温碗，温过两遍之后再抓面，盛着面用锅里滚烫的调和汤淘面，面要淘过三遍，浅淘、中淘、深淘，勺起勺落，碗中的面已在锅中淘了三遍，加上些滚开的汤，撒些葱花，浇一勺辣子油，再勾几片豆腐，有的还要加几片羊血。香喷喷一碗面递到你手中，有点烫，向外溢，你得双手接住，找一个腾出来的空位子。

以前的面馆门前，排队的人排成了长龙，吃饭的人就地圪蹴着一大片。现在咸汤面馆较以前稍微有所改观，室内放上了几张桌子，室外放了些高高低低的小圆凳子面对面排成两行，座无虚席。没有凳子的只能圪蹴在一边端着碗吃，没有人喧哗，只听着吱溜吱溜的吸面声，没吃过此面的路人看到这场面，无不被吸引而来，以尝究竟。吃过此面的人条件反射似的早已口中生津，饥饿难耐了。

　　双手端着碗找一个空着的凳子坐下，高的凳子只能放一个老碗，低的也只能坐一个人。只见碗里面分作三片，一片翠绿翠绿的葱花，一片黑红黑红的辣子油，另一片瓷白瓷白的豆腐片，配些金黄色的油豆腐丝，色香味俱全。碗内那一缕缕嫩黄的面条浮泛在鲜红而滚烫的辣汤内，汤上漂浮着星星点点的白嫩的豆腐花，碧绿的葱丝浮在表面，色彩斑斓，似一幅赏心悦目的图画，让人不忍下箸，先拍照发朋友圈嘚瑟一下，惹得

外地朋友流口水，立马想回来过过瘾。

　　手上沾满了辣子油，顾不上去擦，急着想吃，就用筷子搅两搅，上下翻腾几下，就开始咥。挟一筷头子面挑起塞进嘴里，边嚼边吸，直到吸到面的尽头。顿感筋而不硬、油而不腻，味浓适口、筋韧香辣。吃完这一筷头子再来下一筷子，吃完碗里的面，意犹未尽，再吃剩下的豆腐和葱花。葱花和辣子油浮在汤面上，碗端斜，用筷子一豁一捋，捋进嘴里，循环往复。剩下了清汤，清汤味比较重，里头有三十多种调料，各种味道混杂一起，每家的味道有所不同。但都有共同的特点：比

较咸，比较辣，比较麻，很刺激味觉，能吃上瘾。喝几口清汤，香在口中，暖在肚里，不舍得离去；再喝几口，额头渗汗，腹中舒坦滋润，凉风一吹，更是痛快淋漓，舒服之极！美日塌、聊咋咧！

咸汤面筋韧爽口，食后余香盈口，周身微汗，顿觉清爽。多吃能暖胃活血，有食疗之功效。掏出随身携带的餐纸，抹一抹嘴，擦一擦手，那种惬意、满足无法能比，真是应验了那句耀州古话："一天不吃面，好像没吃饭。"

吃咸汤面也是耀州人见面、交流的绝好机会。想找人，"耀州地方邪"，吃面的时候就能碰到，站着队说着事，两不误。熟人见了边站队边唠嗑，亲热的不得了。耀州人很慷慨，总是抢着买单，往往是排在前面的人有机会先买单，有时候一单从一碗到两碗、三碗，有人增加到四五碗。端了面就圪蹴到一块，边吃边谝，有说新闻趣事的，有说生意商机的，有请教问话的，有的一个科室的，领导顺便就把当天的工作安排了……

耀州城自古就有个习俗，春节期间所有做生意开门面的都要关门放假，咸汤面馆也不例外。经常吃咸汤面的人就熬不住，过年大鱼大肉都食之无味，却对咸汤面情有独钟，只盼着面馆早日开门。还有那些春节归乡的游子，一方面是回家看一看父母兄弟、亲朋好友，另一个心愿就是过一下咸汤面瘾。来走亲串友的外地人对耀州的咸汤面早有耳闻，想尝个究竟。满城人都在寻找开了门的咸汤面馆，终于在初六找到了，像是约好似的，一开就是好几家，家家门前又排起了"长龙"，排队等候一个多小时，就是为了吃碗咸汤面。在这一点上耀州人很执着，就像咸汤面一样筋、韧。一天不吃一碗咸汤面好像啥都没法干。

咸汤面的汤里有几十种调料，有许多功效。喝醉酒的人第二天醒来口干、胃酸，急于想吃一碗面，吃了面一中和，舒服多了！就好像昨个儿没有醉！出了门水土不服的、闹胃病的赶紧回来吃一碗咸汤面就会痊愈。肚子受凉或者吃得不合适后走肚的，吃一碗咸汤面也会好，灵验得很。

近几年，耀州人不断地走出去，走出铜川，走出陕西。耀州发展文化旅游项目，外地人也不断地走进来，咸汤面也伴随着这些人走了出去。联想到马上就要修建的轻轨，西安到耀州只要十四分钟，到时候想吃咸汤面的人来这不就是一袋烟的工夫吗？

耀州人总觉得请外地来的亲朋好友吃咸汤面有失大雅，心里过意不去，就去大饭店。大餐吃过之后，朋友们还是觉着咸汤面好吃，有味道、过瘾。以后每次来耀州只想吃咸汤面，对其他的一概没有食欲，就像曾经吃了耀州咸汤面的贾平凹一样，每次来耀州或者经过耀州都必吃一碗耀州的咸汤面，过过咸汤面瘾。

咸汤面馆是我见到的门面最小、设备最简陋，却排着长队、生意最好的餐馆。

现在，你也口中生津了吧？想吃了吧？不过，外地朋友一般不懂吃咸汤面的渠渠道道，因而就不大会吃此面，首次来耀州吃咸汤面需要当地人领着去吃。我们耀州人热情好客，欢迎每一位来自五湖四海的朋友来耀州做客，感受一下我们耀州的人文地理，品尝一下我们的传统美食——咸汤面。

耀州扯面

这几天看电视剧《白鹿原》，里面的吃面镜头多次出现，看得我半晚上想吃面，口中生津肚子发饿，饿得睡不着，脑子里翻来覆去都是那吃面的镜头。

白鹿原的地理环境和我们耀州区东塬十分相似，连居住条件和生活习惯都基本一样。看着电视剧就仿佛回到了家乡。真怀疑《白鹿原》电视剧是在我们耀州区取景拍摄的。尤其是里面的咥面镜头，爷们吃饭时都是圪蹴着，每个人手里端着类似耀州窑烧制的高把兰花青瓷大老碗，里面盛着油泼辣子𰻞𰻞（biáng biáng）面，葱花多、辣子多，油晃晃的，看着实在是馋人。

天不亮，我就起来到街上寻吃扯面，到处都是咸汤面，扯面馆还没有开门。饿着肚子坚持到午饭，七一路菜市场小摊点有家扯面馆，吃面的人已扎成了堆，都是看了《白鹿原》来过面瘾的。大家吃面的同时，还谝《白鹿原》中的故事情节。"老板，来三碗油泼扯面，就是《白鹿原》里的那种，面宽，葱花、辣子都多。"几个乡党要了面就和大家一起谝了起来："我咋觉着《白鹿原》里那地方和咱很像，上面的山沟沟、坡梁梁、住的房子、戏台子，还有那犁地、碾场都跟咱这是一模一样的，就是演员说的话跟咱这儿的话还有些不像，其他的都一样。""就是就是，我也觉着和咱这儿很像。"大伙你一言我一语地说着。

不一会就听见吱啦、吱啦几声，一股油泼辣子的味道扑鼻而来，呛得大伙直打喷嚏。老板趁热端出三老碗油泼扯面，面上一半是葱花，一半是红油辣子，油光闪闪，冒着热气。筷子左右来回一搅，撸一筷头子，挑起来，足有皮带那么宽，挑不出头来。塞到嘴里，嗞溜嗞溜地吸，一边吸一边嚼一边咽，吸到了尽头，左手塞进嘴里一颗大蒜，也不剥皮，咔嚓一半蒜没了，接着另一半也没了，只留下了蒜皮。

吃得满头大汗，辣得直吸溜鼻涕，似乎还不解馋，一口接一口地咥。咥完面，再舀一勺面汤倒入碗里，用筷子把碗一涮，咕叽咕叽几口喝干，吃光喝净，一点不剩，擦一擦头上的汗，抹一抹红油油的辣子嘴。

老板问："比《白鹿原》的面咋样？"有人站起来摸着鼓着的肚子，沾沾自喜地回答："这面么，聊咋咧！比那美么！比那面地道！"

耀州烩豆腐

烩豆腐吃了多年，还是想吃。每次路过210国道边董家河段的烩豆腐馆，必吃一碗。有时候想吃得很，就专门开车去吃。

烩豆腐店面不大，店内摆满了桌子，挤满了吃饭的人，一幅活色生香、热气腾腾的场景。吃客们个个头上冒汗、嘴角流油。你进来，吃饭的人全然不知，只顾吃饭。找一个空位子坐下："老板，来碗烩豆腐，两个馍，要大碗的。"还没有坐稳，一大碗烩豆腐、一篮子蒸馍就端了上来。

鼓起堆的烩豆腐冒着热气，豆腐就散在绿菜上，像草原上的牛羊爬满葱绿的山坡，粉条系着西红柿、黄花菜、绿菜，好似草原上的经幡，好一幅红黄绿白相间的草原美景！

抓起一个白胖白胖的蒸馍，用筷子豁开，一大勺油泼辣子塞进去，双手一捏，辣子油顺着手流淌下来，迫不及待地咬上一口，便止住了流。

拿起筷子，实在不忍心打破这"草原"的祥和景致，不忍心惊动这悠闲的"牛羊"，不忍心撕扯这灵动的"经幡"。无奈，视觉战胜不了味觉，还是抄起筷子，上下翻腾，来回一搅，更是热气腾腾。一股豆香扑鼻而来，急不可待地咥一口，豆腐绵醇，胡椒辛辣，粉条滑溜，蔬菜清脆，岂止五味？多味相融，言不能尽。难怪所有的人只是低着头吃，顾不上寒暄，似乎只有一口接着一口地吃才能品尽其味，享尽其美。咬一口馍，就一口菜，辣得直吸溜，还是不肯停口，饭馆里只听得嗞溜声此起彼伏。

——一口气吃了个碗底朝天，只剩空篮篮。汗一擦，嘴一抹，"老板，算账，再带两碗。"

烩豆腐，烩进人生百味，烩进浓烈乡愁。吃不够的烩豆腐，抒不尽的耀州情。

狗　舌　头

今天又吃了一顿好吃的，还是想把它写出来告诉大家，不把这好吃的告诉大家晚上恐怕睡不着。没办法，谁叫我爱吃又"舌头底下压不住米颗子哩"。

告诉了大家，大家就会叫我吃货，吃货就吃货，总不是什么丢人的事，毕竟民以食为天，吃饭还是放在第一位的。现在人们的生活质量提高了，担心的不是吃饱肚子的问题，而是吃什么、在哪吃的问题。耀州区的特色小吃不胜枚举，我一篇一篇地都写出来，让大家换着口味地吃，保你一月不吃重样饭。

今天我要告诉大家的小吃是"狗舌头"，狗舌头可不是狗的舌头，它是一种面食，一种像狗的舌头一样的面食。

以前吃饺子喜欢到耀州仿古一条街的人和饺子馆。有次去迟了，素饺子没有了，就别出心裁地跟老板要饺子皮吃，吃了一次觉得不错，就经常去吃。时间长了，吃的人越来越多，老板干脆就把每次包完饺子剩的皮拉长饧下。

我一般是下午两点多去吃，这个时候去刚好，不用排队，不用等候，面也饧到了时间。狗舌头耐饥，吃了这顿，晚上不用再吃，一直耐到第二天吃早点。

落座之后，不用问也不用说，老板便给后厨报饭："大碗狗舌头，辣子多、味道重。"随即提壶、拿碗、倒面汤，关系好的还要给你递上一包餐纸。

不一会儿狗舌头便被端了上来。碗里分了三层，最上面一层分了两半，一半是绿豆角，一半是葱花，中间一层是辣子蒜水水，最下面就是狗舌头。

不要急于吃，先上下来回地搅，把辣子蒜水水、葱花、豆角菜都搅匀，有句口头禅说："想吃好，要多搅。"

经过一搅，狗舌头才现了原形，有一拃多长，有两指多宽，有筷子那么厚。一头向上微卷，两侧向内收敛，中间还有一道筋，染上红色的辣子，就像喝水时伸长了的狗的舌头。

红油辣子染红了整个碗，满碗的油点点闪着亮光，蒜泥密密麻麻地覆盖着，再点缀上些绿豆角，于是，红的辣子、黄的葱花、绿的豆角、白的蒜泥五颜六色的，盛满了碗。

用筷子夹一条狗舌头塞到嘴里开吃。吃狗舌头不能急，要慢慢地嚼，细细地尝，悠悠地咽，嚼出狗舌头的劲道，尝出狗舌头的味道，感受狗舌头的滑溜。

狗舌头辛、辣、劲、滑，有色有味，尤其面饧的时间长，有了筋骨，就像柳公权的书法，均衡瘦硬，骨力遒劲。吃起来就像牛蹄筋咯吱咯吱的，耐人回味。

天气炎热，想必大家早已大汗淋漓，可观察前后左右，不见出水流汗的，也听不见辣出的吸溜声，大家都在慢条斯理地嚼着。

吃完所有的狗舌头，剩下了辣子蒜水，经不住诱惑，就仰头一饮而尽，只剩下空碗。碗里再倒些面汤，原汤化原食，吃饱了喝足了，好一个舒坦！

仔细想想，吃狗舌头就像打拼人生一样，狗舌头吃的就是它的"筋头巴脑"，人生拼的就是酸甜苦辣，要慢慢地品，细细地尝，品出世间百态，尝尽人生百味。

耀州烩饼

大多数人吃过面条，吃过羊肉泡馍，但不一定吃过烩饼。烩饼兼容了羊肉泡馍和面条的优点，是别的地方吃不到的耀州美食。

我有一西安朋友，每次来耀州都必吃一碗烩饼。耀州烩饼不但在其他地方没有，就是在耀州你也不一定能找得到，毕竟就那么几家。

老左家是卖羊肉泡馍的清真食堂，原来是开在铜川老区的，后来随着市政府的南迁搬到耀州区来。耀州区人爱吃面食，羊肉泡馍一时兴不起来。老板就琢磨着怎样把羊肉泡馍变成面食，吃起来既有羊肉泡的味道又有面食的口感。这样既有食面的新客户又不丢泡馍的老客户，生意岂能不兴旺。于是，就琢磨了这种美食——耀州烩饼。

羊肉泡是羊肉汤里煮馍。若把馍换成饼，就成了烩饼。饼是烙成的死面，像煎饼一样薄，切成了面条形状。看起来像羊肉面，吃起来有羊肉泡馍的滋润，也有面食的劲道。

入秋了，气候变冷，瓜果落架。这个时候一旦受凉或者吃得不好就容易拉肚子。如果你隔三岔五地去吃一碗耀州烩饼，保你肚子不会受凉，暖暖和和的。有些胃口不好的或者有慢性胃病的人隔几天去吃一回烩饼，长此以往还可以养好胃。

老左家既有煮馍也有水盆，有各种炒菜，还有许多凉菜。我和朋友去吃，单要两大碗烩饼，其他什么也不要。一碗烩饼给带一小碟糖醋蒜。一脸盆羊油泼的辣子和一小盒菜油泼的辣子任你挑。烩饼端了上来，热气腾腾的，散发着香味，碗里泛着油花。不要急于吃，先挖一勺羊油辣子，倒入碗内搅匀。碗内便满是红红的辣子，白亮亮的面，黑黑的木耳，黄花花的菜，细细的粉丝，鲜嫩的羊肉，绿莹莹的葱花和香菜。挑一筷子面只管嗞溜地吸，吸完再嚼，边嚼边送入嘴里一颗糖醋蒜，全然没有羊肉的膻味，有的只是煮馍的滋润和面条的劲道。透过热气，我看见朋友容光焕发，脸红扑扑的平添了精神，仿佛年轻了许多，帅气了许多。羊肉是热性的，有驱寒暖胃之功效。吃得人浑身发热，热气沸腾，就是在严冬也丝毫感觉不到冷。吃完面条，捞尽碎肉佐料，再喝完汤，顿觉浑身暖烘烘地

有劲，充满了精气神。

羊肉烩饼料重味醇，肉烂汤浓，肥而不腻，尤其那像面条一样的饼，劲道可口，百食不厌。烩饼营养丰富、香气四溢，诱人食欲大增，食后耐饥，令人回味。

北宋著名诗人苏轼留有"秦烹唯羊羹，陇馔有熊腊"的诗句，足以说明陕西羊肉泡好吃。陕西人爱吃羊肉泡，耀州人也不例外。耀州人除了爱吃羊肉泡还爱吃面，更爱吃这兼容了羊肉泡和面食优点的烩饼。

吃　搅　团

小时候吃搅团吃腻了，就想法换着地吃。于是想到了用搅团来摊煎饼吃，试着吃了一回，吃上了瘾，忘不掉，后来经常这么吃。最后还把这种吃法推广到河畔人家农家乐，我给这道饭起名叫"玉华宫"。

玉华宫的字面意思是：玉，玉米面做的搅团，冰清玉洁；华，与"花"发音相似，意为像牡丹花一样漂亮；宫，做好后就像宫殿一样。用大铁锅打好搅团，盛进碗里，盛之前先把大兰花老碗和铁勺用凉开水涮一遍，不用擦净，然后用铁勺舀半勺打好的搅团盛在碗中，用小勺子在碗里把搅团摊成煎饼，摊时要紧边尽沿，薄厚随你，摊好后，放置一会。后在摊好的碗里倒进辣子水水，倒时要顺着碗沿均匀而下。辣子水里要放葱花，小蒜，绿野菜，菜籽叶等。然后用小勺子的把把搅团与碗壁轻轻剥离，使煎饼搅团包住碗里的辣子水水，包好之后看起来就像建成的宫殿一样，所以我起名叫"玉华宫"。

做好的玉华宫就像含苞待放的牡丹，外白里红，用手端着碗一晃，犹如花蕾在风中摇曳，花蕊时隐时现，白里透着红，红外裹着白。吃时，用筷子轻轻夹一片花瓣，小心翼翼地放进嘴里，只需一吸，你保准眯上了双眼……

吃了几个花瓣，"牡丹花"就彻底开放了，"牡丹"不愧为百花之王，娇艳动人，不但把美丽留给了你，而且把美味让你尽享。你边吃边欣赏，快吃完花瓣时你有点不舍了，但视觉终还是战胜不了味觉，美味诱惑得你不得不往嘴里再夹。吃完了花瓣就吃花心，花心你得一点一点地吃，仔细地品尝各种味道，有点苦，有点甜，有点酸也有些辣，吃得你嘴角染红，甚至于红油流到下巴上，因为吃得专注所以你没觉察……

吃完了所有的花蕾，意犹未尽，便一口喝下碗里所有的辣子水水，你的嘴被辣而酸的水水麻痹了，没有了知觉，吸溜着嘴巴便想着吃第二碗了……

想吃了吧？想吃了我给咱叫上几个朋友，背上一口尺八大的铁锅，拿上做好的辣子水水，拎上兰花大老碗，带上新磨的玉米面，咱们上香山。在山边、清泉旁挖坑支锅，林子里拾些老树干柴生火，我给咱打搅团，吃野餐，你准没有吃过，我保证你吃了还想吃。

大　煎　饼

　　昨晚，群里聊了半晚上大煎饼，聊得我肚子饿了几回。早上起来，肚子空空的，不想吃早点，就想吃那消失已久的大煎饼。

　　大煎饼是我儿时爱吃的美食，如今很难找到了，这么多年，再没吃过那样的煎饼，想着想着口水便流了出来。咽着口水去找，找不到，只能在市场买用电饼铛做的小煎饼过瘾了。

　　小时候，家里条件差，大煎饼做着简单，又好吃，是我的最爱，如今这份爱依然留存。

　　摊煎饼，首先拿个盆和面，面磨得很过，因而有点发黑，再掺些杂粮，显得黑而粗糙。面里加些捣碎的花椒叶，加些土调料，放点盐，加水和面。面和得不能太稀，也不能太稠，用勺子舀起不挂、不黏为佳。

　　面和好后就切菜，菜要红皮洋芋，细白秆的葱，绿红线线辣子，绿红洋柿子。葱要切成细丝，洋芋要刮皮，切成条，宽窄薄厚均匀，辣子切成斜角。还要和蒜水水，捣些蒜，放些辣子面，有条件的再砸些小蒜，用自制的柿子醋调好。

　　菜切好后就搭锅生火，锅要尺八以上的大铁锅，俗称"撑子锅"，勺子也要铁的，农村那种大锅头。还要准备一个木刮板。生火要用风箱，不用鼓风机，风箱可人为调节风量，火可大可小，可灭可着。不用煤炭，不用柴，要用麦秸。煤炭火太硬，容易烧糊；柴火太黏，不好灭火；麦秸火柔、均匀，可旺可灭。需大火时，填一把麦秸，拉几把风箱，大火满锅头，若用鼓风机，弄不好火会喷涌而出，也许会烧掉你的眉毛；需小火时，不拉风箱，自然着火；不用火时，不加麦秸，锅底漆黑一片，什么也看不见。

下来就炒菜，用油布蘸油擦锅，填麦秸生火，火要大，菜要爆炒。拉几把风箱，先放葱丝，再放洋芋丝，水要控干，待五六成熟后放入切好的洋柿子，接着放盐，炒至八九成熟就可以出锅。

接着摊煎饼。炒了菜的锅不用洗，用油布擦上油。锅下加麦秸，加火。舀一大勺和好的面水，均匀地涂抹在锅里，用木刮板刮匀，摊开，尽量大，越大越好，尺五最好。煎饼在锅里冒泡，摊得厚了还需要翻过来继续烙，等蒸汽冒上来，香味扑鼻而来，带点焦花最好，这时就可以铲出锅了。

最后一道工序，卷煎饼。拿一张摊好的煎饼铺平在案上，舀一小勺蒜水，均匀抹于煎饼上，夹上菜，卷上几圈，左手拿上端，右手托下端，就可以咥了。

这种大煎饼现已消失了，但那种味觉仍然在我的脑海里没有消失，我不时地还在回味。你肯定也和我一样，流口水了吧？要吃这种大煎饼找我，我们耀州农村家家都会做，我带你去吃。

金 元 宝

十月一去山东考察，朋友在一农家乐招待我们。酒过三巡，上了一盘蒸饺。蒸饺外表浅黑，长十五厘米，宽五厘米，饺皮用面粉、荞面、红薯粉制成；馅用粉条、大肉、葱等制成。抓起一个，咬一口，愣住了，这味道一下把我带回了三十五年前。当时我才十二岁，家住宝鉴山下涧沟沟畔的土窑里，日子过得很紧，过年时才能吃上肉。就在重阳节的时候，我姑从十里之外送来一老碗蒸饺，送来时已凉了，而我们也已吃过搅团饭。我婆（当时已经七十多岁）接过蒸饺，手抓一个给我，然后把碗放进锅头下的灶火上热。蒸饺用黑面做的，浅黑色的面皮上渗出浅黄色的大油。小尝一口，味美至极，那是我从未尝过的味道，简直味美到家，于是我如饥似渴、狼吞虎咽地干掉。过一会儿溜进厨房偷一个塞进嘴里，就这样偷了多次，老碗里的蒸饺所剩无几。今天，在临沂，我尝到了三十五年前的味道，我眼里已噙上了泪花，分辨不清是激动的泪水还是难过的回味。我连忙向朋友解释：感谢你！让我尝到了三十五年前的味道。向朋友讲了上面的往事，朋友理解我的心事，一连上了三份。桌上的大鱼大肉、海鲜都成了多余。走时又给我带上了一份。临别时我告诉朋友："感谢你今天的蒸饺，这是我三十多年来吃到的最美味的饭，这份蒸饺我一定要带回我们铜川去，要让我的亲戚或朋友开一个饭馆，就卖这种蒸饺，名字都想好了，它外形像金元宝，就叫'金元宝'！"

吃饭吃心情

　　同学嫁女在即，几个朋友商量要吃老同学一回。我们一行七八个人，到老同学家。山珍海味、鱿鱼海参不是我们的最爱，地里的小蒜、哥哥能（蒲公英）是稀罕物，成了香饽饽，一个个抢着吃，吃美啦！咥饱啦！美日塌啦！

　　几道凉菜，吃光盘子的是那盘哥哥能，绿色纯天然，其味独特，口感绵厚。这盘野菜由几个同学接力合作做成，由主人采摘、焯好，一个同学执刀，一个同学细心调配，其他人打下手，各用所长，绝妙的一道菜！味美，色鲜，绿的叶，红的根，黄的花，掏多少钱都是买不到的。吃完这道菜才发现，原来，人间自有美食在。

　　几道主食，锅盔、荞面铲铲、片片面，都离不开野菜小蒜。小蒜由主人采挖、洗净摘好，几个同学执刀拍碎调制而成。

　　一盆小蒜酱，绿里带着红，红里透着白，白中向外溢着油，看得我们口水直流，只等锅盔馍出锅夹着吃。等不及了，就用筷子夹点小蒜酱塞进嘴里，辣得我流出眼泪，却还想吃。于是，我迫不及待地拿上一片锅盔，豁开，挖几筷头小蒜酱，加满、塞实、捏紧。油流了出来，顺着手流下，流到了胳膊上，我却全然不知，一大口便咬掉一小半，一片锅盔几口就吃完了，再夹第二片……

　　锅盔还没吃完，荞面铲铲就已上桌。我们吃铲铲的方式分两种：女同学吃得优雅，细细地吃慢慢地品，一点一点地铲开蘸着小蒜吃；男的就没那么讲究，用筷子挖一块小蒜横着咬一口铲铲子，一口馍就一口小蒜酱，吃得满嘴满手都流红油……

　　吃完铲铲，今天的主食才闪亮登场。我们已经吃饱了，但看着小蒜片片面，都难以控制。索性，端起老碗，浇上两勺辣子水水，绿莹莹、水汪汪，绿片片，红水水，上面浮着白点点，有点"风吹草低见牛羊"的感觉。搅上两筷子就咥，咥了一碗还不解馋，再咥一碗。吃完小蒜片片，喝完辣子水水，再来碗面汤，聊咋咧！

　　人常说，吃饭吃味道，吃饭吃稀罕，可我今天的感受还要加一句，吃饭是吃心情、吃感情。今天的饭，吃得过瘾，吃得有感觉，吃的有内涵，有的人恐怕一辈子也没有吃过这样一顿饭！

过年初一吃饺子

　　鞭炮一声重叠着一声地响，天还没有亮，初一的饺子就出了锅。捧出先人们的遗像，擦干抹净，工工整整地摆放在饭桌上。敬上一炉香，磕上三个头，端上一桌精心准备的菜肴，献上热气腾腾的饺子。我自言自语地吩咐道：婆、爸、妈、所有的先人，过年啦，今天是鸡年的大年初一，请你们回来，回来过个年，一起吃个团圆饭。

　　过去每年的今天，我们都要团聚，在一起吃团圆饭。尽管日子过得很清苦，尽管桌上饭菜很寒碜，但有你们在，家就很温暖！饭菜吃起来就有味！感觉就很幸福！酒有敬处，菜也有人吃，一大家子人有说有笑，你夹我敬，其乐融融！

　　日子一年比一年好，饭菜一年比一年丰盛，人却一年一年地减少。看着这满桌的菜肴，闻着这饭菜的香气，这第一盅酒敬与谁？这第一箸菜夹给何人？望着这一排遗像，望着遗像上婆那饱经沧桑的面容，父亲那厚重的表情，母亲那慈祥的笑，这酒撒与地，这饭却怎么也无法下咽，任凭泪水伴着往事在眼前浮现。

　　过去的日子虽然很清贫，但再穷不能穷初一，母亲总是想办法弄几个菜，包一顿荤素两搅的饺子。天不亮，婆就和母亲下了厨房，婆生火烧锅，母亲生调熟炒，不一会儿饭菜就收拾好了。当然第一口是先敬先人，先人们去世得早，我从来没有见过，没有留下照片，父亲也没有记忆，因而没什么感情。饭菜端上桌提话（方言，请先人们吃饭的意思）一下就开吃了。先是敬酒，第一自然是敬年龄最长的我婆，我婆不会喝酒，勉强喝下一盅，呛得面红耳赤，不停地咳嗽。敬酒的人争先恐后，婆笑着坚决不喝接下来的敬酒。不喝不喝五六盅已喝，一顿饭喝了她一年的酒量，婆高兴得合不拢嘴，激动得热泪盈眶，开始唠叨过去的心酸往事："想当年我寡妇抓娃，夜夜盼，天天盼，年复一年，今天我娃们终于长大成人了。我享福了，过年有肉吃，有酒喝，瞧这一大家子人，能五世同堂，有百十口后人，都是我前世修来的福啊！先人们，你们回来，你们都看看，看看我如今这光景……"

婆不在了，那年过年初一，母亲下厨房煮饺子，父亲就捧出婆的遗像，擦了又擦，看了又看，似乎看不够。安放在饭桌上，挪了又挪，左右端详，嘴里默念着、絮叨着。那凝重的眼神告诉我，父亲想念他母亲了，想和他妈说说话。接下来的敬酒自然是先敬父母，父亲只管喝酒，来者不拒，我知道父亲心里有念想。随着母亲端上热气腾腾的饺子，气氛一下子活跃了起来，父亲也高兴起来。妈包的饺子好看又好吃，隔着皮能看到里面的馅，晶莹剔透，透着一股灵气，水灵灵地诱人，散发着香气，着实让人吃不够。我后来再也没有吃过那么好吃的饺子，那是我记忆当中最好吃的饺子。

父母不在了，饭桌上少了几个人，添了几尊遗像。饭菜丰盛，却只吃了一小半，酒没有味道，饭吃起来不香，再也吃不到母亲包的那美味的饺子，再也很难享受那五世同堂的欢乐。

上有老是一种幸福，老人在，欢乐就在，精神就在；老人不在了，做儿子做到了头，没有了精神依靠，总是怀念老人们在世的日子，总是想起过去的过年初一吃饺子。

第 三 辑

流淌的情感

我　婆

　　我婆离开我们已经十五年了。提起我婆，在我们东塬上无人不知，无人不晓。无人不为她——李家寡妇竖大拇指称赞。她的德行，她的家风至今影响着我们那儿一代又一代的人们。

　　我婆是大家闺秀，出生在城里的大户人家。我爷是东塬出了名的大力士。在那个还没有机器、农业基本靠人力的年代，我爷因为身体好、力气大，种得一手好庄稼，加上为人厚道、仗义，经常抱打不平，所以在我们东塬上名气很大，很受人尊重。我婆也是仰慕我爷的名，从未见面就嫁给了我爷。

　　成家后，我爷忙地里农活，我婆忙家务，日子过得很红火。农田面积不断地扩大，很快有了梨园、枣园，增加了骡子、牛，雇了多个长工。我婆在家里操持家务，抚养五个孩子，日子过得在东塬数一数二。因为过活好，所以遭到了土匪的惦记。有一年农闲时，我爷把所有的牲口卖了，回来把钱交给我婆保管。等我爷上地回来，我婆告诉他："土匪刚刚抢走了咱的钱。"我爷转身就去追。谁知土匪预料到他回来要追，留有土匪断后，等我爷进门后就反锁了大门。我爷力气大又着急，猛一用力，居然把胳膊粗的铁链子撅断了，冲出去抓住两个土匪就拍嶘嶘（方言，锣鼓乐队里两个铜镲拍在一起的意思），并按倒骑在土匪身上就捶打。不料，来了几个增援的土匪开了枪，散弹打中了我爷。我爷大面积受伤，经抢救无效，走了。走时丢下了我婆和五个孩子，当时我婆才三十三岁，我大伯最大，也才十二岁，我爸最小，只有八个月大。家里没有了顶梁柱，地里庄稼一年不如一年，日子一天不如一天。我婆她娘家人多次劝她改嫁，要她带上两个孩子嫁到别的人家，大一点的三个孩子就过继给别人，改名换姓。嫁到别人家随带的孩子们也要改姓。我婆为了她的孩子们，为了李家的家业，为了李家的血脉传承，坚决不从，也因此得罪了娘家人。娘家是亲骨肉，孩子也是亲骨肉，都是亲骨肉，孩子们和娘家人相比，孰重孰轻？我婆做出了艰难的选择。她要和她的孩子们在一起，把他们拉扯成人。我婆和娘家人说崩了，娘家人和她断绝了关系。

没了丈夫，孩子们又小，一个妇道人家要撑起这个家谈何容易？我婆做到了。她接替了我爷的勤劳作风，发扬了李家的家风。寡妇持家，不会种地的她就领着他的孩子们学，学习耕地，学习扬场，学习耧、耙、收、种。收麦的季节是最苦叫的。听我婆说，她四五点就起床下地收麦。不会用钐麦杆子钐麦，就用钐镰子割，割好了打捆，打好捆子装驮子。装好驮子要架到骡子背上最难，因为母子们个头矮、力气小，够不着骡子背。她就想了个办法，搬来两条长凳子，先把驮子抬到凳子上架好，然后牵着骡子向过钻。骡子不配合，不肯低头，经常闹得人仰马翻。倒了就重新再来，一驮麦有时要装四五回。地里常常是喊声、骂声、打声、哭声混成一片。有一回哭声引来了黑脊背狼，黑脊背狼在那个时候是我们东塬上最厉害的狼，吃了好多我们东塬人，伤的人就更不计其数，差一点就叼走我的父亲。

麦子收到场里，没人会碾，求人碾了，又没人会扬。我婆每年搭镰收麦最早，麦子入仓却最晚。就这样母子们相依为命，艰难度日。再苦再累我婆坚持着，没有放弃。她心里有一个信念，孩子们总归会长大的，终会看到李家兴旺的那一天。母亲在，家就在。只要母亲在，这个家哪怕再贫穷，再艰难，它仍然是个家。母亲如若走了，家也就没了。我婆没有抛弃她的孩子们，没有离开这个家，她苦苦地坚持着。

我从骨子里敬佩我婆，感恩我婆。没有我婆的决绝，没有我婆的艰辛付出，没有如此伟大的女人也就没有我们李家的今天。一个女人三十三岁守寡，从此不再谈嫁，带领着她的五个儿女，大的十二岁，小的八个月，艰难地维持着李家的家业，延续着李家的香火，这是怎样一种情怀？这是怎样一种女人？从我婆身上，我看到了中国女性的伟大，中国女人的魅力。她们为了子女什么都可以抛弃，甚至不惜与自己的父母、兄妹决裂，甚至牺牲自己的幸福！

在我婆的带领之下，我们家又焕发出了新的生机，日子慢慢地好了起来，有了积蓄，有了余粮。1958年土地改革时期，国家收走了我们家所有的土地、牲口、果园。考虑到我家的情况，工作组照顾我家，给我家成分定性为中农。我婆当时不愿意，找了工作组好多趟，一定要给我家争取一个地主，地主实在争取不下就委屈个富农也成。我婆说了："我家有地有牲口，地主家有什么我家都有，凭什么给我家定个中农，这不是欺负我们孤儿寡母吗？"找得工作组没有办法，最后给我家提了半格定为上中农。后来我婆经常给我提及此事，笑自己当时什么也不懂，以为上缴的越多将来享受的待遇就越好。每当地主、富农被批斗的时候，我婆就庆幸，说："多亏我当时没有争上地主、富农，如果争上了，这会批斗的该是我了，这罪不知道要受到什么时候。"我婆争取的这个"上中农"成分给她的子女，尤其是给我父亲带来了很多不利。在讲成分的那个年代，无论干什么，成分这一关是省不了的。这也是我婆最后悔的一件事。她常常叹息说："不知道这个上中农成分把我娃们害到什么时候呀？"

合作社吃食堂那几年，又遇到1961、1962年的年景。地里收成不好，人都吃不饱，饥饿得没办法，为了活命就偷吃偷喝。有一次，食堂的面被人偷走了一大半，所有的人都把矛头指向我们家，因为我们家还有余粮。于是他们就报了公，只等公安来抓人。公安来了，把我家翻了个底朝天，搜出来几瓮麦子，和一瓦瓮麦面，打开一看上面已经网上了蜘蛛网，这才排除了我家偷面的嫌疑，洗清了我家的罪名。

我婆陪我度过了三十个春秋。有二十多年我和我婆在一个炕上睡，在一个锅里吃，经常听我婆讲述以前的事。讲着讲着她便喜极而泣，常说："多亏我当时没有撇下我的娃们。看现在，我们这一大家族有五六十口子人，孙子重孙一大堆。"在我的记忆里，我婆是最爱我的。虽然孙子很多，但独对我最好，没少疼爱我，经常给我偏吃偏喝，有好吃的就给我留着。

我婆是一个闲不住的人，早上起得很早，早早地就下地干活了。年龄大了，站的时间长了坚持不下来她就跪着干。每年农业社收完麦子，村里人都到地里给自己拾遗落的麦子，我婆拾的麦最多。她早晨五点就下地，带上水和干馍，渴了喝口水，饿了吃口馍，累了跪在地上继续拾。我婆不但自己勤劳，对我们要求也很严。我们从小就锻炼出了一副好身板，干活舍得出力，从不偷懒。我婆从来没有打过针，挂过吊瓶，有个头痛脑热的就吃一片安乃近药，不超过三天准好。我婆人缘好，左邻右舍、村里的男女老少都很尊敬她，大多数人称她为七母、七婆。

我婆九十二岁寿终正寝。老人们都说是喜事，要喜办，可我们所有的人都哭得很伤心，跪地不起，连同她的玄孙也不停地哭着她的老老婆。大恩未报，我们都觉得有愧于我婆。回想起我婆在我们家的功劳，让人悲痛欲绝。没有我婆，就没有我们家族的今天。我爷走时留下孤儿寡母六人，是我婆发扬光大了我们李家。在我婆离世时，她老人家已经享有五世同堂的天伦之乐，我们李家已发展壮大成近百口子人，在我们村是绝对的大户。我见过四世同堂的，听说过五世同堂的，真正见证五世同堂的就是我们家。

我婆去世三年时，按照农村习惯要给我婆立碑子，村里人都说她老人家功不可没，应该给她立贞节碑。那时候家穷，立不起贞节碑，就简单地立了个普通的石碑。这件事一直在我们家族人的心里深藏着，想起来就觉着内疚，觉着对不住我婆。去年，终于圆了我们家族所有人的梦，我婆的墓重新用青砖箍了一圈，筑了一个很气派的楼子，把原来的石碑包裹了。我亲自写了一副挽联，在富平宫里找人雕刻在石楼子的门柱上：

上联：三十三岁守寡不离不弃。

下联：九十二庚寿终五世同堂。

横批：功节流芳。

我婆这一辈子最大的满足是，她选择了不离不弃，继承发扬了李家的家业，享受了五世同堂的天伦之乐。最大的纠结是，她背叛了她的娘家人，娘家人和她老死不相往来。最大的遗憾是，她争取的这个"上中农"成分，在政治上影响了她的子女们。

我婆走了，带着她的纠结，带着她的遗憾，带着她的满足，永远地离开了我们。

父亲的窑洞我的家

我五岁那年，家里人口增长到了十八口子。我大伯一家，二伯一家和我一家。家太大了，人口还大有增长的趋势。我婆有些力不从心，掌管不过来。于是，就分了家，大家分成了三个小家：大伯一家八口人，二伯一家四口人，我一家六口人（包括我婆）。每家分了一间小瓦房，一间窑洞，三家共用一间土木结构的厨房。我家的小瓦房归我婆住。小瓦房只能盘一个土炕、放一张桌子。我们兄妹三人和父母一块住窑洞。说是窑洞，实际上就是羊圈，和羊住在一起。前半部分是土炕人住，后半部分是羊圈羊住，幸运的是我婆爱我，我经常和我婆住在瓦房里。

才分了家大家相安无事，时间长了矛盾就出来了。谁家做了饭锅没有洗净；这家烧了那家的柴；那家用了这家的水；扫院又把垃圾扫到他家门口了；谁家的娃又把他家东西损坏啦；两家的娃又打捶了等等。十八口子人挤在一起，拥挤不堪，难免有磕碰。先后们（陕西方言，妯娌的意思）你抽我咧，关系日益紧张，大有爆发之势。

一盆花，枝繁叶茂，生长太过旺盛，小盆难以容纳，就会纷纷向外延伸。家也一样。我二伯不愧是抗美援朝战场上下来的英雄，见多识广，认为只有搬出去住，弟兄们才能和睦相处。于是他在外面找了个地方打窑洞，准备安家。窑洞初步打成，在一个下雨天，地里活干不成，他就一个人跑到自己的新家里裹泥窑洞。不料窑塌了，我二伯永远地走了。枪林弹雨没有夺走他的生命，十六个国家联合在朝鲜战场和中国开战，他都毫发未损，却走在了修建新家的路上。

以后的几年里，谁也不敢奢望出去打窑建新家了。大家仍然挤在一个老屋里，骂仗是家常便饭。实在住不下去了，我妈就鼓动我大出去踏摸地方。好在我大是个文化人（高中毕业），不信邪。他跑了不知多少趟，看了不知多少处，终于在离我家村子二里多路的另一条沟系——大沟沟畔找到了一块崖势较合适的地方，我们叫它东沟畔。

那个时代不需要庄基批文，也没有政府干预，荒山野岭，只要能找到合适的地方又能舍得出力，就放心大胆地干。一个人来到这个世界，总要建立一个自己的家，总要有一块属于自己的栖息之地，总会为之不断地努力，不断地拼搏，不断地奋斗。

我大和我妈一有空就去打窑。打窑的土用担担，用人抬，用独轮车推，倒到沟里，门前的沟硬是给填出了一大块空地。历经两年，三口窑洞终于打成。又打了土板墙做院墙。一切还没有收拾停当，我妈便迫不及待地让我们搬进了新家。我和我婆住一口窑，我大、我妈和弟妹们住一口窑，另一口窑做了厨房。

搬进新家，院墙没有门，我婆就用枣刺挡住。窑洞没有窗和门，我妈就用一家人穿烂的织布衣服一片一片地缝制成帘子挂上。炕上没有席就铺上麦秸。厨房里有擀杖没有案，有勺子没有刀，有风箱没有锅。我们捡了一口原来老屋里淘汰了的漏水的撑子锅，好在漏水点不在锅底。烧水之前我妈总是把锅提下来，翻个过，用木楔、瓦片不停地刺锅底，目的是让细细的锅黑密住漏水的缝隙。烧水的时候开始还不漏，快烧开的时候可能是热胀冷缩的原因吧，锅就开始漏水。烧这种锅我婆最有经验。每当漏水的时候，我婆就避开漏水点，柴火加大，风箱拉得起劲，火烧得更旺。坚持到水开，在锅头旁等着的我妈就向锅里倒入玉米面糊糊，不停地来回地搅，不一会漏缝就被糊住，不漏了。我婆停了风箱，只是加些许的柴。记得那个时候我家不是喝粥就是吃搅团，偶尔吃面也是烩烩面。

遇到蒸馍的时候我妈就犯了难。还是我婆经验丰富，每次给锅里只加一小马勺水，水面刚好低于漏水点，在锅里放一块小瓦片，蒸馍的时候总能听到叮叮当当的响声。响声一停，我婆就向锅里再溜一小马勺水，不一会水就开了，响声又一次响起。蒸一锅馍要溜四五回水。

记不得用了多长时间，实在搞不下去了，我爸就背着这口黑锅，走了十几里路，在城里找了一个小笼匠把这口锅钉了。从此我家就能改善生活了，没有刀、没有案板，我们就吃扯面、揪片子、老鸹撒。

新家离村子远，很偏僻，一到晚上就得早早地上炕睡觉。我们经常能听到狼嚎的声音，狼嚎就像月娃子哭，一个单音"呜——"拉得很长。每到这个时候，我就吓得要死，不敢出声。漫漫长夜愈发睡不着，就听我婆讲那黑脊背狼的故事。

黑脊背狼，是过去东塬上作恶多端、十恶不赦的狼家族。这群狼的特征是：灰颜色的皮毛，脊背却有一溜黑色的毛从头到尾。黑脊背狼生性凶猛而狡猾，从不怕人。它能从家里炕上把娃叼走，从圈里叼走猪羊更是常事，没少吃我们东塬的娃和家畜。整个东塬都是这群狼的地盘，它们今晚在这个村，明晚就在那个村，有时候一晚上能跑几个村，不达目的不罢休。我婆睡觉时就在旁边准备着铁叉，随时准备与狼决战。

听我婆讲，有一次我爷赶场，天麻乎乎黑向回走。一黑脊背狼跟在我爷后面，后腿站立，带着草帽，胳胳拧拧地学我爷走路。我爷以为是人，就放慢了脚步，想结伴而行。走近一看，毛乎乎的是狼，立刻就打。我爷是谁呀，东塬上的大力士！能把三个碌碡挨着摆一条线直立着竖起来，能把碌碡用双手举起架到梨树岔上。他打架无人能胜，从没有遇到过对手，但就是赶不走狼。狼非常聪明，它用的方子是：你进时它退，你退时它进。后来狼嚎来了几个帮手，一会在前面堵，一会在后面追，一会在崖畔上向我爷刨土，一会又左右包抄，方子用尽就是贴近不了我爷的身，一直折腾到天亮狼才无奈地退去。

收麦季节，人都在场里摊麦，黑脊背狼把我叔叼走了。全村的人手持钢叉穷追不舍，眼看着狼跳上崖畔我叔就没有救了。也许是狼跑得太累了，也许是娃太大，我九婆急了，不知道从哪儿冒出来的劲，应该是出于母亲护子的本能，一钢叉居然抛出去四五十米。狼躲避钢叉时松了口，我叔掉到了崖下，狼跳上了崖畔。我叔头上少了一块头皮，保住了性命。这事已经过了七十几年了，我叔还活着，活得精精神神、健健康康的。

住进东沟畔，我一家老小一有时间就收拾屋里。先后再打了两口窑，又盖了一间土墙做的小瓦房当厨房。安装了院大门，窑洞里也装了简易窗门，厨房里添置了案板、锅碗瓢盆。为了防狼还特意养了一条大黑狗。日子一天天向好的方向发展，一家子和和美美，再没有老屋里的骂仗打捶之事。我婆乐得合不拢嘴，我妈高兴了就站在家门口的大沟畔，对着大沟扯开嗓子唱一段秦腔。

好景不长，一天天还没亮，狗胡乱叫。母亲起来发现窑背子根底有许多垒的新土，走上窑背查看，看到许多裂纹，有一条从东到西的裂纹已经能插进指头了。急忙喊我们向外跑，我们衣服都来不及穿，跳下炕，冲出窑洞。等我们跑出院子，整个窑背全部扑了下来，一股冲击力把我们几个掀倒在地。拴着的狗没有来得及解绳，被塌死了。家人无事，但牲畜无一幸免，我妈坐在土堆上绝望地哭。有人把我大从学校（我大是住校教师）叫了回来，我大圪蹴在倒了的窑土上一句话也不说，目光呆滞地望着这没有了的家。一个大男人在自己辛辛苦苦建起的家受到毁灭性打击的境遇下，那种茫然的眼神，承受的那种痛，是我一辈子也忘记不了的。我无奈地看着我大，感觉我大似乎要被这突如其来的灾难击垮了。

我婆发话了："我们还要感谢菩萨哩！感谢各路救神哩！不是都毫发无损、活得好好的么，愁什么？从今以后都给我打起精神来。窑倒了，我们还可以再打！一年不行二年，二年不行三年。为了咱这个家，我失去了丈夫和儿子，这些都没有把我压垮。只要有人在，家就在，没有什么困难克服不了的！"说完她就去地里抱来玉米秆，刨出倒塌的厨房里的木椽，搭建了两个简易的草棚，作为我们临时的家。

过了几天，父亲缓过神来，决定清理倒塌的土，在原有的基础上向更深挖掘，重新再打几口窑洞。于是全家又开始了漫长的劳作。我爸推，我妈担，我们抬，我婆用锨铲、用镢挖。我们一家就像愚公移山一样，一天一天艰难地向纵深推进。

一天晚上，夜已很深，大人们都在取土，我负责在棚里照看弟妹。迷糊之中我听见外面有刨玉米秆的声音，初生牛犊不怕虎的我提了一根木棍出来查看，"狼！"第一次见狼，吓得我尖叫一声跌坐在地。我这一坐把狼着实也吓了一跳，父母闻声赶来，狼吓跑了。我婆连连夸我："我娃长大了，像你爷，将来一定有出息！"经我婆一夸，我沾沾自喜，像一个小英雄，从此胆子就更大了。心想："狡猾凶残的黑脊背狼也不过如此，它都怕我，我还有什么怕的？"

新打窑洞省时省力，若要在倒塌的基础上再建，不但土方量大，而且运输距离长。我们一家不分昼夜，不知出了多少力，流了多少汗，只是为了拥有一个自己的家。为了建个家，我们努力着、拼搏着，历时三年终于又一次建成了我们的新家。

住了五年，父母住的偏窑间口（方言，窑口顶部坍塌的意思）了，没办法再住。父亲就托关系在砖厂赊了些砖，叫来匠人我大舅，我们全家人当土工，把那个小窑用砖暗卷了。砖少不够用，就只卷了两米多高、五米来深的小窑。窑口上还用胡基代替。暗卷的窑再也不用担心倒塌了。

我和我婆住的窑洞较大，前面住人，后面当仓库。不知是我家窑洞的土质不好，还是号称"亚洲第一世界第三"的秦岭水泥厂在宝鉴山上常年开采石头放炮的原因，我和我婆住的窑洞裂开好多口子。其中有一块土摇摇欲坠，我大就伐了一棵大树做成椽，把快要掉下来的那一块土给顶住。

宝鉴山上的矿山放的大炮可不是一般的大炮。人钻进山去打炮洞，用铁车子向外推石渣，要打几十米深，装的炸药用汽车拉几车。每次放大炮都是天摇地动，一般放炮时间是每天下午三点，快到放炮的时间我们都不敢进屋，就在门口沟畔等着。放炮时，看大沟里震落的崖土顺沟沉浮，一片烟山土雾。听那飞脱的石子带着哨子响掠过头顶。等炮放完了，我们赶紧进屋查看情况，看看有没有震落的土块，裂缝宽了多少，椽支好着没有。

后来我和我婆住的那口窑支上了两根椽。口子越来越多，裂得更宽，到了秋天的雨季还漏雨，大小的盆得接几个。我妈嘟嚷着说，矿山放炮把我家窑震裂了，叫我大找矿山上去。我大跑了不知多少趟都无济于事。我大不行，我妈接着跑。眼看着住不下去了，还是把矿山人拽不展（方言，拿不下的意思）。最终胳膊扭不过大腿，我们没有得到任何补偿，连一句抱歉的话也没有讨到，反倒受了一肚子的气。

好多人给我大建议，赶紧想办法，再不想办法就会失下人命。我大思考再三，不能再打窑洞了。只要秦岭水泥厂不搬走，矿山每天都会放炮，矿山放炮就没有窑洞生存的希望。要防震得就盖土木结构的瓦房。要盖房钱从何而来？一个大男人再一次在钱面前难住了。到了暑假父亲下定了决心，要告别窑洞，准备自力更生，打胡基盖房。

父亲的窑洞我的家。我的窑洞生涯伴随着我读完小学，又读完初中。从出生到长大成十八岁的成人。在窑洞的那段日子里，我经历了许多，也学到了许多，既锻炼了我的身体，又磨炼了我的意志。

又到父亲节了，再次回到我久别的家乡，看着倒塌的父亲的窑洞，回味我少儿时代的家，我不禁泪流满面，泣不成声……

父亲是一个普普通通的人，没有显赫的地位，没有轰轰烈烈的事业，有的只是那厚重的爱，他把全部的爱奉献给了这个家。父亲走了，父亲的窑洞坍塌了，但父亲的精神还在，父亲的精神是我一生取之不尽、用之不竭的财富。

父亲的房子

　　一个人出生在哪里，根就在哪里。不管你走得多远，飞得多高，你出生的地方就是你永远的家。我时常梦见我的家，梦见我住过的窑洞，梦见父亲盖的瓦房，梦见我走出农村、走上工作岗位时曾经住过的房子。

　　我十八岁那年，家里的窑洞实在住不下去了，父亲就下定决心，要告别窑洞盖瓦房。盖不起砖瓦房，就盖胡基瓦房，胡基不要钱，吃点苦自己打。要打胡基必须先要用水泡土，在我们旱塬上水比油还金贵，往往洗了锅碗瓢盆的水再饮家畜，洗了衣服的水再浇菜园。一家人共用一盆水洗脸，洗澡就更奢侈了，一年都洗不了几次澡。

　　生产队上有两口水窖，是供全村人吃水用的，水窖的水经常青黄不接。要用集体窖里的水泡土打胡基，那是万万不可的，要被全村人骂死，还要被队长扣工分。于是，父亲决定先在家门口打一口水窖，等收上雨水后再泡土打胡基。

一、打　窖

　　父亲把窖址选在家门前，可以收窑洞上面场里的雨水。选好地址，画了一个直径一米的圆开始打窖。

　　窖筒要打十几米深，下面只能容纳一个人，一把短锨或者一把短耙子。开始土还能翻上来，随着筒体的深入，土上不来，只好用笼往上吊。我体型小，适合在下面挖掘，父亲力气比我大，在窑口吊土。

窑筒里干活得先把土挖虚，然后父亲把耙子吊上去，再把笼和锨放下来，我就往笼里铲土。地方狭小，根本打不开转身，与其说是装土还不如说是刨土。土不能装得太满，满了容易掉落，掉下来的土会砸到我，所以我在下面戴着一顶用荆条编制的头盔做保护。

记得那次，窑体快要打成了，父亲吊土即将上来时，笼抹襻了，连笼带土直接塌了下来，砸在我的头上，几乎把我砸进土里埋了。父亲急忙踩着脚窝子下来，把我从土中拽了出来。见我不省人事，背着我上了窑。闻信赶来好多人，父亲慌了神，母亲抱着我瘫坐在地上哭，我婆跪在地上磕头如捣蒜，还是弟弟头脑清醒，飞跑着叫来了村医，喊来了村里的长辈们。我这人命大，缓过气来。我婆说："是我求菩萨保佑你，阎王爷不收你，你才回到了阳间，这都第四次了。"

第一次是，我一出生就是"死娃"，接生婆说："没救了，挖个坑埋了吧。"我婆死活不肯放手，突然想起嫁到城里的我姑前两天来说："我邻家在医院坐月子，生下娃没有气，医生嘴对嘴吹出了气。"我婆就急忙对着我的嘴不停地吹，不知道吹了多长时间，就是不肯放弃，最终把我吹"活"了。第二次是，我四岁那年掉进了生产队最大的那口几十米深的枯井里，没有摔死！只断了大腿，村里人都说："这娃命真大！"第三次是，我十五岁那年去割草，由于土地贫瘠，草木稀少，方便割的草早已被割光，我就下到半沟崖上去割别人够不着的草。不料脚下滑坡了，下面是万丈深渊，一眼望不到底，我心想这次完了，必定粉身碎骨。醒来后，我被卡在半沟崖雨水冲刷的水槽里，我再一次与死神擦肩而过。

　　这次，我被塌歪了脖子，塌弯了腰，躺在了炕上动弹不得。父亲叫来捏骨匠，每天给我捏骨按摩，疼得我不停地哭。我婆看在眼里，疼在心里，骂我大："谁叫你成捣地盖房哩！我就是在这窑里被塌死也不住你的瓦房，不准你再打窑了。这次多亏菩萨保佑，我娃命大！真要有个三长两短，我也不想活了！"

　　打窑的事被搁置下来。我大成天为我家的窑洞担心着，眼看着没法再住了，这可是关系全家人性命的大事啊！一个大男人建不起自己安稳的家，保护不了自己家人的安全，内心里所承受的那种煎熬，那种痛是一般人想象不到的。他茶不思，饭不想，惶惶不可终日，像丢了魂似的。不能再拖了！为了有一个安全的家就是冒死也是值得的，我大再一次扛起了男人的担子，又开始偷偷地打窑了。

　　窑筒下面是一个倒喇叭，随着打窑的深入，空间也越来越大，下面可容纳几个人，而且有处躲藏，再不用担心被落土砸中。于是，下面有母亲、弟弟、妹妹。父亲依然把着重头，在窑口吊土。土方量越来越大，吊一天土，父亲的胳膊肿得像椽一样，第二天都抬不起来。窑筒有脚窝子，窑体变大了，到了倒喇叭处就没有了脚窝，人必须被吊着上下。父亲一个人实在吊不动了，就想着做一个辘轳。辘轳杆是父亲在矿山上捡的废弃的钢钎，辘轳川（辘轳筒和杆接触转动的部分）用两个旧轴承代替。父亲学过木匠，有木工基础，几天工夫辘轳就做成了。

　　劳动生产率的提高，离不开劳动工具的改进，劳动工具的产生、改善都是广大劳动人民智慧的结晶。有了辘轳打窑效率提高了几倍，窑口就变得轻松了，父亲就下到窑底挖掘，换上了母亲在窖口搅辘轳。

我在炕上躺了半个多月，身体并无大碍，只是脱臼和损伤，也恢复得差不多了，就参加一些力所能及的劳动，帮忙在窖口向周边运土。

窖体的倒喇叭越来越大，直径已经达到了五米，父亲决定不再向大扩展，开始收缩，打盛水体。盛水体是一个正喇叭形。实际上整个水窖看起来就像一个喇叭对着一个喇叭，又像一碗盖碗茶，盛水多少关键要看这碗的大小。直径五米算是个小窖。盛水的碗要打圆，父亲不断地用绳子在下面画圆，坡度也要把握好，父亲不停地用吊线锤吊，用眼睛瞄，不断地修整。坡度把握不好定窖时就定不牢，定不牢就容易塌窖。为了防止塌窖，还要在窖壁上有规律地挖出好多窝子，目的是定窖时能挂住红土泥。

盛水的喇叭打成了。上圆直径五米，下圆直径三米，深度三米，能盛一百多方水。收满水不但够打胡基泡土用，还能够我们一家七口人和家畜一年的生活用。

盛水体打成了还不能收水，盛了水容易渗漏，用不了十几天就会漏光，所以还要定窖。定窖就是用上好的红土和成泥，在盛水体内壁贴上十五厘米厚，既阻止了渗漏，又防止了水因长时间存放而变质。

父亲在大沟底寻找到了一处很好的红土带。他每天天不亮就下到沟里担红土，天黑还不收工。我们在场里负责把父亲担回来的红土研碎捣面，再过筛。细度越大越好，细度越大窖里的水越不容易渗漏。筛过的细红土堆成了山，父亲觉着差不多够了，就停止了担土，开始担水泡土。水在我们村上的公用水窖里担，离我们家有一里路。公用窖很大，窖口成人难以跨越，窖很深，深得看不到底。听老人们说，窖底可以套一寸（注：两头牛为一寸）牲口碾场。

由于是集体的窖，窖口上的辘轳年久失修早已坏掉，只能人工吊水。吊水很费劲，而且不安全，所以父亲吊水，根本不让我动手。每次去担水，父亲担一担我担半担。父亲吊好水后，把我桶里的水要向他桶里添得满满的，几乎向外溢。我们担着水上路，父亲担着水走得快，我走得慢，中途还要歇一会儿。我歇的时候父亲已经返回了，等我再回到窖上时，父亲已经吊好了自己的一担水等着我。我们担了一礼拜水，不知道担了多少担。土总算泡得差不多了，接下来就是尽快选择日子定窖。

在农村，定窖就像盖房子打顶，要一鼓作气，连续作业，中间不能间断。需要的人手多，因而几乎大半个村的人都来帮忙。定窖的人被分为四组，场里一组，运输一组，窖口一组，窖下一组。场里的人大多数是妇女和孩子，负责把红土就像揉面一样揉成软硬合适的柱锤状，不能软也不能硬，硬了摊不开，捶起费劲，软了在窖壁挂不住，容易变形，还有可能脱落造成塌窖。孩子们挽着裤腿，光着脚在红土泥里踩踏、打闹、嬉戏。妇女们把红土泥用棒槌捶，用手揉，时不时地还摔一下泥炮，然后像揉面一样揉成老碗大小的柱体。运输组是壮劳力，负责把揉成的红土块担到窖口。窖口的人负责把红泥块吊入窖里。窖里搭着架，人分做四组，两人一组，东南西北各把一方。由上到下把红土块在窖体上摊开，要摊十五厘米厚。一人摊一人负责打下手。摊的人拿着棒槌，把摊在窖体上的红泥块捶平，捶瓷实，捶得无缝对接，捶得挂牢、贴紧，防止脱落。定完一圈再落架，继续定第二圈，一直定到窖底，窖底还要铺上厚厚一层红泥土。

定窑的时候，从窑背上的场里到窑口形成了一条蜿蜒曲折的运输线，犹如蚂蚁搬家，络绎不绝。场里妇女们的说笑声，孩子们的打闹声，摔泥炮声响成一片。窑里传出"吧嗒、吧嗒"的棒槌打击声，就像船工的号子，沉闷、浑厚，雄壮而有力。有人扯开嗓子，吼着秦腔，四个棒槌便迎合着秦腔声高低起伏，这声音冲出窑口，冲向云霄，响彻东塬。这声音在干旱贫瘠的东塬上给人一种力量，这声音在乡亲们跟艰苦环境做顽强抗争中给人一种鼓舞，让人忘记饥饿，不知疲倦，顽强拼搏。

我婆和我负责做饭。由于人多，只能压饸饹。玉米面和了好几盆。大铁锅上架着铁道枕木般大小的饸饹床子，玉米面涩，压着费劲，手压不动了，我就坐在饸饹床子上，用屁股不停地蹾。压的饸饹揪成碗坨子，盛满了筛子，摆满了案板。

我们从天不亮开始一直忙到了下午两点，还没有完工。我婆去窑上看了一趟又一趟，急得团团转。吃饭的时候，院子、门口都圪蹴着人，手里端着凉调钢丝饸饹。没有菜，只调着些盐、醋、辣子和葱花。高强度地劳动，长时间地劳作，大家都饿坏了。干的吃了再吃汤的，有的人吃了三四碗。吃完饭大家都挺着肚子悄悄离去。

父亲的劳动还没有结束，还得每天下窑里用棒槌再捶一遍，连捶三天。我每天早上把父亲放下去，下午把父亲吊上来。窑口传出父亲那单调的棒槌声，没有起伏的节奏，也没有秦腔助兴，有的是一个男人拖着疲惫的身躯，肩负着一家之主的使命——建设这个家、改善这个家、富裕这个家。

二、打胡基

打胡基前先要担水泡土，泡好土才能打胡基。胡基要提前打好，晒干，盖房时才能用。父亲在村子中间相中一片满意的地皮，作为我家盖房子的地方。又在旁边选了一块五米宽十米长的地，用土围起来，只等着天下雨，窖里收下水后，担水，泡土，打胡基。

暑假里的第一场白雨，并不很大，窖里已收了许多水，父亲便迫不及待地担开了水。于是，全家人都加入其中，担的担，抬的抬。我家的水窖离打胡基的地方半里多路，而且还要爬上门前的大陡坡，我担一担水要歇两歇才能到达。两天担下来，我腰疼，腿痛，肩膀肿，走起路来一瘸一拐的，一边肩膀高，一边肩膀低。父亲起得早，睡得晚，衣服磨破了，肩膀起了泡，脱了皮，依然默默地忍受着。

父亲从来不要求我，也不指责我，更是没有骂过、打过我，只是默默地用自己的行动感染着我。从父亲身上，我学到了男人自强、拼搏的精神，感受到男人的无私和担当。

经过一礼拜坚持不懈的劳动，土终于泡好了。父亲借来了打胡基的锤子和模子，搬来了打胡基的垫石。放垫石角度要合适，不能太立，也不能太缓，大概二十度左右。模子放在垫石上，撒上草木灰，我供土，父亲提锤子，开始打胡基。打胡基有个口诀："三锨六踏十二锤"，即供土的铲上三锨土，打胡基的踏上六脚，再打上十二锤子。

供土的人负责放好模子，模子内均匀地撒上草木灰。撒灰的目的是让打好的胡基容易脱模，容易搬起来。撒好灰就向模子里面装土，一般要装满满三锨。父亲在装好的土上踩六脚，提起锤子先在左边下、中、上三锤子，后在右边下、中、上三锤子，然后重复一次，一共十二锤子。左右两脚踢除模子上的余土，右脚后跟向后一蹬，模子便解开了锁。去掉模子，搬起胡基，双手竖端着胡基小跑着去摞。摞胡基也是有技巧的，摞不好就会"攥狼"，就像多米诺骨牌一样，前功尽弃。所以摞胡基前，先要平整好根基，胡基要斜着角度立放，不容易倒。一个挨着一个，留一指宽间隙，通风容易干。胡基摞子不一定很直，根据地形，有的还会随弯就弯。摞完一层再摞第二层，第二层摞时与下面角度相反，上面一个胡基要压下面三个胡基。第二层摞完再摞第三层，有的要摞五六层，这样摞节约地方，万一天下雨了也好遮盖。等父亲摞完胡基返回时，我已经装上了土，父亲接着打下一个。打胡基没有停歇的空儿。头顶烈日，汗流浃背，衣服湿透了，穿在身上难受，干脆脱掉上衣，挽高裤腿，脖子上搭着随时擦汗的毛巾。父亲汗流如注，顾不上擦，汗水就顺着脸颊流下，挂在下巴上，随着锤子的上下，一滴一滴地震落，落在了锤子下，滴在新土上，打在了胡基里。

一天胡基打下来，父亲的手磨出了水泡；两天胡基打下来，水泡磨破了，又磨出了血泡；三天打下来，血泡磨破了，磨出了茧；一场胡基打下来，手掌就磨出了厚厚一层老茧。打胡基在农村是强度比较高的体力劳动，一般人都吃不消。三天下来，父亲腰疼得直不起来，胳膊疼得提不起锤子，在母亲的劝说下，父亲终于肯稍做休息。

作为长子的我不甘示弱，学着父亲的样子试着打胡基。开始，打好的胡基搬不起，搬起来的胡基端不走，眼看着一排胡基快要打成了，因一个胡基没有放稳而"攥了狼"——一排近百十个胡基就倒塌了，成了废品。倒了就推倒重来，继续再打。手磨破了，就在锤子把上缠上毛巾。我一天打了一排四层胡基，父亲见我能打，就和我交换着打。打了二十多天，终于打够了三间瓦房的胡基。我被晒得黑黝黝的，跟铁匠一样，因而得了个外号，村里人都叫我"铁匠"。

三、备料

盖房子光打下胡基还不行，还要准备石头砌根基，准备砖，做柱子，准备椽、檩、瓦等等。

我家窑洞门前地方宽敞，土壤疏松，适合树木生长。经过十几年的生长，有几棵椿树已经长成参天大树。一棵椿树就可以截成三根檩，伐了三棵，三间房子的檩就够了。原来父亲早有盖房的打算，要不门前的树栽得到处都是，大大小小的杨树、柳树就伐了一百多棵，都截成了椽。

木料准备好了，我就和父亲拉着架子车，拿着钎子，扛着大锤，上东山窝石头窝子拉石头。没有炸药，我们就用钢钎撬，用铁锤打，攒够一车就向回拉一车。父亲和我的手指上缠满了胶布，脚上的布鞋被飞溅的石子扎满了小洞，穿的衣服到处都是窟窿眼儿。衣服下面更是体无完肤，好了旧伤再添新伤，大小伤疤数都数不清。记不清拉了多少趟，总共拉了十几天，备足了所有的石料。

唯一需要掏钱的料就是砖和瓦。家里经济本身就很拮据，要买料，钱从何而来？一家七口人，母亲一人劳动挣工分，父亲是一个挣工分的民办教师，养活一家人吃饭都是问题，要盖房就更加困难。

好在父亲是个教书先生，也认识了几个人，托关系在孙塬乡信用社贷了三十五元钱。父亲拿着钱去了砖厂好多趟，三十五元钱只够一间房子的砖。没办法，父亲就去城里的大街小巷转，在别人家门口走来走去，看谁家拆了老房，能买点旧砖瓦。转了一个礼拜，也没有买下一片瓦一块砖。

一天父亲打听到药王山一家施工队完工了，要撤摊，临时工房要拆除。父亲决定买下它，临时工房用的也是旧砖瓦，大小不一。商谈的结果是，父亲给了仅有的三十五元钱，并答应自己拆除工房，然后把所有的垃圾清理干净。父亲喜出望外，临时工房的砖瓦足够我们盖三间瓦房，而且里面的旧窗门正好可以用上。

四、盖 房

料备齐全，暑假结束了，我们也开了学。记得那年我在耀中上高一，开学不久雨就一直下，下个不停，家里的窑洞漏雨没法居住，家里人就借居在别人家里。到了周末，同学们都纷纷回家，我因为没有处住而回不了家。一个人孤零零地躺在宿舍里，肚子饿得咕噜噜叫，浑身不停地打着冷战，泪水浸染了被褥。和我做伴的只有蚊子，它们似乎比我还饿，比我还冷，任凭它们吮吸着我身上的血，我全然不管，我知道，它们比任何时候都更需要我。我也比任何时候更需要它们，我需要它们时时刻刻地提醒我，我怕一个人连冻带饿睡着了再也醒不来……

天还没有亮，我就迫不及待地奔回了家，哭着告诉父母："我再也不上学了，我要留在家里，我要盖房子！"父亲拗不过我，答应盖房，前提是我必须去上学。

父亲请了假，叫来了匠人、亲戚、朋友在家盖房子。在学校的我根本静不下心，没有心思上课，始终牵挂着我家的新房，熬到了周末叫上几个同学回家帮忙。一回到家就马不停蹄地干活，一会搬砖，一会端胡基，忙个不停。再忙再累心里是乐呵的，因为我太渴望有个新家了。

上梁上瓦的那天是个周末，我们班几乎所有的男生都来我家帮忙。有的在房上，有的在架上，有的铲泥，有的捆椽。周末两天就上好了椽和檩，瓦好了房。看着拔地而起的三间新瓦房，我甭提有多高兴，心里默默地念叨："我终于有新家了！"

在父亲的瓦房里我上完了高中，读完了大学，走上了工作岗位，结了婚，成了家。

父亲的瓦房陪了我婆、母亲、父亲走完了他们的人生。父亲已经去世多年，父亲的房子已经老化得不成样子，摇摇欲坠。我就是不愿拆除，因为那房子里浸透着父亲的汗水，融入了父亲的心血，散发着父亲的味道，留着我对父亲深深的记忆。

又闻机杼声

母亲为了养家糊口，不得不放弃读书去织布，只上到小学三年级，就死活不肯去学堂了。二十世纪四十年代的农村，织布机算是最先进的劳动工具，母亲迷上了这个半自动化、能解决衣食住行问题、能使那个时代女子引以为荣的织布机。

因为喜欢所以认真、努力，因此有所成就，母亲在方圆百里是出了名的能女子。母亲嫁到我们家后，家里穿的、盖的、铺的、用的都是母亲的杰作，乃至于我们全村人都穿着母亲织的布料做成的衣衫。我自小看着母亲织布长大，了解其中的艰辛，知道如何用棉花一步一步地把布料织出来。

每逢节日就想母亲，想到母亲的勤劳，想到母亲的艰辛，想到我那可怜的母亲没有享受一天的清福，我还没有来得及孝敬她老人家，她就撒手人寰，不觉潸然泪下，悲从心来。

在习主席倡导共建"一带一路"的今天，我又想到了母亲。耳边忽然响起那嗡嗡的纺线声，那筒子刷啦啦的转动声，那咔嚓咔嚓的织布声，眼前浮现出母亲纺线织布时的情景。

母亲织布的时候我喜欢站在旁边观看，乐于打下手，从纺线到织成布共十大步骤（纺线，拐线，染线，浆线，纺筒子，缠穗子，提角，经线，上机，织布）七十二个环节，我至今记忆犹新。

一、纺　线

母亲把地里成熟的棉花采摘下来，晒干，装入麻袋，背着去城里拧掉花籽，拧完后再弹，弹成棉花褂褂背回家。取弹好的棉花大约手掌大小的一片摊平，然后用细竹棍搓成蜡烛粗细一尺长短的捻子，十根捻子为一捆，整整齐齐地堆了一大筐。纺线车支在炕头上，母亲盘腿坐在纺车前，右手摇车，左手扯捻子，只听那纺车嗡嗡地响，棉花捻子在母亲左手高高地扬起，由下而上捻成了长长的细线，大约一米来长，一头拧在纺车的锭子上，一头高高地系在母亲的左手端。突然，转动的纺车戛然而止，瞬间母亲又开始反摇纺车，随着纺车的反转，母亲左手缓缓而降，那捻好的线很听话似的就一圈一圈整整齐齐地缠在了纺车的锭子上，我们把缠在锭子上的线称作穗子。母亲重复了一次又一次，纺了一夜又一夜，捻子就这样全被纺成了穗子。

小时候，母亲的纺线声是催眠曲，听着听着我就睡着了；母亲的纺线声又是我的闹钟，把我唤醒，催我上学。每每醒来，一大筐的捻子魔术般地就变成了穗子。在我的记忆里，母亲纺线的时候几乎整晚不睡觉，我睡的时候她在纺，我醒来的时候她还在纺。回想起来，母亲后来的罗圈腿、母亲的驼背、母亲的腰腿疼就是那个时候埋下的隐患，盘腿弯腰坐在炕上，日积月累，积劳成疾。

今天，又想起了母亲让我猜的那个谜语："一条绳，撂过城，城动弹，龙叫唤。"我用它考过好多人，五十岁以下能答上来的人寥寥无几。

二、拐　线

母亲纺好了所有的穗子，还要把穗子再缠到拐子上。拐子是用木头做的，就像一个大大的"工"字，有一尺宽、两尺高。穗子要放在线轮子上，线轮子是用扁铁做的一个铁架子，用铁钎子穿着穗子，装入线轮子上，穗子就能被拉着旋转。母亲右手持拐子，左手捋线，摇晃着拐子，左手配合着右手，线就飞快地往拐子上缠。穗子被线扯着不停地在线轮子上咯吱咯吱地转，不一会穗子的线就被拐子缠完了。紧接着又把第二个穗子装上，把线头接上继续再缠。一个拐子上一般要缠两个穗子。缠完两个穗子，这一拐子线就成了，退出拐子上的线来用线头扎好，继续缠下一拐子，一直要缠几十拐子线，直到把所有纺的穗子缠完。

记得母亲缠穗子时，一边缠一边嘴里念念有词："右手摇，左手撩，缠线线，滚蛋蛋。"我小的时候学着拐线，缠在拐子上的线不整齐，乱了套，被母亲责骂。母亲把拐子上的线退下来，让我用双臂捧着，她用拐子重新再缠一遍。

这个环节单调乏味，母亲却一遍又一遍地重复着，为了一家人的生活，想着家人的穿戴，母亲日复一日，毫无怨言地坚持着。

三、染　线

织纯色的布不需要染线，如果想要织花花布，在浆线之前就要染色，织几种颜色的花布就要染几种颜色的线。染色时要烧一大锅开水，把买好的小包染料倒入水中和匀，染料要适量，不能少也不能多。少了染不上色，多了染色太重，也是一种浪费。后把拐子线放入染料水中来回搅动蒸煮上色，搅动时拐子线不能乱。织花布一般要染红、蓝、黑、绿等多种颜色的线。染均匀的拐子线捞出来再洗涤，洗得直到不褪色为止，然后晒干。

母亲的手一年四季都被染上了颜色，那染料把母亲的指纹、掌纹勾画得清晰可见。染料钻进母亲的肌肤，浸入母亲的骨髓，母亲的指关节变得又肿又大。冬季里，母亲的双手被冻裂，手无完肤，冻裂的口子大大小小、深深浅浅，就像我们黄土高原的沟壑，母亲手上的这些沟壑被染上了不同的颜色。就是这样的一双手织出了世上最漂亮的花布，我们一家及村里人都穿着母亲的织布，穿着母亲的织布做的衣服上街、走亲戚、访友是一种荣耀。

四、浆　线

浆线就是给拐子线上面浆。把烧开的水用面和成面糊糊，然后把所有的拐子线分成两等份，一份上浆，一份不上浆。上浆的线用于经线，不上浆的线用于纬线。浆一斤线大约需要四两面，上浆的时候要把线放入面糊糊盆里不断地用擀杖搅，用手搓揉，确保每一条线都能被充分均匀地浆到。同样要注意拐子线不能乱套，不同颜色的线要分开上浆，避免混色。浆好的线捞出盆，放一晚上，目的是让面浆充分浸入、渗透。第二天把浆好的线挂在椽上，架在太阳底下晾晒，晒的时候要拧掉线上面多余的面糊。手劲不足就拧不干净，就要在下面吊上打胡基的重锤子，旋转锤子扶手加力，拧掉线上面多余的面糊。拧干净拐子线上的面糊后，取下锤子，用手搓揉，使其蓬松，目的是让线疏松后能晾晒得充分而均匀。

记得母亲那段歌谣："锅中染，盆里浆，花花绿绿晒几响。"有一年冬季特别的冷，我不小心撞倒了橡架，一架十几拐子刚刚浆好的线全掉在了地上，沾满了泥土，脏得不能使用。那次母亲打了我，打得很重，我哭了，哭得很伤心。看着母亲把那脏线在结了冰的水里一遍又一遍地洗涤，看着那肿胀的双手，看着那裂得更开的冻疮，我很内疚，也很自责。我暗暗地下决心，一定要学会织布，以后再也不让母亲辛劳。从此我学织布更加地努力、认真、仔细，心里默默地记下了织布的每一个环节。

五、纺筒子

晒干的浆线要一拐子一拐子地上纺车，纺成筒子线。

把筒子穿在纺车的定子上，固定好。筒子就是用指头粗细的竹子或者竽子截成一尺多长的中空的竹筒筒。拐子线套在一个比纺车轮子小的转轮上，抽出线头，缠在筒子上，转轮和纺车一字排放，开始摇动纺车，纺车大轮带动定子上的筒子转动，缠在筒子上的线拉着小轮转动，一时间，"大轮嗡嗡，小轮嘤嘤，大小轮子一起哼哼。"

一拐子线要纺两个筒子，纺完所有的拐子线大约能做成一百多个筒子。

我至今还保存着母亲织布剩下的筒子线。当初压根就没有想到社会发展得如此之快，老的手工工艺已经被淘汰，那纺线车、织布机已经成了文物。取而代之的是现代化的织布机器，织的布更宽，花样更多，质量更好。但是，不管怎么说，现代化的工艺是建立在传统手工工艺基础之上的，没有母亲那一代人的辛勤付出就不可能有今天的纺织成果。

六、缠穗子

母亲把浆线时留下的另一半拐子线缠成吊穗子，这些吊穗子就是织布时梭里放置的纬线，这个穗子和纺线纺成的穗子不同，这个叫吊穗子，纺线纺成的叫圆穗子。

我把拐子线穿在两个胳膊上捧展，母亲拿一根筷子，筷子中间穿一枣核形状的结，这个结叫穗核（方言读hú）子。可不要小看这个穗核子，它的作用可大了，不但起固定穗子的作用，而且还要起固定线头的作用。母亲右手拿筷子，左手捋线，左右摇晃着筷子，我双手捧着线也配合着左右晃动，线便飞快地缠上了筷子，成了吊穗子。抽出筷子，取出穗核子，拉出线头，用线头把穗子扎好。一拐子线缠两个穗子，直到缠完所有的拐子线。

双手捧着线有时候一捧就是一晌，胳膊很累，很酸，很疼。开始双臂举得很平直，慢慢地就垂了下来。看到母亲那坚定执着的眼神，那不知疲倦地摇着穗子的手，我就再次抬起胳膊，咬紧牙关坚持到最后。

七、提 角

母亲准备了二十根细铁钎子，一头串上麻钱，一字排列插在地上。把纺好的筒子线穿在铁钎上，穿的时候要根据自己要织的花布的花形，按顺序插入不同颜色的筒子线。

根据自己所纺的线的斤数，可以算出能织的布的丈数。比如纺了十斤线，就可织二十丈布，需要在地上插入几十个木桩，排列成"回"字状，总长度为二十丈。从二十个筒子上抽出二十个线头，固定在二十丈距离外的第一个木桩上，然后扯着二十根线在木桩上来回绕，到最后一个木桩上要将线一根一根地提交。所谓的"提交"就是要线交叉，提出一个交叉角度，挂在木桩上。绕一回是二十根线，绕两回就是四十根线，一般织一尺三宽的布要四百根线，上下八百根线，要绕二十个来回。织一尺五、一尺六宽的布面，要五百根线，绕二十五个来回。

我喜欢绕线，牵着二十根彩线来回地跑，二十个筒子一起转动，哗啦啦地响。二十条带色的线从筒子处匍匐散开，又由我牵引握在手心，看起来就像孔雀开屏，听起来就像孔雀在抖屏。我满足于这种感觉，就像大权在握，号令一发，所有的筒子转动起来听我指挥，由我调遣，任我摆布，一切皆在我掌控之中。

八、经 线

线绕完后，角就算提成了，从木桩上取下一整股子线挽成绣球，大的绣球足有脸盆大小，在挽绣球时成的角一定不能乱了，必须用木棍叉好。

把绣球放入筛子里，筛子放在坨子上，坨子就是大柯权（人字形木框），上面放一块大石头。从绣球上拉出大约两丈长的股子线（尺三的布就是八百根）

做缯，做缯就是分上下线，一根线向上，紧挨着的一根线就向下，上线四百根，下线四百根。做缯后穿绳框，绳框就像梳子，得一根一根地穿，穿完绳框后卷圣子。圣子就是一根胳膊粗二尺长的木棍两头嵌上木板，就像车轮子，手扳动木板，就可以转动所有的线。

所有的线要经过缯和绳框捋一遍缠到圣子上。这个过程就叫经线，经线的目的是要线顺适，这就是所谓的井井有条，加坨子的目的是增加重量，卷圣子时把线拉直。把所有的线卷到圣子上，经线的过程就算完成了。这一环节是织布的一个关键环节，我村许多人都不会经线，常常请母亲去指导。

经线是个细致活，不但要心细而且还要手巧，出不得半点差错。一旦有闪失，线就乱了套，前功尽弃，就得重新提角，重新经线。就这一环节，我不知学了多少遍，没少挨母亲打骂。但我从来没有埋怨过母亲，我得感谢母亲，没有当初母亲严厉的教诲就不可能有我今天的奋进。

九、上　机

织布机分为高脚机和平头机。我家用的是高脚机，一个木床似的框架，一端是布满经线的机头（线柱子），机头两端有六个翅，可控可放使机头转动。离机头不远处安装着竖立的框架，其作用是通过上方的横木棒向下引绳提拉两个缯，缯是与机头等宽、高约20厘米的长方形线刷。缯的下方通过引绳连接两个踏板，轮流踏下踏板，缯便分出高下，均匀穿过细细缯眼的经线便被分为两层，织布梭子从两层经线中间穿过，带领纬线与经线交错，再通过机杼的挤压便形成了布匹。

织布机不知经过多少人的努力，付出了多少艰辛的劳动，才一步一步地完善到这个模样。它在那些年不得不说是一项伟大的发明创造，正是由于中国母亲们的勤劳和智慧，经过一代一代人的努力，才使中国的纺织行业走向了世界前列。

十、织 布

织布就要再经过做缯、闯杼、吊机、栓布、织布、了机等十几道工序。织布时，母亲端坐在织布机一端的布柱前，双脚踩得踏板上下交替，双手轮换着操纵机杼和梭子，只见双手翻飞，穿梭往复，娴熟的动作如弹钢琴一般优美。从机头而下的千条经线就像瀑布飘逸流畅，那"唧唧复唧唧"的织机声是我听过的最悦耳的音乐，那脚蹬、腰躬、一扳一穿的动作是我见到过的最美的姿态。

耳边又一次响起母亲的歌谣："十亩地，八亩宽，中间坐个鸭子官。脚一蹬，手一扳，十个环环都动弹。"

不是所有妇女都会织布，不是所有的织女都能织出优质的布匹，在我们村能织布的人是寥寥无几，母亲是织女中的佼佼者，没人织的布从数量和质量上能超越我母亲。

母亲晚上纺线，白天上地，抽空就织

布。织布机常年架在窑里，母亲天阴下雨上不了地就织布，吃饭间隙也织布。那个时候的人也没有其他的爱好，除了上地劳动就是织布。由于长期劳累，母亲早早地就撒手人寰，留下的是那些到孙子手里仍然穿不完的布。每逢节日就想母亲，耳边就响起那嗡嗡的纺线声和那咔嚓咔嚓的织布声……

再过些年可能没有人会织布了，我要把这些都记录下来，作为母亲宝贵的遗产珍藏，也算是对母亲的一种怀念吧。

能详细地记录下织布的每一个环节，都归功于我有一个好母亲。母亲不但教会了我织布，还教会了我许多许多，更重要的是母亲是我人生成长中的导师，教会了我做人的道理，这笔精神财富取之不尽、用之不竭……

在习主席倡导"一带一路"的今天，在一带一路高峰论坛会议召开之际，一百三十多个国家领导人来我国参加会议，使我想到了古丝绸之路，想到了中国的丝织品走向世界。似乎又看到那绵延一万二千多千米的东西方商队，听到了丝绸之路上那不绝于耳的驼铃声声。想到了过去中国丝织业的辉煌，想到了母亲的纺线、织布的情景，似乎又看到了母亲坐在纺车前，耳畔又传来那嗡嗡的纺车声，那咔嚓咔嚓的织布声……

落泪的回忆

　　我婆经常头痛，头疼得忍不住了就叫我去村里医生家买几片"安乃近"。很管用，一吃就灵，只是剜不了根。

　　我十二岁那年过年，婆硬是扛过了大年三十，初一实在熬不过了，就给我一毛钱让我去买药。我急跑着撞进医生的卧房，他们全家人正在炕上吃午饭。吓人家一跳，我很尴尬，但退是来不及了。"叔，我婆头疼得厉害，我买几片安乃近。"我气喘吁吁地说。医生叔问："吃了么？"我吞吐着回答："嗯……吃……啦。"说着吃啦，眼睛却直勾勾地盯着炕桌上雪白的蒸馍和那碗泛着油花的条子肉。那是我第一次见到白蒸馍，心想：世上竟有这么白的馍！咋比麦颗还白呢？那也是我第一次见到条子肉蒸碗，一片一片的宽肉条整齐地排列在碗里，直勾引着我的眼睛。医生叔看出来我没有吃过，抓起一个蒸馍，掰开，夹起一片条子肉塞进去，递给我说："吃，吃了再给你去取药。"我推辞着说："不，不要，我吃啦。"却站着不退避，双手早已伸了过去。接过肉夹馍，递到嘴边又停了下来，重复了几次没舍得吃，便说："我婆还等着药哩。"拿了三片安乃近，捧着肉夹馍，急匆匆跑回家。我婆不肯吃馍，让我吃，我也不肯，就叫来了弟弟妹妹，我们四个一人一口轮着吃。从小到大，弟弟最小，弟弟先吃，我最大我后吃。弟弟先是伸出舌头舔了几下露出来的肉，接着一大口下去，憋得说不出话来。轮到我时剩下不到一口馍，已经没有了肉，但肉味还在。

看到我们吃得香，我婆说："唉，比起我当年的孩子们，你们好多了，最起码有吃的，饿不着。"我婆三十三岁那年，我爷被入室抢劫的土匪打死了，抢走了所有积蓄。我婆孤儿寡母过日子，孩子们小，我大伯是最大的孩子，也只有十二岁。日子过得紧巴巴的，吃了上顿没下顿，野菜成了主食。过年的时候，我大伯去邻家逛，看见人家吃肉，跑回家哭着闹着给我婆说要吃肉，我婆气急了，打了我大伯，还动用了鞭子。大伯拿来镰刀，对我婆说："妈，我把胳膊上的肉劈下来咱吃吧。"我婆眼泪唰地流下来，像把刨似的，一把搂住我大伯，娘俩哭成了一团。大伯流着泪说："妈，我再也不要吃肉了，肉不好吃，肉难吃得很！"那时候，我婆梦想着，有朝一日能让她的孩子们过上有肉吃的日子，她就满足了。我问我婆："不给肉吃就算了，为啥还要打我大伯？"我婆说："打他是让他长点志气，人穷志不要穷，日子要靠人过，想吃肉得自己去挣！"我又追问："后来吃上肉没有？"我婆说，经过她们母子几年的努力，日子好了终于吃到了肉。好景不长，合作社了，收了地，收了牲口、农具，再没有吃过肉。

我出生在"文化大革命"期间，生产队只种粮不产肉，当然也没有吃过肉。那年我叔给我的肉夹馍是我最难忘的。从那个时候起我就下定了决心，等我挣了钱，我要让我婆、让我们家所有人都吃一回肉夹馍，让每一个人都吃饱，吃够！

我们东塬上光秃秃的，有力没处使，想挣钱都没处挣，实在想不下挣钱的门路，就设法弄些小钱。夏天的时候上山摘蜜子，提到城里去卖，一笼蜜子卖的钱只够买几个洋糖。秋天的时候就满沟畔捉蝎子，蝎子卖的钱只够缴学费。冬天的时候上山割秆草，秆草卖的钱仅够生活必需。春天的时候养猪养羊，猪羊卖的钱还要补贴家用，根本顾不上吃嘴。吃肉夹馍的愿望一直得不到实现。直到我十八岁那年，村上在东山窝开了石头窝子，我高兴极了，挣钱的门路来啦！我可以拉石头挣钱啦，一吨石头拉到城里能挣三块钱哩，到年底我的愿望就能实现啦。

为了能让全家吃上肉，再苦再累我不怕。我下定了决心和父亲拉石头。拉石头早上出门晚上回家。石头从东山窝拉十几里路到东站装火车，山高坡陡，高涧坡就占了将近一半的路。架子车辕上一边吊着馍布袋，一边吊着水瓶，走起路来一摆一摆的，就像牛的奶头。饿了，停在路边，支起车辕，解下布袋，掸去尘土，圪蹴在路畔，掏出黑中泛黄的馍，掰一块裂开的馍皮塞入口中，有一股泥土的味道。吃完馍皮再吃馍瓤，咬一口，好硬！好干！喝口水拌着咽下。黑面中加了些玉米面，比纯玉米馍好吃多了！吃了喝了，衣服上的汗水还在，就急急匆匆地拉上石头赶路。

装卸工苦，挖煤的苦，筑路工苦，也听说船工苦，但肯定没有拉石头的苦！为了能多挣点钱，架子车装得满满的，一趟要拉一吨多，上坡的时候那才真叫拼。从那时起，我才真正体会到什么叫作"碌碡拽到半坡上"。所以每次都是拼尽全力，用力的时候双腿颤得像筛糠，人拉着车子在半坡盘旋，好几回僵持着，很想放弃，一想到年底就可以让全家人吃上肉夹馍，便下了狠心，硬是拼了上去。肩膀上被背带磨了泡，泡磨烂了磨出了茧，茧磨透了又起了泡。为了心中的愿望再痛也要忍受，再苦也要坚持。

石头拉到年底，终于可以吃到肉了，父亲割了两斤肋条肉。母亲舍不得做成碗子，觉得太浪费，只在炖暖锅时放上几块，那还是在有亲戚来拜年的时候。我喜欢炖暖锅子，炖暖锅可以闻到肉香。用两个胡基支成"人"字形，上面架上砂锅，砂锅里是烩菜和排骨肉，砂锅下面架上干柴。火生得很旺，不一会就煎得一锅菜咕咚响。弟妹们也赶来圪蹴在暖锅子旁，闻着升腾上来的蒸汽，呼吸着大肉的味道，喜得弟妹直叫"香"。我不停地加柴，不肯起身，熬干了，再续上水……

拉了两年石头，年底了，家里喂的那头猪没有生卖，杀了留下一扇尻臀子，母亲做了满案的蒸碗，有条子肉还有肉丸子。我婆让我先给我大伯送两碗去。走进了我大伯家的门："伯，我婆让我给你送的蒸碗。"我伯接过笼子，双手颤抖，眼泪哗哗地流……又想起了当年要吃肉被我婆打，他要割自己胳膊的肉吃的情景，越发控制不住……那天我们全家一人一碗条子肉，我纯吃，没有夹馍。那年我妈也蒸了白蒸馍，和医生叔家的一样白！

实行家庭联产承包责任制以后，我们家又分到了地，日子一天比一天好！吃肉是家常便饭。我婆却时常担心着，这地会不会被收了，这肉会不会吃长久。欣慰的是我婆是吃着肉守着她的土地离开的，死了还埋在我家的地里。现在日子更好了，大鱼大肉吃着却总爱回忆过去的苦，回忆的时候就想把它写下来，常常写得我落泪。我想，没有过去的苦就品不出今日的甜，回忆过去是为了更好地享受现在。

这么多年党的土地政策一直都没有变，才召开了的十九大又给我们吃了定心丸。我相信我们依然是土地的主人，不但现在是，而且将来也一定是。

我收到的父亲节礼物

当我接到这斤上好的茶叶时，激动得差点脱口而出："谢谢你！"一股暖流涌遍全身，眼睛一酸，热泪就要夺眶而出……硬是找到一句从父亲那继承下来的老话："回来就好，买这好的东西干啥！乱花钱！以后再不要买这么贵的东西了！"才把激动的泪水抑制住，没有当场泪崩，回头泪水便簌簌而下……

每年的父亲节都会收到儿子的礼物。所以早早地就不露声色地盼着、盘算着、揣摩着今年会是什么？一斤粽子？一本《山本》书？一件衣服？绝不会是再像去年一样买一双上千块的名牌鞋了吧。儿子还没工作，还在深造，花的钱都是平时省吃俭用攒下来的。为此我去年也说了同样的老话："乱花钱，以后再不要买这么贵的东西了！"估计今年再不会"乱花钱"了。你还别说，那双鞋贵是贵了点，但穿着确实舒服、时尚，那是我这多半生穿过的最贵的鞋，常常舍不得穿！只在有重要场合时才穿。每当需要穿它时，我会认真地把它擦洗一番，打上蜡，上上油，收拾得铮亮。出门很是耀眼，引来别人欣赏的目光，有人问起，我便得意地说："儿子买的，父亲节礼物！"说这话的时候，早把那句老话"买这么贵的东西，乱花钱！"忘得一干二净。

一大早朋友圈里就发着许多有关父亲节的消息。父亲没了，这份孝心没有了去处，心里空落落的，子欲养而亲不待的痛时不时地敲击着我。如今我也为人父，享受着儿子的孝心，心里也时常美滋滋的。

儿子还没有回来，心里不免有些嘀咕，胡思乱想起来：没有钱了吧？把爸忘了吧？可能忙吧……

想起了有一年父亲节，我去了外地，没有及时回家，父亲在农村没有电话，没能告知父亲。回来的时候，我给父亲补了个父亲节。听母亲说："那天你大坐不住，一会儿摘回来桃，一会儿摘回来梨，一会儿买回来菜，出来啦，进去啦，不停点。折腾了好一阵子，村里所有回来的孩子都是他老远远看见目送着回家的。天黑了才消停了些，一晚上还都没有睡。"那年我给父亲的父亲节礼物是一部老年手机。接手机的时候，我觉察到父亲的双手在抖，嘴在颤，最终还是挤出那句老话："太贵了！花这钱干啥！乱花钱！"做了父亲后，我才理解了父亲此刻的心情，有时候说的和想的其实大不一样，嘴上埋怨，心里却感激着、乐呵着！

中午的时候，我员工给她父亲买衣服回来，说了遇到的一件事。她去商场给父亲看衣服，遇到一对父子，父亲有70多岁，得了严重的病后半身不遂，由儿子搀扶着一步一步地挪动。儿子看中一件上衣，要给父亲买下，父亲说不出话来，胳膊不方便，儿子怎么也穿不到父亲身上。刚好我员工碰到他们，见此情景，赶紧上前帮忙，给他父亲穿上，看起来很合适。父亲不愿让儿子破费，用微弱的手势和含糊不清的语意表达着他的谢绝。老人不要，欲脱下，但他的脸上却写着一种喜悦，一种幸福，一种感激。儿子执意要给父亲买下，去付钱时，父亲示意兜里有钱，试图在衣襟下掏出来，我员工明白他的意思，赶忙阻止说："不用你的钱，你儿子孝敬你哩，这是给你买的父亲节礼物。"那位父亲颤抖着双手握住我员工的手，表示感谢，久久不肯松开。我员工说："看你儿子对你多好！"那位父亲的泪水唰地落下，模糊地说出了一个字"女……"我员工明白了，原来这是他的女婿。

　　下午的时候，儿子还没有回来，心里不免有些失落。等到了晚上，儿子终于回来啦，带给我一斤很贵的茶叶，虽然嘴上埋怨嫌太贵，心里却还是高兴着的，这是我这半生喝的最好的茶叶。我会把它珍藏起来，每次少捏一点，节省着用，慢慢地品。每当我喝它时，我就会想到："这是儿子给我的父亲节礼物！"当然，来客时我定会拿出它来嘚瑟："这是儿子孝敬的！"

母 亲 节

妈，今天就是母亲节，你知道吗？往年的今天，儿总会回家和你说话，陪你吃饭，送你一束康乃馨，祝你健康，愿你长寿！

妈，今天儿只能默默地对着你的遗像，给你磕头，向你问安了。不知你的病情好转没有？你脚痛的老毛病再犯没有？儿还想带你去北京的医院再看看，儿就是不甘心让你带着病痛离开我们……

妈，你在，家就在；你走了，家没了，天塌了，地陷了。你不在的日子，儿只有以泪洗面，默默地祈祷。儿只在梦中才能与你相见，梦里你总是对我充满着慈爱，仍然关心着我，问候着我，而对我的问候你却总是微笑不语。都说天堂里没有病痛的折磨，到处都是鲜花，每个人都生活得很幸福。不知天堂的你是否安好？

妈，我知道，你的世界很小，满满地都装着我们。你走了，依然丢不下你的儿女。我儿时的世界也很小，随着慢慢地长大，我的世界变大了，常常忽略了你。等我回过头来再孝敬你时，你却已经离我而去，我的世界空空如也……

妈，天之大，大不过你的情怀；地之厚，厚不过你的母爱；我之敬，却难以报答你的养育深恩。

妈，谢谢你给了我生命，给了我全部的爱！我爱你，我想你……愿您在那边也是春暖花开、幸福安康！

冬至吃饺子

我妈包的饺子比今天网上晒的那些饺子好看得多，好吃得多！隔着皮能看到里面的馅，透着一股灵性，水灵灵的，晶莹剔透，散发着清香，着实让人想吃。

每年的今天我都要回家。母亲包了一案板的饺子，整整齐齐地排列着，只等我回来下锅。水烧得滚开，饺子一个个蜂拥着跳进锅里，盖上锅盖，母亲便着手调制饺子水水。一大碗红澄澄的辣子水水，上面漂浮着葱花和菜油花花，用筷子蘸一点塞进嘴里，顿时眯上了双眼，紧闭嘴唇，那是最美的享受。睁开眼还要咂吧咂吧嘴巴再回味一下，肚子感到越发饿，越想尝尝那锅里的美味。端上碗拿着筷子，围着锅头转，不停地用筷子敲打着碗。这时，母亲便阻止说："要饭花子么？不缺吃，不缺穿的，敲碗干啥？"母亲揭开了锅盖，蒸气、香味弥漫了整个厨房。饺子在锅里跳跃着，争着想出锅，母亲就势盛到我的碗里。正准备吃，却被母亲喊住："第一碗先得敬献先人。"母亲调上水水，放上筷子，我双手捧着敬到先人牌位前，点上香，磕个头，郑重地说："爷、婆、老爷、老婆、老老爷、老老婆，所有的先人，今天冬至，都来吃饺子吧，吃了饺子暖和，不冻耳朵，不冻脚手。"

看着碗里冒出热腾腾的蒸气，闻着香喷喷的羊肉味，肚子打起了鼓。敬先人的饺子没了热气，香味也越来越淡，快变干巴时，母亲端上来一碗热气腾腾的饺子："饿了吧，现在可以吃了，吃吧。"不知是饺子香，还是我饿了，那饺子是我一生中吃过的最美味的饺子。

母亲走了以后，我再也没有吃过那么美味的饺子，不论是老人们说的西安解放路饺子馆的饺子，还是天津的饺子、北京的饺子，都没能胜过母亲包的饺子。

忘不了故乡梨花香

住在城里，阳春三月感受不到春天的气息。满眼的梧桐树还挂着去年的残叶，时不时地落下几片来，毛毛球（梧桐果）挂满了枝头随风摇摆。到处都是车，到处都是人，高楼林立，雾霾笼罩着嘈杂，让人窒息。看不到花，见不到一丛绿，感受不到春天的到来，仿佛冬天不愿退场，依然侵占着春天的地盘。

春天在哪里？春在哪里？鸟儿知道，蝶儿知道，蜜蜂也知道。春原来在城外面我的家乡——东塬上。走，随我踏春去。

东塬上的春天似乎来得更早一些。满地里的绿啊：绿油油的麦苗，绿汪汪的油菜，连那野菜也是绿莹莹的，朝气蓬勃，葱葱郁郁。微风吹拂，绿浪袭来，一波接着一波，一股春的气息，一股春的芬芳，沁人心脾，让人陶醉。

杏花谢了桃花开，桃花败了梨花又开。梨花不像杏花那样娇羞，不像桃花那样热烈，似乎胆子更大一些，更加热情奔放，花期持续的时间也更长。梨花开满了沟沟壑壑，山山坳坳。崖边上、沟畔旁满是白色，仿佛一场浩大的风雪，旋在山坳，簇在山梁，蹴在沟壑。

这里是鸟的天堂，蝴蝶的乐园，蜜蜂的舞台。听，那婉转的鸟鸣，在不知疲倦地告诉人们，春天在这里，春天在城外的这片梨园里，这里的春天更美丽！蜜蜂采着花蜜，演奏着乐曲。一会儿像拉二胡，一会儿像弹钢琴，一会儿像吹长号，起起伏伏，抑

抑扬扬，时而悄无声息，时而高亢激昂。看，蝴蝶在梨花间翩翩起舞，时而上，时而下，时而停，时而起。整个山坡，整个沟岸，整个东塬成了春的舞台。所有的蜂儿在奏乐，所有的蝶儿在伴舞，所有的鸟儿在歌唱。一时间有合唱，也有独奏，有大舞台，也有小局部。它们渴了饮花露，饿了吃花蜜，好一个精彩的梨花世界。

步入梨园，梨花纷纷，随风摇落，满地满身的花瓣。满世界都是白色，这白色比雪更灵动，比月更柔情。凝望一朵梨花，五瓣，四瓣，三瓣，三层花瓣错开叠加，中间是花蕊，像穿着裙子的圣洁的仙女，清淡、素雅、妩媚。我忍不住想去摸，又怕弄掉了花瓣，贴近鼻孔一嗅，那醉人的香啊！足以令你闭上眼睛，陶醉其中。脑海里浮现出那年的这个时候：我手持相机，母亲站在梨园的花海中，手扶梨树枝，脸贴近花瓣，闻那花的芳香……

睁开双眼，眼前的景象没了，有的只是这白色的梨园，白色的梨花。梨花年年开，年年花不同，今年的梨花如同那正月十五的月亮，勾起我不尽的思念……

忽而又想起那首韩红唱的歌《梨花又开放》，我默默地唱了起来："忘不了故乡，我的梨花放，染白了山岗，我的小村庄。妈妈坐在梨树下，纺车嗡嗡响……"

又是一年母亲节

对我来说，真正的母亲节是从母亲去世的前一年开始的。母亲在世的时候，我总以为我还小，我是儿子，她是母亲，母亲就应该疼爱儿子的呀。母亲去世了，我才忽然觉得儿子做到了头，再也没有人疼爱我了。当我清醒过来，觉得应当偿还这份爱时，却发现已经没有了去处。这份遗憾、这种纠结无时无刻地不在困扰着我，让我扼腕叹息。

因为忙，平日里很少回家，只是在逢年过节时走个道数。而母亲盼我回来就像盼麦熟。当我归来时母亲便欣喜不已，忙前忙后，不亦乐乎！一会儿卸来了柿子，一会儿又拿出了家乡的老红梨，一会儿翻箱倒柜地找出藏了好久的天鹅蛋点心，非得要把所有的东西让我吃下才肯罢休。为了让母亲高兴，我就硬撑着吃，才吃了一会儿，母亲又张罗着去做饭。每次回家，除了肚子吃得饱饱的，后备箱里也是装得满满的，往往带走的总比拿回来的多。

时间长了我没有回家，母亲就会做梦，与我有关的梦。不放心了就一遍一遍地打电话问："最近好着没有？有什么事吗？要注意安全，注意身体，出门要小心。"实在忧心不过就步行几十里路来县城看我，来时总是大包小包地带着，见了面之后就千叮咛万嘱咐。随着母亲年迈，她的梦也越来越多，来看我的次数也就更频繁了。记忆里，母亲看我的次数远比我看她老人家的多。后来母亲行动越来越迟缓，说话木讷，反应迟钝。我总以为老人就是这样，这是规律，身体应该没有什么大问题，再活十几年不成问题。当我接到医生的诊断证明时，我傻了！我不相信母亲患了癌，她才63岁呀！癌就像重重的拳头打在我的心头，打醒了我，突然觉得母亲就要离我而去。我慌了神，带着母亲四处求医，找最好的医院，请最好的医生，用最好的药，还是阻挡不住病魔的肆虐。在母亲行将就木之时，我第一次跪在了母亲身边，向母亲忏悔："妈，我错了，我没有照管好你，你不能撇下我啊，我不能没有你呀！日子好了，该到我孝敬你了，你苦了一辈子，该享清福了。"母亲好像听懂了我的话，紧闭着的眼睛流出了泪，从眼角沿着脸颊留下，接着头一歪，永远地离开了我们。

母亲走了，家就散了，老家成了我永久的故乡。很少做梦的我，梦多了起来，而且越来越多，都是关于母亲的梦。在梦里她老人家还是母亲，我还是她的儿子。天亮了，发现又是一场梦。想母亲得很了就回到故乡，去母亲的坟上。她在地下，我在地上，我们相隔只有几米而已，却不得相见。见不到，我想妈一定能听得到，就对着地下的妈说，说得眼泪长行短行；对着地下的妈叫，声声地叫，妈就是不答应。清醒过来，方知妈去了另一个世界，我们近在咫尺，却相隔千里，这份爱已经无法偿还，下辈子也不一定能满足我的心愿。

送 寒 衣

过去每年的今天（农历十月初一），母亲早早地折叠好棉衣、棉被，装好棉花。父亲回来拿出最新最大面额的一张钱印好火纸，黄昏便带着我们去门口的十字路口，给我的先人们烧棉衣，送纸钱。

如今，母亲走了，我不会叠棉衣，只有去街上购买人家做好的棉衣、棉被。父亲走了，没有了依赖，只能自己孤身前行。

来到十字路口，画个圆圈，向着先人的方向跪地磕个头。点着印好钱的火纸，招呼着亲人们来拿钱、穿衣，问寒问暖，叮咛亲人们吃好、穿好，保重身体。

以前听父亲说，今天可以和过世的人相互沟通，互诉心愿，彼此保佑，祈求平安。尽量多烧些钱物，把所有的先人们都吩咐到，关心他们，问候他们，看看他们还有什么需要。接着诉说自己的心愿，祈求先人们保佑子孙后代健康平安。烧的纸钱越多越好，烧得越多你将来就得到的越多。你关心先人，先人就会关心你。你照顾他们，他们也就保佑你们。

其实仔细想想，就是如此。先人们为了我们，辛辛苦苦，付出了生命。没有前人的努力，哪来我们今天的进步？先人们永远地去了，我们无法再见，但我们还可以寄托我们的哀思。烧一炷香，燃几张纸钱，说几句祝福话，人情浓，亲情就更长。

祝福我的先人们永远快乐，永远幸福安康！

又是一年清明节

父母亲都回来好几天了，昨晚我们一家人还团聚在一起，母亲唠叨着问这问那，叮咛我别太劳累，钱够花就行，注意身体。我问父母："生活得怎么样？钱够花吗？"母亲回答："好着哩，啥都好，钱够用，你给的钱还没有花。"我知道，这是母亲一贯的回答，他们总是回答自己一切都好而放心不下我。我问父母的病怎么样了，母亲笑呵呵地说："病好啦，你父亲的病也好啦！"我有点不相信，再问了一遍，母亲笑着说："你看这不是好好的。"睡梦中我喜极而泣，紧紧握住的拳头，狠狠地砸下去："狗日的病魔，你夺走了我多少亲人！今天你也有败的时候！"忽然梦醒，已是泪湿枕巾。

父母在的时候，我总是工作忙，总以为父母身体还硬朗，对父母的生活、身体疏忽了。当我意识到的时候，父母身体却每况愈下，无力回春，最终含恨九泉。如今想陪伴父母亲，却成了永远的奢望，也只有在梦中和亲人们相见了。

今天一大早我就丢三落四、魂不守舍，先是错把老师"蔡好田"的名字写成了"蔡号田"，后又错把公众号里文章的临时链接当成了正式文章发了出去，做公众号以来这还是头一次。天空就像我的脑子一样昏昏沉沉，时不时地掉下几滴雨滴，迎合着我沉重的心情。今天是清明节，也该回去看望父母了。

大街上的祭品应有尽有，琳琅满目。所有的祭品都买上了，还满足不了我感恩的心。香、蜡、纸、花。钱、长钱子、鞭炮、金银元宝、兔娃馍、转转馍、鱼馍、水果、副食……这些还不够，还得买柏树，听说栽一棵树胜过烧万刀纸钱，那就买12棵，愿一年12个月亲人们都健康、幸福。母亲爱花，还得买些花树，月季、木槿、玉兰，尽管年年都买，但还觉得不够多。

老远远就看见父母那高大的石碑，在空旷的田野里孤零零地站着，就像当年的父母亲守望在家门口，等着我们回来。迎上前去，没有了那份温馨，少了那种久别的亲热，我叫声："大、妈，我来看你啦！"得不到回答，气氛冰冷得就像那直直的石碑。我凝望着石碑，石碑望着我，相视无语，一切好像凝滞在那里，只有泪水夺眶而出。

都说今天可以与死者对话，怎么就听不到母亲那亲切的呼唤，看不到父亲那高大的身影呢？只看见这直愣愣的石碑，感受不到亲人们的温暖。我在地上，父母就在地下，近在咫尺，却远在天涯。我在阳间，父母在阴间，看不到，也够不着。石碑一头连着我，一头连着父母，我想把所有的话对父母诉说……

献上所有的祭品，双膝跪地，点上蜡烛，烧上纸钱，托石碑带去我的心愿，愿父母在那边幸福安康！

怀念父亲

父亲离开我们已经快三年了，按照老家的风俗，我们要为他老人家立碑。去富平县宫里镇看石碑，看了一家又一家，选了一块又一块，怎么也挑选不下一块中意的，挑不下一块能够反映出父亲在儿女心目中形象的碑。无论哪一块碑，都表现不出父亲在我们心目中的高大、伟岸与厚重！

父亲出生在一个贫苦的农民家庭（孙塬镇宝鉴村），出生八个月便失去了他的父亲。爷爷在土匪抢家时勇敢地和几个土匪搏斗，当他按倒两个土匪，骑在他们身上时，被前来增援的另一伙土匪用枪击中，不幸身亡。我婆三十三岁守寡终身不嫁，全身心地把父亲拉扯长大。也许因为父亲失去了父爱，尝到了没有父爱的滋味，才把他全部的爱毫无保留地奉献给了我们。

父亲人长得很帅，大个子，白皮肤，身材匀称，精精神神。他天资聪颖，读书很用功，每次考试都是前几名。所以，我婆再苦、再累，给别人纺线、织布也要坚持供父亲读书。父亲当时是我们那里少有的高中生之一。

父亲上高中（耀中）那年，家里困难，实在供不起他上学了，他就放学后在宝鉴山上砍柴，上学时挑到城里卖。没有吃的他就挖野菜、摘野果。上学背的是苜蓿疙瘩馍，一两天时间还能将就着吃，三天一过那馍便成了干粉末，往窗外一倒，便被风呼呼地吹走了。苜蓿馍吃了经常干咳嗽，父亲一辈子的咳嗽病就是在那个时候落下的根。后来1961、1962年年景不好，苜蓿野菜也没有了，父亲只好辍学回家种地，最终都没能拿到高中毕业证。

回家后，父亲创办了宝鉴村刁塬小学。自己担任民办教师，一个人教着三个年级。几十个学生，挤在一个土窑里。第一排是一年级，第二排是二年级，最后一排是三年级了。每排都是土墩上面支着三十厘米宽、一厘米厚、十几米长的桐木板。父亲一个人教着三个年级的语文、数学、体育、音乐。上课时，他先给一年级讲课，再给二年级上课，后给三年级讲课。父亲识谱，能看着谱吹拉弹唱。父亲的二胡拉得特好，每次拉二胡时周围都会有许多人观看。小时候我听父亲的二胡是一种享受，梦想着长大后一定要学会拉二胡，在大舞台上拉一曲《二泉映月》。然而这个梦想至今都没有实现。父亲创办的刁塬小学，缺乏经费，难以维持，他就带领学生勤工俭学：逮蝎子，挖药材，砍柴，拾麦子……

父亲先后在我们孙塬乡的宝鉴、杨岩、石塬、贺咀、丁山、文昌村教过书，如今也是桃李满天下。

我五岁那年，不小心掉进了一口干枯的水窖里，大腿骨折了。双腿被盘着固定在一块木板上，行走只能用双手支撑身体向前移动。父亲用绷带把我固定好挂在他脖子上，双手托着我一次次去富平八里店捏骨。当时交通不便，只能徒步行走60里路去富平县八里店朱老二骨科医院。至今我还记得父亲用双手端着我，走在并不合步的铁路枕木上，蹒跚前行。现在想起来，那时真不容易，来回一百多里路，艰难程度可想而知。这就是父亲，这就是父爱，父爱如山，无怨无悔！

我上初中那年，早上起不来，上学经常迟到。为了给我买一块钟表，父亲领着我们拉上架子车，翻山越岭，走十多里山路去割秆草。乡农场在宝鉴山的东面种了一坡的谷子。谷子成熟后，因不好运输只收走了谷穗子，谷秆还长在山坡。我们把谷秆割下来打成捆，背到山顶装上架子车，拉回家，攒到一块卖到二运司马车队，二运司用它喂马。宝鉴山上根本没有路，也没有树木，只有石头、杂草和枣刺。父亲驾辕，我和弟弟两边帮扶，车子大多是一个轱辘着地，另一轱辘悬空，就这样轻来轻去地搬动着，我们用了几个月的周末，拉了几十趟。秆草卖了给家里添置了两样东西，一个是带闹铃的机械式钟表，另一个是铸铁的洗衣盆。这两样宝贝现在还保存完好。

上初中那年，生产队实行了生产责任制。暑假里父亲领着我们，把我们自己的十几亩责任田收拾好，又去山坡沟岔垦荒造田。在村里，我们家垦的荒是最多的，有十多亩，东山窝、杏树渠、前咀等都有父亲造的田。

父亲教会了我犁地、搂麦、耙地等，还教我认识了许多农具。什么牛脑盘、鼻圈子、牛跟头、撇绳、曳户子、犁铧、支拐子等等。我至今还用父亲教我的一些农业知识，去考那些新农民。

有一年，父亲在孙塬信用社托关系贷了二十三元钱，买了个加重架子车橛子（轱辘子）。伐了家门口的一棵椿树，自己动手做了辆架子车，从宝鉴山往火车东站台拉石头。山高，坡陡，路程长，下坡时把车辕的石头挪到车尾，平路、上坡时又把石头挪到前面。小小的一辆架子车竟能拉上一吨多重的石头，至今我都不敢想象！早上拿着馍布袋出门，晚上回家，一天三趟，回来累得都不想吃饭，倒头便睡。后来那张二十三元的贷款条子还一直贴在老家的房子墙上，拉石头挣的钱还了贷款，剩余的钱去三原县购回玉米，解决一家人的吃饭问题。父亲是山，是我们的靠山，父亲是顶梁柱，为我们撑起一个家！

父亲以前一直是民办教师，挣的是工分。我上初三那一年，父亲终于等来了一次民办教师转公办教师的机会，全县五百多名教师竞争，只录取前三名。父亲憋足了劲，黑明复习。功夫不负有心人，父亲如愿以偿，终于可以吃"公粮"啦！看得出，父亲把喜悦深深地埋藏在心里。父亲是一家七口负担最重的人，在外很辛苦。但他从不说自己苦，对家人的爱最深切，却不善于表达，把人生遇到的所有屈辱、失落、挫败、病痛、沮丧等生活的压力全都隐忍在自己心中，不肯说出来，不愿让人知道。

父亲考上了公办教师，被县里分配到耀县柳林田家咀小学当校长。田家咀小学一共四个教师。山里交通不便，人口稀少，但父亲还是很高兴，这是他人生的转折点，是他第一次拿工资养活这个家！

除了教书以外，父亲利用放学时间上山砍荆条子，跟山里人学编笼，学编麦囤。那年他编了个麦囤，长3米，宽1.5米，高2米，重100多斤，能盛三担麦。父亲背着它走了一百多里路，一天一夜才到家。当时我还不懂父亲的心，现在想起来，他哪里是在背着一个麦囤，他是背着全家的重担，背着对家人的爱。

父亲在田家咀任教三年，后来文教分家，父亲被分到文化系统，到了药王山文管所工作。在药王山，父亲负责古建筑的维护。有一年，父亲在打水池时发现了宋代石棺，被鉴定为国家级文物。药王山北洞石墙的重修、北洞大殿的翻新以及南庵石台阶的修建，都有父亲的功劳。至今他的名字还刻在药王山的石碑上。父亲对药王山的文物保护工作做出了重大贡献。现在我每次上药王山都感到无比亲切，看到功德碑上父亲的名字我万分自豪！

父亲在药王山文管所退休后就在我公司帮忙。他住在老家，每天早上五点钟起床，先干完地里的农活，八点半准时到公司上班。六点下班骑摩托车回家，天天如此。父亲没有过多的言语，更多的是行动，默默地帮我走过一个个春夏秋冬，守护着我的事业走向高峰！

2010年8月的一天，父亲照常下班回家，他骑上摩托车后倒了下去。他指着头说："病在这儿。"我们立即送他到医院，直接就用上了止血药。经查是脑出血，幸亏他当时说明了病源，医生对症下药才挽回了他的生命。住了一个月医院，便回家休养了。父亲是一个闲不住的人，加上锻炼身体，康复得很快。一年后又到公司给我帮忙。这就是父亲，他的爱如大海深沉、宽广，似高山巍峨，让我肃然起敬！他的爱有如河水细长而源源不断，让我难以忘怀。

2012年春节刚过，父亲感到身体不适，我带他去检查。噩耗传来，父亲患了肝癌，住进了交大第一附属医院。父亲住了一个多月，弟弟陪院，也出现不适，经检查也患了癌。为了不让父亲知道，特意把父亲安排在一楼，弟弟住到二楼。纸是包不住火的，父亲知道了，把我叫到床前说："把我往回拉，尽全力给你弟看病。我都七十几的人啦，我知足了，我要走在你弟的前头，不然我会难过死的！"

几年来，父亲的这句话就像铁锤一样敲打着我的心，让我时时刻刻想起。这就是父亲，一个敢于用生命换取子女健康的父亲，父爱如山，真爱无言！

2012年8月31日，父亲把他的孙子、孙女、外孙女6个孩子（其中，3个已上了大学，我的儿子才考上大学）叫到床前，把他仅有的八千元积蓄分发给他们，他说："明天你们就要开学了，这是爷爷的一点心意。你们要好好学习，要听话，将来要有出息。"没想到这是父亲留给他的亲人的最后嘱咐。

就在我送孩子们去上学报到的当晚，父亲睡着了，睡得很安详……

这几年，我心里一直很内疚，因送孩子上学，没有在父亲离世的时候见上父亲最后一面，送父亲最后一程，这成了我终生的遗憾！

父亲的教诲像一盏明灯，为我们照亮了前程；父亲的关怀像一把雨伞，为我们遮风挡雨。这么多年我终于读懂了父亲，他就像火把，点燃了我的信念，守护了我的一生！

怀念母亲

树欲静而风不止，子欲养而亲不待。明天就是母亲节了，母亲已过世三年，我对母亲的思念却更加强烈。也许在别人眼里她只是个农村女能人、女强人，但在我心里她却是一位最伟大的母亲！

母亲出生在一个偏僻的小山村（孙塬镇惠塬村）。她只上了两年半小学，回回考试都是班上的第一名，三年级没上完，回家学织布了。织布机在那个年代算是最先进的劳动工具了。母亲好奇、求知欲强，硬是不念书了，回家开始琢磨织布机。老师、校长多次来家叫她，外爷打她，最终还是没有这半自动的织布机诱惑大……

母亲好学，心灵手巧，先学后做，制作了一架新型织布机。这台机子不但速度提高了许多，而且操作容易、不累人。用它织出的布平整、细致，可变幻好多花样。为了能织出更多、更好的花形，母亲开始学绘画，学剪纸，画花草树木、人物鸟兽，先画后剪，再织。她织出的布人见人夸，无人能比。村里的人都向她请教，拜她为师，让她设计、绘画，母亲一时竟成了村里的香饽饽！

母亲不但心灵手巧，而且人长得也漂亮，大个头、大眼睛、白皮肤，是村里的一朵花，外爷给她取名"千金"。

母亲的戏唱得特好。每逢节庆，村里都要唱大戏，母亲便是女主角，出尽了风头。唱"三娘教子""铡美案"等，从村里唱到公社，从公社再唱到县剧院。母亲用一台织布机、一台戏，把自己打造成远近闻名的美人。她每次上街要步行，翻两个沟，走二十里路，经过的几个村子，都会引起一片骚动。小伙们争着、追着看，喊着她的名字。父亲就是在母亲上街的路上看上她的。

父亲是贫苦家庭的孩子，穷人的孩子早当家。父亲勤劳、吃苦、懂事，靠吃野菜、苜蓿坚持读完高中，成了我村唯一的高中生，因而在村里教书。父亲人长得很精神，个子大、白净又端庄。除了教书，他常给人讲外面的事情，例如国际形势、新鲜事物等，还会维修电话、电报、收音机等，也是远近闻名的能人、帅小伙，因而能娶了我母亲。

母亲十七岁出嫁到父亲家（宝鉴村）。出嫁前外爷专程去西安给母亲置办了嫁妆：一套插屏镜，一对铜扣匣子（现还保存）。出嫁那天全村人都去送女，所有人包括母亲在内都是步行十几里路，翻两个沟自己走到父亲家的。送女的人每人吃了碗玉米面饸饹，兴高采烈地回家了。

当年母亲就在我家制作了一台织布机，家里人穿的戴的，床上铺的盖的，都是母亲的杰作。村里人争着用东西换她的花布。父亲在村里教书，母亲在家织布，我婆料理家务，家里面貌焕然一新。母亲天生是绘画的料，没有老师教，全凭自己琢磨。她的绘画技术一天天提高，周边村子都请她画画、剪窗花，我家日子过得红红火火。第二年，我的出生打破了这个家的宁静，增加了母亲的负担，母亲全身心地投入到对我的抚养当中。她的织布、绘画技术只能传授给别人。

母亲认识到她的能力要想提高，文化程度是她的天花板，于是她又开始学习文化课。好在父亲是个好教师，加上母亲很聪明，小学三年级没有上完的她居然教开夜校了，后来又教完小，成了名副其实的教师。父亲会识谱，能吹、拉、弹，母亲能唱，两人教小学一至三年级，数学、语文、音乐、体育全都顶呱呱。我至今还记着母亲教的歌曲《南泥湾》《大红枣甜又香》《高楼万丈平地起》……

一年又一年，我们兄妹四人相继出生，家里增长到七口人，只有父母两个劳力，负担越来越重，苦日子来了。当时父母都教书记工分，父亲8工分，母亲6工分。母亲嫌工分少，养不了家，辞去了教书，干生产队的劳动活。在生产队干活可挣8工分，可日子还是过得紧巴巴的。母亲是个强性子，不甘当生产队的欠资户（记得那年夏粮，我家因工分少，每人才分到十斤小麦），于是专干男劳力的重活，如锄麦秸、耕地、拉架子车、扬场等，每天能挣10个工分。

随着我们一天天长大，日子还是过不前去。父亲要辞职，母亲不肯，说她没念下书，不能让娃们也念不下书，要父亲教好我们，苦就苦她一人，相信好日子会来的。她选择了去山上的石头窝子砸石子，石子是按方量记工分。母亲5点钟起床，做好我们一天的饭，拿上馍布袋上山。晚上10点多回家，母亲的手磨出了厚厚的茧，裂出了深深的口，满脸都是石子打的伤疤，衣服、鞋子全是打出的小洞。这哪里是当年的村花，简直就是个逃荒要饭的！母亲砸的石子堆得跟山一样，大队销售不出去，就叫停了。母亲就跟着县上二运司的马车和大队的28拖拉机装卸石头。小的石头她一人抱，大的和男人抬。干石头活跌打撞伤是常事，于是母亲又自学了捏骨、扎针、拨眼睛，方圆几十里都来找母亲看病。现在每次上药王山，看到那高高矗立的石墙，就好像看到了母亲，因为那石头上浸有母亲的血汗。摸着那石头，就好像挽着母亲的手，依偎在石墙上，仿佛躺在母亲的怀里，泪水伴着思念，良久，良久……

我上高一时，父亲考上了公办教师，被分到70里之外的柳林乡田家咀小学任教。那个时候生产责任制已分田到户，农活就全落在母亲身上。母亲喂牛、耕地、收种，我也早早地跟母亲学会了干一切农活，如钐麦、耕地、耧麦等。分田到户后，母亲把家里庄稼种得比谁都好。

母亲勤快，农活早早地就干完了，剩余的时间就钻研医学。夏秋时节，母亲还贩菜，把辣子贩到富平，又从富平把水果贩回到耀县，没有交通工具，主要是靠"爬火车"。有一年，母亲从富平贩梨瓜子爬车回来，火车在耀县站没停，一直到了铜川北关才停下来。母亲又从北关爬另一火车返回耀县，最终火车停到耀县下一站梅家坪站，母亲从梅家坪车站挑着梨瓜子步行走回到秦岭水泥厂。当时下着倾盆大雨，回家还有十里土路，道路泥泞回不去了，再说回去了第二天还得要再挑到城里来卖，干脆就在秦岭水泥厂毛主席塑像下的水泥地上睡了，这一睡可能就是她后来风湿性心脏病的起因……

冬天的时候我家最忙，所有人都忙着糊灯笼。父亲绑架架，我们缠蘼子，母亲和婆用纸糊。每次晚上睡醒，我都看到母亲在灯下糊灯笼，几乎没看到过她睡觉。在我的记忆中，我家是没过过年的，大年三十、初一都在糊灯笼。初六开始偷着去卖（那几年"破四旧"不让卖灯笼），去偏僻的村子，去较远的黄堡镇。后来政策放开了，可以公开卖灯笼了，母亲在街上卖，我负责从家里运送。母亲的灯笼在灯市上数一数二，尤其是那石榴灯更是抢手货，因而每每脱销，所以我们在秋季便开始加班加点地糊灯笼，正月常常是连轴转……

我上高一那年秋雨绵绵，家里的土窑岌岌可危，随时都有倒塌的可能。母亲便计划和父亲打胡基盖房子。打胡基需要打窖、挑水泡土、支石板、架模子，父亲提锤子，母亲供土。一个假期打好了所有的胡基，半个月盖好了三间新瓦房。新房盖成后，母亲把第一间开成小卖部，从城里进货，开始用肩杠、用担挑，后来用车子拉，再后来买了个小毛驴拉。民主路，生产资料、土产公司，210国道边，南街服务楼下等各处批发点都留下了她的足迹。有一次进货，小偷偷走了她一箱羊群烟，价值40元，母亲哭得那个叫伤心，过往路人都落泪了。晚上回到家，母亲吃不下饭，我就给母亲宽心："妈，等我长大了一定要好好对你，再不让你吃苦了！"听了我的话，母亲的眼泪唰唰地流："娃，你啥时才长大呀！"

我上高三那年，父亲调到药王山工作，总算离家近了，母亲的担子也轻了。头年高考我没考上，母亲让我补习。第二年不争气的我还是没考上，我没脸再向母亲说补习的话，决定回家拉石头挣钱，减轻家里的负担。谁知母亲坚决要让我补习，她说："就是补十年也要供你，非考上大学不可！"拿到通知书那天，母亲哭了，哭得很伤心，一滴一滴的眼泪在诉说着她这多年的辛苦。后来报志愿时，我选择了一个不缴学费，不要生活费，只上两年的大专师范学校。大学毕业了，我开始挣工资了，苦日子熬到头了。我教会了母亲照相，母亲在父亲单位药王山摸摸爷处照相、卖货，轻松了许多。每逢过年、过节，山上人山人海，摸摸爷更是红火，身上爬满了人，大家争着去摸，说是能治百病，能消灾免难，摸哪儿除哪儿的病，能摸上的人不到一半。后来药王山为了保护文物，把摸摸爷封起来，游客只能看不能摸。我灵机一动，把摸摸爷照成4寸彩照，底片拿到西安冲洗并塑封（当时只有西安能洗彩照，能塑封），并和该彩色洗相馆签订了三年版权合同，不许其同第二家合作。又在西安城隍庙买了红带子，穿上红须子，相片上打上字，左边"菩萨保佑"，右边"消灾免难"，上面"护身符"。游客们可带在脖子上，用手摸塑封的相片，以达到消灾免难的目的。生意很火爆，利润很丰厚。晚上母亲数着大把大把的钱，高兴地合不拢嘴，说："我的苦没白受，没白供我娃，现在终于兴利啦！"这个独家生意我家做了三年，家里盖平房、我们兄弟三人娶妻，都靠它。

家里生活条件一天天好起来了，母亲高兴地说："娃，妈要享福了！"可惜好景不长。1997年，母亲累倒了，病得很严重。风湿性心脏二间半狭窄，要换瓣膜，住进西京医院，花了10万元，保住了母亲的命。可从此母亲元气大伤，再也不能劳作了。可怜的母亲，该到休息享福时，她的身体却每况愈下，动作迟缓，表情呆板，不时会看着我发呆。我知道母亲老了，所以经常陪伴她，每年给她体检两次……2010年7月，我陪母亲检查，查出结石，住进西安交大附属二院做手术。手术后确认，是癌症晚期，已无法摘除，只能缝合后再做化疗。当时就觉着天塌了，我还没来得及孝敬她，母亲为了我们吃尽了苦，没有享福怎么就……我尽全力带母亲四处求医，最终没有挽回她的生命，母亲去世那年，年仅63岁！

三年来，我一直觉着母亲没死，她只是睡着了。她太累了，多想再抱一抱她老人家，多想再给她洗一次脚，多想听她再唠叨一回，可这已成了一种奢望，成了我终生的遗憾！

祖坟的石碑

我刁塬李氏家族的祖坟里有一块石碑，上面刻着"皇清待赠"四个大字。听老人们说，它已经有150多年的历史了。可惜的是"文化大革命"期间，它高大威武的碑楼和宽阔气派的供案被毁了，只剩下孤零零的裸碑，可喜的是上面的文字大部分还依稀可辨。

碑正文：

尝闻木必有本，水必有源，犹人之必有祖也。未有本不固而其枝茂，源不深而其流长，祖不慰而其生番也！

李公祖考（讳）必发，负性刚方，治家勤俭，邻里交称仁厚，门内咸臻雍穆，其事上也克尽子职，其扶下也克全父义，所以，家道绵绵，子孙振振。

是非公祖考阴德深而善心至者，何能如斯？乃自宾天之后，莹兆寂寞，毫无建竖，公寤寐思之，以为有负祖考开创之苦心，燕翼之美意也！于是，率由旧章，不愆不忘。

贻厥孙谋，有典有则，公不忍终于淹没，是后世叹！莫为之前虽盛，弗传！莫为之后虽英，弗彰也！

爰立珉石，叙明始末，永垂不朽！余不揣鄙陋，谨出俚言，使世世子孙知所本源也，是为序。

（余不揣鄙陋，谨识文断句。）

如今的老坟，不也是"莹兆寂寞，毫无建竖"吗？我的祖先有愧于心。"寤寐思之，以为有负祖考开创之苦心，燕翼之美意"，"不忍终于淹没，是后世叹"！于是"率由旧章"，"爰立珉石，叙明始末，永垂不朽"，"使世世子孙知所本源也"。

第三代祖先们，明白木有本，水有源，人有祖，知道祖先治家勤俭，待人仁厚，侍奉老人"克尽子职"，抚养子女"克全父义"，感恩先祖开创之苦心，燕翼之美意。所以率领后辈们为先祖树碑立传，使后人们继承发扬先祖美德，世世代代传承下去，永不磨灭。

当初立碑之时李氏家族有四代人，今天已经繁衍到第十代人，其中五六代人早已离我们而去，他们有些人的名字我们都无从考证。先人们知道感恩，知道颂德，知道传承，他们修墓、立碑、续谱，叙明始末。而如今我们怎能让先人湮没，让后人叹息？面对石碑，我深感愧疚，扪心自问，难道家谱要断在我们这代人手里吗？我们要做家族的罪人吗？

不能，我们不能让家谱失传，让坟茔荒芜，我深感责任重大。于是，我和族人们开始了刁塬李氏家族修墓、续谱、立碑的传承工作。

祭拜药王

风和日丽，万物复苏。一年一度的药王孙思邈公祭仪式，在耀州区药王山和孙思邈故居——孙塬药王广场两地隆重举行。作为孙塬人，我有幸以药王后裔的身份着汉服，参加药王孙思邈的公祭仪式。

二月二，龙抬头。每年二月二的前一天，耀州人民都要举行盛大的仪式，祭奠医圣、药王孙思邈。2017年的祭奠档次、规格明显高于往年。旌旗飘飘招后裔，箫鼓声声拜药王，锣鼓喧天秧歌舞，震耳欲聋号子响……

公元2017年2月26日，丁酉年二月初一，春色满园，旌帜列道，钟乐悠扬。孙塬镇各村诸家子弟，应邀莅临的省、市、区、镇各方嘉宾，各界贤达，孙氏宗亲，齐聚药王故里孙塬村，肃立于药王广场药王像前。怀虔诚敬仰之心，服以国之礼饰，谨以牲谷时鲜，诵咏尔雅之乐，告祭先祖药王孙思邈。

公祭仪式12点整准时开始。

第一项：鸣金奏乐。京兆故地，华原之荣，有达者孙氏，名闻天下，而不求闻达比诸侯，但以悬壶济世行，博爱天下，精诚广褒，美誉恒古，世人皆爱，尊称"药王"。所有参祭人员就位，正衣冠，鸣金，开礼。

第二项：敬献祭品。由药王后裔代表和药王舅家人，献三牲（猪、牛、羊）、五谷（麻、黍、稷、麦、菽）、百果。

药王圣尊，医术传世，五谷为养，育秧万世、丰沛万物，天地昌荣，今日公祭，吾等恩及荣泽。

第三项：药王后裔祭拜药王。恩德福缘，方为药王后裔，药王后裔当敬以至极，附礼而行。五十多位后裔，着汉服，五横十纵，行三叩九拜大礼。

第四项：各界代表上香。药王美名传世，流芳宇内，千古传颂。陕西孙思邈研究会代表、孙氏宗亲文化促进会代表、耀州好人代表、工商界人士代表，由礼仪小姐带队，依次上香，鞠躬祭拜。

第五项：敬献花篮。时酝芳菲，如艺德名传，吉日嘉礼，俱以花篮，同敬圣贤。由医药界代表、市政府代表、区政府代表、工商界代表依次正花带，行鞠躬礼。

第六项：诵读祭文。药王之辉，德名宇内，万千颂赞，齐褒俱奖。

第七项：诵乐告祭。所有人员在医护人员的带领下，诵读孙思邈的《大医精诚》片段。药王行医以德先行，救死扶伤，拯衰济危，巍巍堂堂，百代之师。

接着是百名童子齐咏《医药歌》。童稚幼趣，蒙昧未开，家之希望，国之栋梁，医术传承乃重中之重，承我医学之业，乃福中之福。

第八项：恭拜药王。巍巍华夏，千载荣光，浩瀚神州，万世德风，吉日嘉礼，公祭药王。所有参祭人员，在钟声中，三鞠躬祭拜。

第九项：区委书记宣布丁酉年二月二古庙会开幕。

最后一项，敬绕纳福，所有嘉宾围绕孙思邈像绕三周，祈佑福祉。礼成，药王公祭仪式结束。

送 灶 神

今天腊月二十三，是小年，也是各家各户送灶神的日子。灶神就是灶王爷，是一家之主。民间相传，灶王爷自上一年的除夕以来就一直留在家中，以保护和监察一家。到了腊月二十三日，灶王爷便要升天，去向天上的玉皇大帝汇报这一家人的善行或恶行。玉皇大帝根据灶王爷的汇报，再将这一家在新的一年中应该得到的吉凶祸福的命运，交于灶王爷之手。在一周后的大年三十晚上，灶王爷便带着一家人应该得到的吉凶祸福，与其他诸神一同来到人间。因此，对一家人来说，灶王爷的汇报实在具有重大利害关系。

我早早地就买好送灶王爷的礼品，天麻糊糊黑，就在灶房里忙开了。墙上贴上灶王爷的像，像的两边是一副对联："上天言好事，下界保平安。"横批是"一家之主"。墙下案板上，摆放上贡品：坨坨馍、渣子糖、灶糖、枣、酒水。我点上蜡烛，敬上五炷香。灶糖吃起来粘黏的，粘住灶王爷的嘴，以免灶王爷上天给玉皇大帝汇报时胡说；酒是想把灶王爷灌醉，让他忘掉一些不好的家庭琐事，汇报时挑好的说；枣，是希望灶王爷快去快回，家里不能没有一家之主，还需要灶王爷回来保佑全家。五炷香的意思是：我们都是五乎之人（方言，大大咧咧、不计较之人），什么也不懂，不知者不为过，如果有做得不对的，希望灶王爷不计前嫌，不要和我们一般见识。

　　磕个头，跪在地上把今年的往事向灶王爷叙说……感谢灶王爷一年来的辛勤护佑。在这一年里，我们家庭和睦、幸福安康、邻里和谐。希望灶王爷上天后给玉皇大帝多多美言，带去我们的问候，带去我们的感谢，带去我们的愿望。希望玉皇大帝多给吉福，不给凶祸，祈盼来年更比今年好。

清明祭祖

　　说过不再写低沉、悲伤的文章，想把哀愁遗忘，想把悲痛埋葬，只留下淡淡的思念。可每逢节日总是控制不住，总是情绪低落，尤其在这令人魂断的清明时节。

　　清晨，天阴阴沉沉的，花草树木也少了春的生机，低沉落寞。我的心情愈加沉重，隐忍不住内心的悲伤，索性就再痛一次，提笔一吐为快，任由这份思念随笔而落。

　　街上卖祭品的很多，买了东家的再买西家的，生怕遗漏了某种，生怕慰藉不到先人们。多买几把香，多接几刀纸，再买几根蜡，还有转转馍、兔娃馍、葱等都得要有。五色长钱子、摇钱树、金元宝、冥币大钱小钱样样都得买上，要最大的，五千万亿面额的。带上好烟、好酒、各种水果……可这心里啊，总觉着还缺点什么，还不够多，还不能报答先人们的养育之恩。大包小包地提着，就像当年，归心似箭。

　　以前每次回家，父母早已站在门口等候，相见而泣。那是喜悦的泪，那是幸福的泪。而今，父母没了，家也没了，没了去处，只有来这孤零零的坟地。在这里，离亲人们最近，他们在地下，我在地上，近在咫尺，却怎么也看不见他们的身影，听不到父母的呼唤。只有这高大冰冷的石碑默默地注视着我，深情地对我诉说……

　　双膝跪地，用心聆听，已是泪水涟涟，泣不成声。眼前浮现出父母的身影，耳边回绕着父母的声音。亲人啊！不知你们在天堂可好？是否安康？点上蜡烛，把心中的思念照亮；敬上心香，让思绪蔓延、缭绕；烧上纸钱，愿亲人们健康、幸福！

抚摸着石碑，仿佛抓着亲人的手，久久不肯松开。千言万语，诉不尽心中的哀愁………

亲人啊，愿你们在天堂也是春暖花开！

蔡老师一路走好

我师大87级数学班班主任蔡好田老师，因车祸不幸于2016年9月2号下午3点永久地离开了我们，年仅54岁。

总觉着要写些东西祭奠老师，可心里沉甸甸的什么也写不出来，脑子一片空白。只有埋在心底隐隐的痛，让人喘不过气来。

蔡老师走得很匆忙，来不及告别妻儿老小，来不及告别亲朋好友，来不及告别一直以来崇拜、爱戴他的学生们。蔡老师走了，走得很凄惨，惨得尸无全骨，惨得体无完肤，惨得目不忍睹。蔡老师走得太绝情，绝情地撇下八十多岁的老母，撇下还在求学的儿子，撇下以他为天的妻子，撇下完全依靠他的残疾弟弟。

蔡老师走了，走得让学生们肝肠寸断，痛心不已。学生们自发地从四面八方赶来，只为给老师敬上一炷香，鞠上一个躬，再看老师一眼。学生们上香的手在颤抖，鞠躬的时候一片茫然，模糊的泪眼已看不清老师的遗容……

蔡老师把一生的精力都投入到人民的教育事业中，呕心沥血。从大学班主任到市教育局教研室主任，又到市一中副校长，他一步一个脚印，扎扎实实地奉献着自己的青春。走的时候是主持完南北两个校区的开学典礼后，又深夜加班写材料到晚上十一点，在步行回家途中遇难。蔡老师一生生活拮据，学生们一个个都开上了车，而他依然是步行上下班。蔡老师没有富裕的生活，有的只是富足的心灵和满天下的桃李。

虽为老师，他却只大我们三四岁。我们师生情同兄弟，老师像兄长一样照顾我们，又把渊博的知识传授给了我们。走向社会，老师又成了我们的上级，几乎所有的学生都得到过老师的帮助。如今老师断然离我们而去，恩未报，情未了，来不及道声感谢。

老师的音容笑貌总是挥之不去。他慈祥的微笑，关切的询问，鼓励的眼神，时时浮现在我脑海中。都说好人一生平安，斗胆问一句老天爷，为什么这样的好人却落得如此不堪的下场？这叫公平？老天爷呀，如果天下还有

"公平"二字，就请尽快缉拿凶手，慰藉老师的在天之灵，让老师走得放心，得到安息！

祝愿我们敬爱的老师一路走好！蔡老师，您永远活在我们心中。

再送老师一程

好人泣天地，憾鬼神。

一大早，老天爷就在流泪。来吊唁的人殡仪馆里已容纳不下，馆外场地也站满了人。花圈摆满了角角落落，馆外停放的车辆足有一公里多长。追悼会在大家的默哀中缓缓进行，悼词让所有的人心痛，大家都在默默地擦拭着眼泪。

老师的遗体告别仪式上，大家撕心裂肺地哭成一片。每个人走到老师的遗体前都深深地鞠上三躬，所有人都落泪。有的人控制不住，大声地哭喊："蔡老师，一路走好！"有的人一次一次地擦着眼泪，还是看不清老师的容颜……

我终于看清老师，他还是那么清瘦，还是微笑着像往常一样，微笑着安慰着我们每一个人，静静地离我们而去……

老师的骨灰盒在到达墓地时，老天爷突然哭得厉害了起来，所有人不得不打起了伞。没有棺材，没有乐队，一个很小的土窑安放了老师的骨灰盒……

老天为之哭泣，大地为之动容，山峦为之默哀，一草一木都在为老师落泪。

老师的丧事办得很简单，但老师走得很体面。有五百多人亲临现场为他送行，有数以万计的人关心着他，连老天爷都为他伤心、落泪……

老师放心地走了，走得很安详，老师微笑着离开了我们。

安息吧，蔡老师！我们会继承你的遗志，把你未完成的教育事业发扬，让你的桃李们开花结果。

感恩的鹰

这是一个我亲身经历的故事。

2009年10月19日下午，公司员工开车去给用户送摩托车，回来时见一只猫头鹰碰到电力局大铁门上，昏死过去。员工把它带回来，我见它可怜，将其收留，给它疗伤，细心呵护。公司无处喂养，我便把它带到农村丈母家。

它很通人性，不吵不闹，静心休养。丈母很负责，喂水喂肉，经过三个月护理，它终于康复。这鹰翼展开一米有余，硕大无比，实属罕见。它在房间里飞行、鸣叫，丈母知道它想回归大自然，于是把它放生。好几天它都不愿离去，每晚都要回来。一周后再见不到踪影。

直到三年后的一天清晨，小舅子在家门口发现了它，它已奄奄一息。我试图挽救它，无奈必须顺应自然规律，它老死了。死时它两眼圆睁，我不忍扔掉。几经周折多方打听，我得知秦岭山下有一才子，在北京做标本。他回长安老家时我找到了他，历经三个月做成了这个标本。他说，从没见过这么大的鹰，是精品中的精品！当时就有人出5万元购买，我舍不得它，就带回了家，放在我办公室当作珍品。

鹰，无以回报，却用躯体表达了对我的感恩。

这是一个真实的故事，望众人千万不要贪图美味、贪图钱财，无故伤害生灵。它们都有生存的权利，任何人都不得剥夺它们的生命！一切众生皆有灵性，也通人性、懂得感恩，我们要珍惜它们的生命，保护它们就是保护我们人类自己。

鱼也有情

儿子喜欢养鱼，在家里的大小缸里都养了鱼。小缸里养了许多小鱼苗，他担心小鱼儿不能独立生活，又在鱼缸里放了一条鱼妈妈。小鱼儿在鱼妈妈的呵护下欢快地嬉戏，快乐地成长，无忧无虑，幸福无比。一发现有食物，鱼妈妈就浮上水面，小鱼群也跟着浮上来。一有情况，妈妈立刻潜入水底，小鱼儿也紧跟着潜入水底一动不动。妈妈游向东，小鱼群就跟到东，妈妈游向西，鱼群也游向西，鱼妈妈一呼百应，领着小鱼浩浩荡荡地前进……

我每天早上起来，看着鱼妈妈领着一群鱼仔自由地游来游去，感到一份轻松，一份惬意，心里平添了许多快乐。看着鱼儿就想到了我们人类，仿佛母亲带领着孩子们，小心翼翼地呵护着他们成长，兢兢业业地传授给他们生存技能，默默地奉献着她那伟大的爱。

一日早晨起床，我发现鱼妈妈掉出了鱼缸，躺在了地上一动不动。我立即把它捡起来，但鱼妈妈外表干瘪，身体僵硬，已经死亡。缸里的小鱼找不到妈妈，犹如无头苍蝇，横冲直撞，火急火燎，乱作一团。它们好像打了败仗又失去了头领，溃不成军。那种无助，那种焦急，甚是可怜。

我心生怜悯，赶紧营救。曾在一本书里看到过给鱼做人工呼吸，我也曾经用此方法救活过一条鱼，于是提起尾巴，鱼头朝下抖擞几下，又摇摆几下，再放入水中。小鱼儿找到了母亲，呼啦一下围拢过来，看见母亲没了动静，严严实实得围了一圈，用嘴不停地亲吻着妈妈，用身体轻轻地磨蹭着妈妈。我仿佛听到了鱼儿的呼唤："妈妈，你怎么了？妈妈，你醒醒啊！你可不能撇下我们，你可不能走啊！留下我们可怎么办啊？"

看到了鱼儿们在用各种方法抓紧施救，觉着鱼儿们在流泪，在哭泣，感到了鱼儿们的那种急切，那种渴望，那种悲伤，那种绝望！我重复营救了好多次，小鱼儿也重复呼唤了好多次，不幸的是这次我没能救回鱼妈妈的生命。我深深地被鱼儿感动了，不由得浑身颤栗，悲从心来。原来鱼儿也有亲情，母爱子，子恋母，母子情深……

小鱼儿的妈妈走了，小鱼儿的天就塌了，他们的家也就不存在了。小鱼儿呀，以后的路还很漫长，道路还很坎坷，你们要独自走完，坚强些，面对现实，要坚信，彩虹总在风雨后。

豹猫死了

豹猫是我家鱼缸的一条鱼。三年前，装修房子时为了家里风格动静平衡，特在西安用六百元购买了此鱼。并为此鱼配备了一个巨大精美的下循环、可调温、全智能型的鱼缸。

此鱼性格烈起来就像豹子，温顺起来就像家猫，外表花纹看起来就像豹子的花斑纹，因而得名"豹猫"。

豹猫是一种食肉型热带鱼类，市场上很难见到，因而很名贵。豹猫的嘴很大，张大口就像蛇一样，口比身体宽，有两对触角，一对胡须。上面的一对触角很长，和身体一样长，下面的一对只有上面的一半长。豹猫的眼睛很小，视力较差，全凭它的触角感知一切。

豹猫是肉食型动物，只吃活着的鱼，不吃死鱼以及其他的肉类，鹦鹉、地图鱼、草鱼、鲫鱼都是它的美食。它捕食时凶悍、威猛，弄得鱼缸里"翻江倒海"！吃饱了温顺得就像打盹的家猫一样，安静得一动不动。

豹猫很聪明，饿了就用嘴噙起鱼缸里的小石头敲击鱼缸，发出巨大的声响。有一天晚上凌晨两点，巨大的敲击声把我惊醒，我赶忙跑出来查看，原来是制氧停了，鱼缸缺氧，它在给人报信呢。豹猫还会看门，家里来了生人，它就显得不安起来，上蹿下跳，用巨大的嘴不停地撞击鱼缸，似乎要撞碎鱼缸，扑出来攻击来人。

　　我养了豹猫三年多，和它建立了感情，每当我回到家，豹猫就活跃起来，像是在撒着欢，迎接我的归来。家里的气氛一下子就活跃起来，有了灵动感。豹猫在我的精心养护之下，如今已长大成一只"大猫"，有两尺长，张大嘴时足有大人拳头大，实属罕见，是难得的精品，保守估计价值也在3万元左右。

　　和往常一样，晚上我看了豹猫最后一眼，我们相安入睡。第二天一早起床问候早上好时，豹猫亮出了白肚，没了呼吸。儿子不停地问："豹猫咋了？豹猫死了？豹猫不可能死吧？"我已无语，男人最大的悲伤是沉默！此事再一次击痛了我的心。

　　有豹猫之前，我的几个亲人相继离我而去。我的心一次一次被撕裂，我一次一次悲痛欲绝。为了调整我的情绪，我看书、写文章、养鱼等，通过多种方式转移注意力。三年来，我慢慢地走出了伤痛，渐渐地遗忘了离别，今天再一次勾起了我的伤痛。

　　看着死去的豹猫我有点发愣，有些不相信眼前的一切。我养了它三年，我们之间已经有了很好的默契，很深的感情。这段时间，儿子几乎每天都去玉皇阁水库，网鱼喂豹猫，它怎么说走就走了呢？走得是那么决绝，走得没有给我留下一点希望，没有留下一线生机。儿子不停地问我，豹猫咋了？豹猫死了吗？豹猫究竟是咋死的？我无言以对，只是沉默，沉默！

　　不肯扔掉，不忍离别。我把它带在车上，带到公司，再看一眼，再抚摸一次，再照张相，留个纪念。直到下班，员工避开我，偷偷地埋掉了我的豹猫。

父　亲

　　明天就是父亲节了。今天走在小区院子里，看着一个个年迈而幸福的老人们，不由地想起了我的父亲。我没有福气，做儿子做到头了。父亲已离我而去，对于父亲我心存一份敬畏，留下一份遗憾！

　　现如今，我早已为人父，深感父亲的责任重大。父亲是天，父亲是地，父亲是这个家的顶梁柱。

　　初为人父时，我非常激动，也很骄傲，很有一种成就感！觉得我也是个堂堂正正的男人了，也当上了父亲。恨不得向全世界人宣布："我有儿子了，我做父亲啦。"

　　儿子是我的根，我的魂，我每天都要看他好多回。看他看得入神，看得发呆，看着他傻傻地笑，笑不够，爱不够，亲他的小脸蛋，亲他的小手，甚至亲他的小屁股。直到有一天他对我笑了。这笑让我甜蜜了一天，让我一晚上照看他不睡觉也不觉得累。他拴住了我的心，牵走了我的魂，让我为他心甘情愿地付出一辈子。

　　一天，他开口了，他叫了声"爸"。我愣了，以为听错了。我抱他入怀，多想再听一下，让他叫爸爸，可他就是只笑不叫。我捧起来，又落下去，再捧起来，再落下去，不知疲倦地逗他玩。扶着他站在我的手心，高高地举起，让他高过我的头顶，让他成为我的骄傲。忽然，他又叫了一声"爸爸"，这一次我听得清清楚楚，看得真真切切。这一声让我激动得流泪，对一个男人来说这是天下最美的声音，这是对男人最好也是最大的奖励！我暗暗地发誓，一定要对得起这声"爸爸"，要无愧于这神圣的称谓。

从此，我不停奔波，再苦再累也都心甘情愿，因为我是父亲！父亲是天！父亲是地！父亲是这个家的顶梁柱……

嫁 女

鞭炮响了，迎亲的车队来了，天却突然下起雨来，似乎老天爷也通人性，想多留女儿一会。

新娘在闺房里被几个弟弟守护着，门、窗关得严严实实，苍蝇都进不去。

新郎带着十几个年轻小伙子，手捧鲜花，彬彬有礼地敲着门。里面好像没有听见似的，门依然紧闭着。新郎掏出了红包，从门缝里塞了进去，几个弟弟还是舍不得放开姐姐。不行就再塞，薄的不行就来厚的。钱买不来姐弟亲情，姐弟舍不得分离，门还是不开。新郎心急，一个眼神，十几个帮手一拥而上。搭人梯，门上、窗上，连门的倒格上都爬满了人。窗被撞开了，门也打开了，新郎迫不及待地冲了进去，几个弟弟沮丧地走了出来。

新郎献上鲜花，新娘开心地笑着，一对新人幸福地拥抱在一起。新郎抱起了新娘走出闺房，新娘眼里噙满了泪水，左顾右盼地寻找着她的家人。这个男人从此就是她一生的依靠！不知道这是幸福的泪水还是离别的不舍。从一个家到另一个家；从自己的父母到别人的父母；从一个男人的呵护到另一个男人的疼爱。离不开，放不下，舍不得。

早已不见了奶奶、父母。他们各自躲得远远的，背过身去，偷偷地抹着泪水。大喜的日子不能哭，更不能让女儿看到自己哭。高高兴兴准备了几个月，给女儿带上这个，带上那个，准备得齐齐全全唯恐少了什么。此刻却怎么也高兴不起来，反倒稀里哗啦地落泪不止，不敢露面。

新娘躺在心爱的男人怀里是一种幸福，脸上却挂满了泪水，充满了不舍。多想再看一眼疼自己的奶奶、生养自己的父母和生活了多年的家。然而，新娘是不能回头的，脚也不能着地的。此时此刻所有亲人，仿佛都停止了喜悦，眼里都噙着泪珠……

炮响了，车队出发了。奶奶、父母、亲戚、朋友、乡党们都去，都去送女儿一程，把所有的祝福送给他们，祝福一对新人新婚幸福！永结同心！白头偕老！

妻不在的时候

听妻子说要出远门，心中暗暗窃喜，好像挣脱了缰绳，逃出了牢笼。这期间没有人限制你喝酒，也没人唠叨你抽烟，牌可以打个通宵，晚上也不会有人逼着你洗澡，催你赶快睡觉。终于可以自由一段时间了，享受一下没人管的逍遥日子，心里欢畅的不得了。

可当你的爱人真要离开你出门一段时间，你是不是也和我一样有一种不舍？有一种淡淡的离别之愁？平日里经常在一起很少分开，也不觉得什么，有时甚至还经常磕碰，闹些矛盾，一个烦一个，一个不理一个。一日，爱人因事要出门一段时间，你忽然觉得离不开她了。出行时，你不像年轻时那样依依不舍地送别，而是选择了回避。一个人躲在房间里，心却随她而去。没有去叮嘱，也没有去送别，只有心在胡乱地跳，泪在眼里打转。心想着：坐上车了吧？到机场了吧？这会起飞了吧？不敢打电话，怕她觉察你的不对，也不敢发短信，怕影响了她旅游的心情。只有默默祈祷：一路顺风，旅途愉快。

妻子不在的时候，家里冷清了许多。妻在家就像个家，妻子走了，家就没有了样子。厨房里不再有炊烟，家具上蒙上了灰，客厅里、卧室里不再整洁。花儿也不欢实，蔫了起来。鱼缸里，鱼儿呆呆地蹴在缸底。只有不停地忙碌，才能避免心有所念。妻在的时候，我是轻松的，愉快的，生活得有滋有味；

YUANPAN
DESHU 212

妻不在时，所有的事都得我一个人扛，忙得不可开交，有时竟忘了吃饭，似乎只有忙碌，才能避免静下来的孤单与寂寞。

忙碌一天，终于要回家歇息了。回家时门是锁着的，家里漆黑一片，不再有欢歌笑语（妻喜欢唱歌），不再有人唠叨你。忽然觉着被妻子唠叨，被她管制也是一种莫大的幸福。一个人孤零零地坐在空空的客厅，一会看看电视，一会又看看手机，一会又翻翻书，总是心神不宁、魂不守舍。很晚了，强迫自己休息，卧室里的床仿佛大了很多，翻来覆去难以入眠。搬到客厅的沙发上睡，勉强睡着了，却忽地睁开了眼，到处还是静悄悄、空荡荡的。少了往日的温馨，缺了家的温暖，感觉偌大的房子我一个人难以支撑！

妻只是短暂的旅行，我却有一种莫名奇妙的惆怅之感。那种心慌，那种想念，那种孤单，让我害怕。真不敢想象，如果有一天不得不分手，剩下另一个人将是怎样的孤单？怎样的思念？将怎样度完残缺的余生？拥有时不觉着什么，失去了才觉着拥有的珍贵。妻在的时候不觉着什么，妻不在时，忽然发现我的心也不在了，"家"仿佛也散了。

仔细想想，其实，人这一辈子很短暂。而爱人则是这短暂时光里陪你时间最长的人，最亲密不分你我的人，最没有财产界线的人，甚至死了还合葬在一起的人。一块操持一个家，一块吃一锅饭，一块睡一张床，生活形影不离。夫妻虽没有血缘，却超越了血缘，并创造了血缘。所以，我们要珍惜今天的缘分，善待彼此，互相包容，互相关心，相濡以沫，恩爱白头。因为这辈子很短，说没就没了，下辈子不一定能再见。

童年的记忆

一、婴幼儿时代

我的母亲焦千金，出生在陕西铜川市耀州区孙塬镇惠塬村，母亲心灵手巧，聪明伶俐，是东塬上的一枝花。能歌会画，剪纸窗花、针灸捏骨、手相八卦样样精通，一口秦腔从村里唱到公社，从公社唱到县剧院，硬是把自己唱成远近闻名的人物。我的父亲李印宏出生在陕西省铜川市耀州区孙塬镇宝鉴村，父亲个子高大，身材匀称，皮肤白净，能拉会唱，聪明勤奋，是我们村少有的高中生，因而在我村当了个民办教师。一个人负责我村一、二、三年级所有的学生，代所有的课程。

母亲嫁给父亲，第二年农历1965年十二月十九日（公历1966年1月10日）清早，太阳刚冒出山头，母亲在家生下了我。我一出生就浑身发青，没有呼吸，母亲、父亲、接生婆都以为我死了，把我包裹好准备抱出去埋了。我婆突然想起嫁给城里的我姑前几天来家里时说，她村里的媳妇在医院要娃，娃生出来是死娃，医生用嘴给娃吹气，把娃吹活了。我婆抱着一线希望，死娃当活娃救，对着我的嘴不停地吹气，吹了一袋烟的工夫，我有了动静。"功夫不负有心人"，感谢阎王爷不收之恩，我奇迹般地起死回生了。

母亲十八岁生下我，没有经验，不会管护，加上奶水不足，我就像一个活死娃，身瘦体弱、全身蜡黄，不哭不闹（没有力气哭闹）。出月后，母亲抱着我熬娘家，我八外婆高兴地掀开被单，看见我时吃了一惊，大叫道："好娃哩，你咋把娃经管成这啦！皮包骨头，看娃耳朵梢子都干了，赶紧回去给娃吃奶去。你可能没有奶吧？把娃饿成这样子了，还有心思熬妈家，赶紧回去养上一只羊，给娃吃羊奶去……"

母亲才恍然大悟，原来我不哭不闹，越来越瘦，总是嗜睡是饿昏了，赶紧回家告诉了我父亲。父亲上了街，在羊会上买了一个刚产奶的小山羊。小山羊很小，个头和大羊的羊娃子一样大，黑白花花子，一次能挤一小茶杯奶。吃上了羊奶的我如鱼得水，一天一个样，迅速长大。也爱哭爱闹了，整天哭着要吃奶，羊奶把我吃得胖乎乎的，黑黝黝的，很结实，早早就能爬了。小羊的奶水后来根本就供不上我吃，我刚吃了上顿就要吃下顿。母亲还没有挤下下顿的奶，我就爬到羊圈，噙着羊奶头吃奶。羊好像也喜欢我，从不拒绝，就这样我一天一天的强壮起来，直到能走能跑，能吃馍饭……

羊奶把我吃成了"蜘蛛肚"，我长得比羊还大，又黑又胖，强壮结实。我婆总说我是让黑羊的奶吃成黑娃的，于是，断了我的奶。在同龄孩子中我又高又壮实，脚手还不闲着，蹦蹦跳跳，成天折腾得不停，费事得很！

我五岁那年，爬柿子树摔了下来，不巧又滚进了一口废弃的水窖。这口水窖是我村最大的，窖深五丈，窖底能套一寸（两头牛套在一块为一寸）牲口碾场。由于太大，定不住而漏水被废弃多年。人们的生活垃圾、砖头瓦块、抓到的蛇都往窖里扔。我掉进去摔在一块大石头上，摔断了右腿。我爸背着我去富平八里店给我接的骨，接好后我好动，腿骨又错位了，我爸不得不又把我抱到八里店去看。这次我双腿被固定在一块木板上，不能动弹，我就用双手支撑身体向前挪动。由于身体素质好，加上小孩长得快，很快我又恢复了往日的蹦跳打闹……

二、小学时代

父亲在我村小学教初级小学，我早早就跟着父亲上学。那个时候上学是一天两晌，早上和下午。我爱上学的原因是学校娃多，很热闹，有玩伴。在学校里，我喜欢摔四角，摔三角，顶牛，挤暖暖，编飞机，做风车轮，编四角、三角、飞机。我把父亲所有的书都撕下来编了。上初小时父亲是我们的老师。一个很深的土窑里坐着三排学生，依次是一年级、二年级和三年级，三个年级的复式班父亲一个人教，教完一年级再教二年级，后教三年级。教室里很黑，我们的课桌是土堆上支着桐木长板，木板有一尺多宽，有一丈多长，课桌上仅能放一个本子和一只手。在那里我学会了写"我爱北京天安门"，"毛主席万岁"，"好好学习，天天向上"……，学会了唱《三大纪律八项注意》《南泥湾》《高楼万丈平地起》……

上完了初小，我就到距家五里路的宝剑（后来改成宝鉴）小学上完小（完全小学），完小只有两个年级，我们都上了三年。当时夏季升学改冬季，改了又改回来，所以我们当时都多上了一年学。那个时候上学玩耍的多，学习的少，只有语文和数学两门，也是一天两晌。那个时候没有电视，没有电脑，没有书籍，没有玩具，娱乐主要是人和人玩，如：跳房、栽电杆、攻城、抓五子、过家家、摔跤。放学以后给猪羊斫草，或者斫柴。我们宝鉴村没有水，打水窖靠天雨吃水，春季窖水吃完了，就没有水吃。我上四年级时去学校就担着桶，学校离秦岭水泥厂的矿山近，放了学就上矿山挑回一担水供全家吃一天。有时候挑回来的水就剩下半桶。上五年级时，我就干脆拉上水桶子拉水，一桶子能拉六担水，一周拉一次就够吃了。其余时间上学时背上笼，放学后上矿山拾炉灰，拾回去烧锅。时间长了所有的学生都背着笼，放学后争着往矿山跑，早跑到的人才有机会拾到工人们炉子里透出来的炉灰。有的工人炉子"死"了，这是我最高兴的事，可以把整个炉灰（里面还有没燃烧的煤）掏净，然后再重新给工人们把炉子生着火。

我十五岁以前没有洗过真正的澡。矿山有一澡堂子，是给工人们洗澡用的，每周星期天下午开放一次。等工人们都洗完了，水脏了，即将放掉时我们才会被通融一下，跳进水池子抓紧时间洗个澡。这是难得的幸福时光，尽管是盆池，尽管水很脏，尽管人挤人。我连头带身子和脚一块洗，洗了澡，人白净了许多，清爽了许多，也精神了很多。

那个时候，虽然生活很清苦，但我们很开心，活得有滋有味，从来没有忧愁，不知烦恼，也不觉得疲倦。我上五年级那年，耀县已经有了电影院，为了看一场电影，要跑十多里路。电影票五分钱，我身无分文，去了就想办法往进混，混不进去就翻墙。有时候等到电影快放完了才能溜进去，看个圆满的结尾，高高兴兴一路小跑着回家。有一次不知谁搞恶作剧，放出风来说耀县三号信箱今晚放映电影，电影名字是《银幕下的狗熊》。我们一行十几个娃，翻一座山一道沟，越过一条山梁，跑了十几里山沟小道，到了三号信箱，什么也没有，反倒被三号附近的娃们围住打了一顿。最后还是有说有笑地回了家。

我一年到头身上几乎都没有一分钱。有年暑假，山上蜜子（一种扯蔓的植物，蔓上有刺，结红色的像桑葚一样的果子）丰收了，我每周六都带上瓶子上山采摘。山上的蜜子吸引来了城里的大人们。我突发奇想：可以卖蜜子挣钱！于是，我把蜜子采下扎成把，一把一把地盛满一竹笼，足有五十多把，提到火车站去卖。一把卖一分钱，火车站人多，但都只尝不买，有的人还偷，有的人干脆大明大方地抢。他们看我是农村来的，又是小孩子，穿得破破烂烂，欺负我。我无力反抗，自觉低人一等，哭着提着我的蜜子，找一块没有人的地方，幼稚地认为没人的偏僻的地方强盗少。提到东桥底下、戏院门口、210国道上卖。我只知道躲避坏人，没想到人少的地方买蜜子的人也少，没人的地方强盗更猖狂，我被抢了个精光。只卖出去了十把，收入了八分钱。心里还是蛮高兴的，手紧紧地捂着衣兜，生怕这八分钱也被人抢了去。

这是我平生第一次有钱，当时既高兴又害怕，心砰砰地跳，紧张得头上渗汗。好像路边的人都是贼，每一个看我的人都是强盗，都惦记着我的钱。我提着竹笼，捂着衣兜，不敢抬头，一路小跑，跑出了耀县城，跑过了铁道，在耀县最偏僻也是我出了城的最后一个商店——铁路商店，买了九个洋糖（当时是一角钱十二个），口里噙上洋糖这才放下了心。噙着洋糖甜了十几里路，回去给家里人每人一颗，剩余的两颗舍不得吃，经常拿出来给同伴们炫耀。我尝到了甜头后，就领着我们村的伙伴们上山摘蜜子拿到城里卖，一笼蜜子往往只能卖到几分钱。卖蜜子这件事给我幼小的心里刻下了两个深深的烙印：一个是人一定要自食其力，想法赚钱，自己赚钱自己花，享受劳动成果的甜蜜；另一个是要同情弱者，对恃强凌弱者要恨之入骨。因此，后来我经常抱打不平，替弱者撑腰。

城里的世界很好，我却被生在农村；农村的世界很清贫，我无奈地接受着。为了看看那繁华的世界，为了一家人口中的甜，我挖药材，上矿山捡废铜烂铁，摘果子，频繁地闯入城里，然后又急匆匆如躲瘟疫一样离开。

少年时代

一、初中时代

上完了小学，我就去乡政府所在地的孙塬中学读初中。孙塬中学距我们宝鉴村十几里路，要翻一道很大的沟——涧沟。涧沟里没有路，我们走得多了就踏出了一条小道。晴天还好走，遇到下雨天或者下雪天就得爬着走，遇到了大雨，涧沟里水位很高，只能望水兴叹！

在孙塬中学上学，我寄宿在亲戚家，背着馍全身心地投入到学习中。热天就背三天的馍，天凉了就背一周的馍，每天除了吃饭睡觉就是学习。早上天不明，就带上一天的六个馍上学校。下了早操吃一个，早上放学吃两个，下午放学吃两个，下第一节晚自习吃一个。吃的馍是玉米面做的玉面黄黄，夏天容易长出霉，冬天咬不动，一咬一个白茬，在桌子上一砸咣咣地响。没有菜，最好的享受是每周从家里走时，偷些盐和干辣子面面，蘸着干吃。或者开水泡馍时放点，一个洋瓷缸子既能喝水，又能当碗泡馍，放点盐和辣子，吃得很香，吃完第一碗再吃第二碗。不想吃汤的就吃干馍，一张纸上放些盐，搅些辣子面，咬一口干馍蘸一些辣子，吃得头上冒汗，吃得发热，吃得满嘴唏咧（方言，吸溜），吃得那些走读在家里吃饭的同学们流涎水，也纷纷效仿。

放学时间，我回不了家，就在教师灶上舀上一缸子水，从抽斗里拿出馍来，边吃馍边做作业。下午放学就拿两个馍，端一缸子水，克利马擦（方言，赶紧的意思）吃完，跑到操场打篮球。初中开设的课程多，学习任务重，我除了礼拜天什么也不干，全身心地学习。我因不回家吃饭，就比别的同学一天多出来几个小时的时间学习和锻炼。如果说我学习差不多、身体素质好的话，那么这些全都是我在初中的基础打得好。

上初中时，睡不够，早上起床时间不好把握，经常迟到。当我物理课学到盐水可以导电时，我就用手电灯泡、盐水和两个塑料瓶子制作了一个漏斗报时器。上面一个瓶子，下面一个瓶子，上面的瓶子盛着盐水，瓶子底戳了一个小眼吊在空中，盐水有节奏地滴到下面的瓶子里。当盐水达到一定的高度时就接触到灯泡的开关导线，这时灯泡就会亮起，光照到我的脸上，我就会醒来。经过好多回的调试，我的时钟基本准确，能满足我上学需要，那段时间我再也没有迟到过。

上初中时，老师有一台半导体收音机。我喜欢听刘兰芳的评书《杨家将》《岳飞传》，就经常在老师办公室外面偷听。孙塬村上有一台黑白电视，我喜欢看电视剧《血疑》《加利森敢死队》，晚上下晚自习后就去看电视，直到人家收摊。到了放暑假和寒假回到家里，没有电视，晚上就跑到五里之外的矿山去看。

上了初中我才知道学习，深知只有学习才能考上学，考上学才能走出农村，才可以过上我向往的城里人的生活。为了我向往的生活，为了不被人瞧不起，为了不被人欺负，我努力用功，刻苦钻研。一次，我的班主任出了一道几何证明题，没有同学做出来，我的老师也证明不了。老师说，谁要能证明出来这道题，我就拜他为师。我用了三天，吃饭睡觉，课间，都在琢磨这道题，草纸用了厚厚一沓，做了五条辅助线，终于证明出了这道题。老师在课堂上把我表扬了一节课，我内心受到了极大的鼓舞，自尊心得到很大的满足，学习的劲头更足，兴趣更浓，更加认真刻苦。

二、高中时代

1982年，我考入耀县中学，日子同样过得很艰苦，还是背着馍布袋子上学。每周背一次馍，周五下午放学走十几里路步行回家，周日下午步行上学。家里没有什么可以看时间，凭看日头，估摸着，往往上学不是早就是迟。那年秋收过后，宝鉴山后面的山坡上，乡农场种了一山坡的谷子，因交通不便，只收走了谷穗，留下谷秆在山坡上。我和父亲、弟弟拉着架子车去割秆草，把架子车连拉带抬地拉到山顶，人下到山的另一面的底部割山坡的秆草。割好后打捆背到山顶装到架子车上，背几十趟能装满架子车。然后父亲驾辕，我和弟弟扶两边，从山顶拉下来。与其说拉下来不如说是三人抬下来，因为山上根本就没有路。就这样，我们每周礼拜天都上山割秆草，每周割四趟。割了一个多月的秆草，把割得的秆草又集中拉到县上的二运司马车队卖钱，卖得的钱买了一个闹钟，从此我上学再也没有迟到过。

父亲一直是民办教师，我高一的第二学期，父亲考上了公办教师，开始拿工资了。我的馍布袋子里也多了一样东西——一瓶咸菜。那时我家住在大沟畔的土窑里，每逢下雨就漏雨、落土，极不安全。我二伯就是天下雨把窑下倒了，被窑塌死了。

所以如果放礼拜遇到天下雨，我就不得不饿着肚子在学校宿舍里过夜，第二天才能回家。看着同学们一个个都高兴地回了家，宿舍里空荡荡的只留下我一人，我倚门而立，呆呆地看着淅沥沥的雨下个不停，眼泪也禁不住如雨般地流。躺在床上整夜难眠，盼天明，盼雨停，盼回家。那个时候，我暗暗地下决心，等我长大了，一定要给我家建一座很大、很漂亮的房子。

　　1982年暑假，我们村施行了家庭联产承包责任制，包田到户，我家分得了三片共八亩耕地，还有农具、牲口等。父亲在田家咀教书，离家比较远，回来一趟不容易，家里的男劳力农活就落在了我的肩上。所以我很早就学会了耕地、种地、铲麦、扬场。由于多年的饥饿、贫穷，因而我们很把地当事，第一年种地就喜获丰收。从此家里再也不缺吃的，我上学背着麦面、玉米糁糁交到学校的食堂，换成饭票。早上可以喝一碗玉米粥，中午可以吃一碗烩面片。有了吃的，我的身体恢复得很快，加上回家劳动锻炼，我变得很强壮，所以经常向那些欺负农村娃的城里学生叫板。慢慢地我成了农村学生的代表，谁要是欺负农村学生我就和他们打架。这种义气耽误了我的学业，我也成了城里学生打击的对象。在学校的操场，我经常被城里学生几个围打。有一次，一个农村同学被城里学生欺负，我抱打不平，就和他们干上了。这场打架演变成几十个城里学生和十几个农村学生的打群架。学校叫来了警察，及时遏制了事态的发展。当时，学校要开除我们，父亲找到学校校长（父亲的老师）才勉强保留了我的学籍。学籍是保留住了，可我已经没有心思学习了，经常给农村学生家里帮忙干活，也叫上一帮子同学给我家帮忙干农活。

　　1985年高考我名落孙山，决心回家务农，父母坚决要我补习，我从了父母。由于成绩太差耀中不收，我只好去水泥厂子弟学校补习。那年文教分家，父亲被分到文化系统，调到药王山文管所工作。我也就吃住在药王山南庵，距学校有八里路，我一天跑两趟。这回，我开始下功夫学习，因基础太差，尽管我很努力，加上当时的高考录取率也很低，我又一次落榜了。这次我坚决不再读书了，在家里垦荒造田，上山用架子车拉石头。从宝鉴山拉石头到火车东站，一个暑假后，我又黑又土，实在吃不消了，就又央求父母要再去补习。父母心疼我年龄小吃不了苦，就托关系找熟人让我在耀中补习班补习了。

　　这一年，我晚上住在新城我姑家，白天在学校学习，在学生食堂吃饭。经过一暑假的苦，才知道只有努力地学习、考上大学才能走出农村，才能不被人瞧不起，才能过上我向往的城里人的生活。苦心人，天不负。1987年高考，我的分数上了大专分数线。我的理想是当一名警察，报志愿时我报的全是公安院校。那一年，我们那一名公安警察因公殉职，家里人说公安太危险，背着我偷偷地把我的志愿改到了工作相对稳定的师范院校。我以为这次公安院校走定了，谁知通知书下来我被陕西师大铜川班数学系录取了，拿着这张阴差阳错的通知书，我极不情愿又无可奈何地上了铜川教育学院的师大数学班，开始了我的大学生活。

第四辑

随感

阳台上的丝瓜和葫芦

住进高层，想念曾经的田园菜畦。春种植，夏浇灌，秋收获，冬贮藏。劳累过后，闲暇之余，去菜园培土扶枝，施肥浇水，避暑纳凉。听蛐蛐演奏，闻蚂蚱歌唱，看瓢虫除害，瞧蜜蜂采蜜，赏蝴蝶起舞。茄子一行，辣子一行，几架西红柿，几架豆角，足以食饷，足以乐享，有食有乐，神仙一般。

想念之余，突发奇想：我可以在阳台上种植丝瓜和葫芦。有人说葫芦的神态酷似我，丝瓜的性格就像我。这也不假，因为相似所以喜欢。

葫芦、丝瓜皆可入药，也可供人赏玩，又能当菜食。丝瓜、葫芦藤枝蔓蔓，郁郁葱葱，缠绵蜿蜒，攀援向上，不知疲倦。

丝瓜、葫芦蔓也分雌雄，雄的只开花传粉不结果，雌的开花授粉后结果。所以单独的丝瓜、葫芦是不结果的，只是疯了一样地长蔓。丝瓜、葫芦开花期、挂果期都很长，不停地开花，不断地结果。故同是一根生，大小各不同，大的将下架，小的还在孕。

丝瓜垂吊而下，自自然然，顺顺溜溜，寓万事顺意，平平安安。启示我们凡事要遵循万事万物的规律，顺其自然，因势利导。葫芦富态而饱满，又和"福禄"谐音，寓意"福禄双全"！葫芦有上下两个圆，正好寓意福禄双降！葫芦一般又是双生，并蒂同连藤。在许多神话故事里，葫芦是驱魔避邪的灵物，是保宅护家的吉物。启示我们处事包容一切，容天下可容之人事，有容乃大。

这两种植物种植在阳台上，犹如把菜园搬进了家里，从此生活也郁郁葱葱了。丝瓜和葫芦种在一块寓意很美好，寓示着家庭和睦，平安吉祥，广进财源。同时它们又都多籽，寓意着子孙繁茂、多子多福。总之，丝瓜、葫芦蕴藏了深厚美好的寓意，蕴含哲理，让人想像，既美观巧妙又有祥瑞福泽。

我家阳台上种植着三株葫芦，三株丝瓜。每晚睡前，用水浇之，每早起来，看着那绿藤爬满了阳台的护栏，满眼的绿色，养眼；看着那茂盛的生命，积极向上，养生；看着那累累果实，满心喜悦，养心。绿叶重重叠叠，枝蔓缠缠绕绕，垂下碧绿修长的丝瓜，憨态可掬的葫芦，不由的顺手撩拨着果实，心也随之荡漾。丝瓜开黄花，葫芦开白花，黄花映日醒目，白花清洁淡雅，黄白相间，淡香弥漫，蜂蝶萦绕，一派生机勃勃的田园风光。

闻着花香，看果实顺溜丰满，绿叶苍翠，感到一种顽强的生命力，一种旺盛的精力，一种把生命发挥到极致的蓬勃力量，给人带来心灵的震撼，使人积极向上、信心满满。

人生在世，何尝不学习丝瓜的顺应时世，无为而无不为？学习葫芦的包容，容天下难容之人事呢？兴之所至，写丝瓜葫芦歌一首，聊表心怀。

阳 台 丝 瓜 葫 芦 歌

枝蔓缠绕窗外栏，
攀爬穷尽头还探。
黄花白花相映现，
金锤银棒晃眼前。
丝瓜顺溜喻道然，
葫芦捧腹笑我憨。
愿学丝瓜顺应天，
敢为葫芦做神仙。

爆玉米花

就在昨天，药市门口十来个人围观着一台黑乎乎的旋转着的机器，还不时地有过路人顿足观看。出于好奇，我也加入其中，原来是一台被外国人翻译成"粮食扩大器"的爆玉米花机子。

玉米花，是我儿时的美食。以前在农村，十数来月才来一次爆玉米花的，每当爆玉米花的来时，婆娘女子纷纷端着瓷盆瓦罐，夺门而出，直奔村中间那棵大柿子树下。印着毛主席语录的洋瓷缸子，爆一缸子玉米收二毛钱。大人不在家的，小孩子又没有钱，就在家里煤窝子抓两疙瘩煤，有的端一碗饭，甚至一个馒头、一电壶热水都行，总能从那个黑鼻子污嘴的异乡人手中换得一盆玉米花。

柿子树下早已排成了长龙，小孩没有耐心，就把盆放在地上代替排队，自己则三五成群地包围着爆玉米花的，看个够。

西葫芦大小的黑乎乎的机器，架在一碗口大小的火炉上，不停地旋转，不停地烧。爆玉米花师傅左手摇鼓风机，右手摇爆玉米花机，左转一会儿，右转一会儿，炉火烧得噗噗、噗噗地响。那机器仿佛要被火焰抬起来似的，师傅不停地扫视着机器上的压力仪表，大约五分钟时间，机器停止了转动。师傅把机器的另一头塞进了黑乎乎的笼子里，右手一扳，只听"咚"一声，白花花的玉米花喷了出来，一缸子玉米变成了一盆玉米花，放大了几十倍。孩子们个个都笑开了花，笑得灿烂，笑得甜蜜。一缕白烟，飘散在了村庄上空，玉米香弥漫了整个村子。

一切似乎都在这"咚"的一声中变得鸦雀无声了。打闹的孩子双手捂住了耳朵，呆若木鸡。跟在屁股后面的狗儿，一溜烟地不见了踪影。还在枝头叽叽喳喳的麻雀，扑棱棱飞过了沟。

这"咚""咚"声，犹如一声声重炮，不绝于耳，吓得沟畔的格狸猫（松鼠）胡蹿，野噗羔（野鸽子）乱飞，沟畔上岩土震落，沟底里尘土飞扬，这"咚""咚"声，在大沟里回荡，余音绕着沟道久久不绝……

家家户户几乎都爆上了玉米花，大人小孩手里拿的都是玉米花，这种日子后来慢慢地多了起来，也就不再稀奇了。

随着年龄的增长，社会的变迁，慢慢地这种美食几乎消失

了，消失在我的记忆里有二十多年了，我只在文章里看到过这种回忆。昨天竟然在大街上看到了这种消失已久的工艺，实属稀罕！惊奇之余赶忙拿出手机摄像，竟忘了拍几张好照片。好在视频还可以截屏，截了几张，发个朋友圈填充一下大家的回忆。同时把这爆玉米花的过程记录下来，供大家分享。

鸡年说鸡

雄鸡高叫，鸡年来到。鸡凤同属，鸡若成了凤凰，便能飞黄腾达；若还是只鸡，就逃脱不了被宰杀的命运，鸡命呜呼！

可怜的鸡啊，永远都成不了凤凰。"飞上枝头成凤凰"那只是人们漂亮的说辞，对你的臆想罢了。鸡天生就薄命，不是在刨着吃，就是被囚着喂，勤勤恳恳，委曲求全。微小而短暂的生命在不停地忙碌着，不断地争取着，想着有朝一日会出人头地，成为凤凰。

小鸡被孵化出来后，大量的公鸡崽便一命呜呼，被做成肉酱，只留下极少的公鸡和所有的母鸡。母鸡成年后，几乎每天都要产一枚蛋，出生于一枚蛋，却生产了几百倍甚至于上千倍的蛋。鸡把所有成果奉献给了人类，稍有怠慢，就有可能被烹饪上桌，搭上性命。可悲的是大多数鸡产了一辈子蛋也没有留下自己的血脉，绝了后，永远地告别了这个世界。

公鸡虽不下蛋，却重任在身，一旦鸡群遇到危险，公鸡便一马当先，保护鸡群。小时候家里放养着一百多只鸡，其中有六只公鸡，每天母鸡产完蛋，公鸡就领着母鸡们出门，下到门前深沟里觅食。有领头的，也有断后的，前呼后拥，威风凛凛。一有危险，公鸡们便奋不顾身，冲向前去，保护母鸡。有一次，公鸡领着母鸡们下沟觅食，黄鼠狼打上了母鸡的主意，一只母鸡受到了惊吓，尖叫起来。六只公鸡闻讯赶到，一哄而上，毫不示弱，飞跃歼击。黄鼠狼前后左右四面受敌，寡不敌众，狼狈逃窜，公鸡们穷追不舍。得胜归来，公鸡们趾高气扬，引吭高歌。母鸡们欢歌笑语，纷纷为公鸡喝彩鼓掌。公鸡除了护卫母鸡，还肩负着打鸣叫醒的重担，日复一日，年复一年，从不间断。不知什么时候公鸡被赋予了驱鬼辟邪的重任，于是割颈滴血，抛洒四周，甚至被活埋。几乎所有的鸡都难逃厄运，不是被活埋就是被宰杀，唯有得了瘟疫的鸡死得才有尊严，能落得个全尸下葬。

鸡身虽小，鸡命虽短，功绩却不凡。人们甚至不用喂养，不用付出，就有收获。鸡的勤恳，鸡的无私，鸡的奉献和鸡的担当在激励着人们，鸡的命运也在敲击拷问着人们，鸡命真就该如此吗？

平民百姓，再努力，似乎也无法改变自己的命运。有时想想，人真的很悲哀，如果再缺少了美好的夙愿，那真就成了鸡！人掌握着鸡的生杀大权，鸡的命运被人掌控着；谁又掌握着人的生杀大权？人的命运被谁掌控着？

过 年

年过得丰衣足食，反倒觉得没有意思，百无聊赖的。也许只有回味一下过去过年的苦，才能体会到现在过年的甜。

二十世纪六七十年代的过年叫人不敢回味。没有饺子吃的年，没有衣服穿的年，没有一点年味，太苦！太让人伤心！怕影响大家的心情，就说说八九十年代的过年吧。

那时早早地就盼望着过年：过年有好吃的，过年有好穿的，过年能脱掉补了再补、一年四季都在穿的衣服。可以穿得体面一点，稍稍有点面子，去自家、亲戚家嘚瑟一下，还可以去药王山见一回大世面，美美地风光一下。

天天撕扯着手掌大的日历，恨不得一下子全都撕下来。剩下的几页翻了一遍又一遍，数了一回又一回，终于，年就要到了！挖开为过年准备的萝卜坑，揭开尘封的红苕窖，刨出萝卜，吊上红苕。门口支一大铁锅，烧水洗萝卜、洗红苕。晒一晒挂在墙上的黄花菜干、野菜干。

父亲一手拉着我，一手牵着羊；母亲一手捉着鸡，一手提着蛋，我们上街卖了一趟又一趟，回来时依旧两手空空，年货的价格还是降不下来！临到年根根，无奈地买了点豆腐、白菜、粉条、酱油、点心、罐头，当然少不了买些布料、洋糖、鞭炮……

我过年干活最卖力的时候是蒸年馍、做年菜的时候帮父母烧火。一手拿着才出锅的萝卜豆腐包子，一手拉着风箱，烧一天的锅也不觉得累。馍要蒸五六锅，有蒸馍，有豆包子，有萝卜豆腐包子，条件好的时候还有肉包子。焯豆芽，焯白菜，炸豆腐，做碗子。碗子有甜饭碗子，有红苕碗子，条件好的时候还有蒸肉碗子、条子肉碗子……

我过年最积极的时候是传承已久的大年三十晚上去自家拜年的时候。兄妹几个提上一斤点心，去长辈家，不但有好吃的，而且有一元钱的压岁钱。最喜欢的事是放鞭炮，一串鞭炮我总是偷偷摘下一部分藏着，放过的炮我还要在地上找那些卷眼了没有放响的，然后装在口袋里。时不时捏出来放一个，或者制作一个链子枪，装上从鞭炮里面剥出来的火药，在小伙伴面前响两声，威风一下，享受一下过年才有的乐趣。整个村子从三十到初一都能听见一声接着一声咚咚的炮响。

每年初一的早上，天不亮就吃饺子。吃饺子是要放炮的，家家都争着放第一炮，所以初一的饺子吃得就越来越早。吃饱了总是要三五成群地上药王山拜药王，祈求身体健康、平平安安。看看来自四面八方的人的穿着，感受一下不一样的过年气氛。过完初一就给亲戚拜年，拜年也是我的最爱，尽管要步行几十里，有的一天只能拜一家，一直要拜到初七、初八。为了拿到压岁钱、为了吃上一顿好饭，甚至为了得到一包小零食，或者为了穿着新衣服在别人面前风光一下，一改平时对我穿着破破烂烂的印象，我还是不辞辛苦，乐于前往。

那个时候的过年很热闹。有狮子龙灯，城里还有社火，村村有舞台，台上唱大戏，秦腔要从初二唱到十五，着实能让人美美地享受一番。

现在人们对年的享受，不光停留在物质层面上。在物质匮乏的年代，过年成了人们至高的物质享受，进而获得了精神上的满足。而今物质充盈了，精神反倒匮乏了，觉得年过得没有意思。应该回忆一下过去的苦，方能品味出今日的甜，不然身在福中却不知福了。

过去人们跑十里路吃一碗饸饹汤水获得的满足感，远远大于今天人们在大酒店里山珍海味、大鱼大肉所得。物质丰富了，精神却匮乏了。所以以后的若干年里，人们将可能把提高精神享受作为提高生活质量的首选。

当人们现在说过年没年味、没意思、空虚无聊的时候，可能就是精神匮乏了。不是过年没意思，而是感觉没意思了，是我们的感觉出了问题，精神空虚了。调整好我们的心态，在品味物质享受的同时丰富我们的精神世界，让我们的生活充满阳光，物质精神双丰收。

浸 色

文物古玩行业里面有个词叫"浸色"，就是说文物在地下埋的时间长了，就适应了它所处的环境，环境的色彩就浸透到文物上，染上了它所接触的物体颜色。

前一段时间，儿子去山里游玩，在一山体石缝里发现了露出的马钱大小的一个椭圆状物体。出于好奇，就开始挖掘，越挖越大，到最后挖出来的东西有拳头大小，像鹅蛋。带回家，我也纳闷，这形状像鸟蛋，可是哪有这么大的鸟？后经咨询专家得知它是恐龙蛋化石，属翼龙蛋。这个化石蛋已完全适应了环境，和它周围的土质颜色一模一样。它在地下埋了一亿多年，被环境所浸色。

这里我想要说的是我们人，我们是生物界最高级的动物。生物都有适应环境的本能，我们人更是如此。人适应环境有很多方面，如肤色、外貌、性格、爱好，又如品行。

就拿人的皮肤、性格来说，我们同处一个铜川，东塬的人和西塬的人就有区别。东塬人长期居住在黄土高山、干梁光之上，这里少雨多旱、山高沟深、草木稀少、土地贫瘠。所以，在这生活的人们，就像长在山上的木扎婆，外表黝黑，皮肤粗糙。恶劣的环境也造就了他们顽强的意志、健壮的体魄、豪爽的性格。而西塬的人居住在我们铜川的"天心地胆"之处，那里地势平坦、水源丰富、丰衣足食，所以他们就像地里的羊奶草（麻线线），个个白白净净、细皮嫩肉、容光焕发。女的漂亮，男的帅气，性格热情奔放，豁达开朗，温柔可爱。

不同地方的人区别就更大了，延安人一到西安，西安人马上就能看出来；陕西人到了首都，北京人也能一眼就分辨出来。

人的外貌、面容、性格是这样，人的思想、能力、素质也是这样。一个高素质的人可以感染一大片人，一个地方有几个能人，就可以带动所有人发展地方经济。一个国家有一位英明领袖，就可以带领这个国家的人民走上繁荣富强的道路。环境对人、对集体，乃至对整个国家有着不可估量的影响。

环境造就人，所谓"近朱者赤，近墨者黑"。你所处的圈子对你的影响是巨大的，和勤奋的人在一起，你就不会懒惰；和积极的人在一起，你就不会消沉；与智者同行，你也会不同凡响；和快乐的人在一起，你就永远年轻！

读好书，交智者，和优秀的人携手同行，生活就会美好，一切自然富足。

选择优秀的人浸色，选择优秀的圈子相处，我们就会变得越来越优秀。奉劝大家择优而处，人生就会更加丰富多彩，生活就会充满阳光。

一屋不扫，何以扫天下

一屋不扫，何以扫天下。扫天下对我们普通人来说有点大，但如果你连自己的家都打扫不好，何以能处理好家庭关系？何以能干好工作？何以能立于不败之地？

一个干净、整洁、称心的家庭环境给人以舒心，给人以愉悦，给人以精神上的享受，使你乐意回家，愿意回到这温馨的环境当中。

下班回到家里，一进门，家里东西摆放得井井有条，卫生打扫得干干净净。有你喜欢的几样家具、几幅挂画、几盆好花、几件心仪的摆件。打开电视，看看新闻；沏上一壶好茶，捧一本好书；或者看看微信，欣赏里面的好文章。置身于这样的环境之中是何等的惬意！何等的舒心！

早上起来，欣赏一下花开，喂一喂鱼儿，听着你喜欢的音乐，心情舒畅，信心满满，你就会觉得今天又是一个阳光明媚的好天气，就会精神饱满地投身到工作中去。

要想有一个好的环境，首先，你必须要按照你喜欢的方式布置你的家，选你喜欢的家具，挂让你心动的画，摆你喜爱的物件。其次就是打扫好卫生，打扫卫生人人有责，家庭每一个成员都有责任和义务去打扫，包括孩子。孩子从小就要养成打扫卫生、保持卫生的好习惯。打扫家里的卫生，就像我们人每天都要洗脸，每周都要洗澡一样。如果有一天没有洗脸，你心里总感觉不自在，好像总见不得人。一周不洗澡浑身就都不舒服。

家里卫生要每周一大扫，每天一小扫。打扫时要先扫除杂物，扫到各个角落，扫尽一切残渣碎屑。挂画要用鸡毛掸子打扫，有的家具则需要挪开打扫。其次就是抹家具和摆件。抹布要干净，不干净的抹布抹了适得其反，越抹越脏。抹家具要从上到下，从里到外，不留一个死角，留下死角在你心里就是个阴影，就好像自己的脸没有洗净。卫生是打扫给自己享受的，

不是给别人看的，所以不能自欺欺人，不能让自己眼里容进了沙子。再次就是拖地。拖地时要洗净拖把，洗不净的拖把，即使你拖了十遍也是徒劳无功的。通常二十个平方就得洗拖把一次，拖一遍是不行的，要至少拖两遍，分初拖和细拖，拖的时候要留意那些没有扫尽的残渣，把它们分片集中。最后一道工序就是再扫一次，把那些拖出来的碎屑扫尽，打扫完所有你就会发现家里清新了许多，你获得了一种成就感，获得了一种满足感，也获得了一种幸福。

一个人家里的环境反映了这个人的生活态度、工作热情和事业成就。试想：一个连自己家都收拾不好的人能干好事业？都说环境造就人，要想造就自己就请先从改变家里的环境开始，也许就能够改变整个国家，乃至整个世界。

菊　花

我爱花，尤爱菊花。这大概是母亲的遗传吧。

每年秋季，母亲都要搬出那几盆养了多年的菊花，又是施肥又是浇水，精心护理。入冬的时候就都开了花，白的和红的两种。隔三岔五的，母亲就把那几盆花搬到院子中央，晒太阳、通风。太阳底下的菊花更为可爱，饱满、热情、昂扬向上。红的红红火火，白的洁白如玉。让人惊奇的是，在寒冷的冬天，它们竟开得如此之奔放，如此之灿烂，如此让人喜爱。惹得村里的人纷纷赶来观赏，赏着赏着鼻子就凑了上去闻，进而脸就贴了上去。有喜欢得不得了的，硬要端一盆走，母亲怎舍得！只答应等花败了给挖一株根，让好好保养，等来年生枝开花。于是，大半个村子家中都有了母亲的菊花。一到冬季说好了似的，竞相开放。天气好的时候，各家纷纷端出花来晾晒、显摆。爱花的人东家出，西家入，挨家观赏，个个点评。最终还是母亲养的花让花迷们啧啧称奇，惊叹不已。

母亲走了，母亲的菊花也随母亲而去。每到秋末，树叶落尽，所有的花都惧怕严冬，早早谢幕躲藏。唯独菊花反其道而行之，蓬勃生长，枝头挂满花蕾。看到了菊花，便想起了母亲的菊花，就到花店里去挑；不满意，就去花房里选；还不满意，干脆就到培育花的地里去挑。拣长势旺盛、颜色艳丽、花形好看的，美美地挑上十几盆带回家。换盆、施肥、浇水、精心培育。今年我挑选的菊花颜色有白的、黄的、红的、紫的，还有一盆绿色的。

我爱菊花，所以每天都要务艺、欣赏。菊花的花瓣比叶子多，花朵大小比枝干粗。有的花瓣呈包围状，聚拢在花蕊周围，指向同一地方——花心；有的花瓣呈开放状，热情奔放，尽情展现自己；有的花瓣正反两面不同颜色，正面红色，背面黄色，包围的时候是黄花，开放的时候是红花，半开半包时，中间是黄色周边是红色。各种颜色、各种姿态的菊花竞相绽放，妩媚动人，在这寒冷的冬天给家里增添了无限生机，让人喜爱无比！

我年年都要养几盆菊花，然而，这么多年，无论我怎么用心，方子想尽，都没有养出像母亲当年养得那么漂亮的菊花。

我爱菊花，是因为菊花品种繁多、花形各异、颜色不同、精彩纷呈；也是因为在这寒冷的冬天，菊花能给人暖意，催人振奋，让人上进；更是因为看到了菊花就看到了母亲，菊花所包含的，正是母亲传递给我对待人生、对待生活的态度。

魂系绿宝石

哈哈，刚回到家，家里的绿宝石花就开了，花香四溢，芬芳迷人，美不胜收。

把劳累忘记，把烦恼抛弃，让自己尽情陶醉！护理百日，花开一时。细心地呵护，耐心地养植，慢慢地培育，而后静静地观赏。

这花名叫绿宝石，属绿叶植物，叶大，大如锅盖，马蹄形。极少开花，花蕾就像一根绿香蕉，蕾期较长，大约三个月。开花时，花蕾突然崩开，里面探出一根香蕉棒子，雪白雪白，外皮内红外绿，红的颜色就像石榴籽。花开时奇香无比，沁人心脾，让人心醉，整个屋子都弥漫着一种芳香！这香味世间绝无仅有，如果涂在身上，百米之内都能闻见，可惜花期很短，只有24小时。花开时，外皮的红色就像长了翅膀，一点一点地飞到内芯上，外皮的红色渐渐褪去，内芯的红色一点一点地增多，犹如一个红色的玉米棒子。随后开始闭合，从开到合24小时，恢复成原来的香蕉形状，持续一周后自然垂落。

一年辛苦，日日期待，养蕾慢，开花快。慢些谢，别太急。催人泪，夜难眠。问花儿，你可留恋？

花儿呀，为什么孕育得那么慢？却去得如此快？是怕世道的沧桑，还是想留点惦念？

你可知？我在为你伤，我在为你悲，你走得如此决绝，带走了思念，留下了期盼！你是我累了回家后的安慰，你是我静静相思的魂，你在魂就在，你走我魂不守舍。

爱你，有灵性的你啊，就知道我的期望，就知道我的渴盼，就知道我日夜地思念！所以你就尽情绽放，倾你一生的激情，拼尽所有的心血，只为最后的美丽！

花开极致，却只有一朵；生命太短，却只有一天！我该如何爱你！

可我也恨你，你如此不珍惜自己，只为满足我的渴求，把生命和美丽融合在一天，如此短暂，如此凄美，留给我长久的思恋！我情愿不要你的绝美，不要你的芬芳，我只要你与我同在！恨你太凄美！恨你太牵魂！

想你，就这样你走了，来不及听我诉说，甚至来不及道别。你走了，我情何以堪？我怎能入眠？眼里是你的影，心里是你的魂，怎能不叫我留恋？来时你洁白如玉，走时你泪眼斑斑。

爱你，恨你，想你……

我知道，你也舍不得我，你也不忍离去，你也在哭泣。你的泪水是红色的，不，那是你的心在滴血！点点滴滴的血，滴在你身上，痛在我心里，我拿什么来拯救你？我不知道，我无能为力……

留住了你的影，
留不住你的身。
你去了，我还在。
想你日日夜，
等你，到来年。

花儿呀，
我痴心渴念，
你何时再来？
盼望着，盼望着，花开
了，你来了。你可知道，你走后我对你的思恋？我把你的照片
设成手机屏背景，把你的故事写成文章，把你的灵性向朋友们
讲述。你走后的日子，我擦拭着你的枝叶，浇灌着你的根茎，
挪动着你的肢体让你享受充足的阳光，盼着你早早地再来。

是我的声声召唤，唤醒了你，你提前一个月开放。你怎知
道明天就是正月十五？是你特意赶在十五盛开？莫非你真有灵
性？去年你就赶在三八节开放，让我把你作为礼物赠送，今年
你要赶在团圆的节日和我团圆，不再分离……

今年你的径长高了许多，摞两个凳子才能把你够着，想把
你捧在手心，揽在怀里，装在心上。你高傲地仰着头，倾毕生
之精华，尽情地绽放。我迫不及待地抓住每一个时机，留住你
的倩影，留下你的芳香，留住你的魂。

我不明白：一人多高、一搂多粗的一簇，怎么就只孕育了
你一朵！去年就只你一朵，今年也是你一朵，所以在我心里，
你弥足珍贵！看不够，拍不停，舍不得你走，千方百计想把你

挽留，也许这篇文章还没有写完，你就不见，今晚我要为你守夜，目送你离去……

才开又要告别，比牛郎见织女还要短暂。你敞开的花朵却在慢慢地闭合，那点点滴滴是你的泪水，你的血泪。花儿呀，你怎么说开就开，说走就走了呢？陪我一个晚上的时间都不给吗？看着你一点一点地闭合；看着你一滴一滴地滴血；看着你即将离我而去，我心如刀劈！一年的等待，换来的却是一场别离，一场凄悲！

花儿呀，留不住你的容颜，留住了你的美丽，留不住你的

肢体，留住了你的倩影，留不住你的心，却留住了你的魂。想着你的美丽，看着你的倩影，牵着你的魂再等你到来年。一向有灵性的你啊，也许除夕咱们就会相见。

　　此花只一朵，
　　才开却又合。
　　真情留不住，
　　相见待几何？

花儿给我来拜年

今个是初三，按风俗是要给丈母家拜年的，早上起来就急匆匆地出了门。晚上回来一进家门，一股芳香扑鼻而来。这味道好熟悉，莫不是我家的绿宝石花开了？不会吧，不会这么早呀！赶忙前去查看，果不其然，她来了，来给我拜年啦。家里没人，她吃了闭门羹，正在伤心呢！花神给她的时间只有二十四小时，等不住我，她不得不在返回的路上了。离别时，她哭得泪眼汪汪，滴滴含血。

我家的这花叫绿宝石，我养了她五年了，年年开花，很通人性，专挑好日子开。第一年是在情人节那天开的花，只有一朵。第二年开在三八妇女节，开了三朵。第三年开在正月十五，开了两朵。第四年在五一劳动节，开了一朵。今年她孕育了三个花蕾，年初三就开了一朵，其他两朵指不定挑什么好日子开呢，她总是给我意外的惊喜。

绿宝石是绿叶植物，大概和滴水观音是一类吧。个高，有一层楼高。叶大，大如锅盖，马蹄形。极少开花，花蕾就像一根绿香蕉，蕾期较长，三月有余。她完全开放时是最美丽的，就像一位白雪公主披着斗篷，这斗篷外面是绿色的（有的也有绿中渗透着红的），里面是大红大红的内衬。可惜花期很短，从开放到闭合24小时，恢复原来的香蕉形状，持续一周后自然垂落。我一直想着这个过程大概就是自花授粉吧，既然授粉就应该有果实，可惜我没有看到过，我坚信她一定会有，我期待着奇迹出现。

最让我惊奇的是她通人性，真会选日子，总是让我猝不及防，给我意外惊喜；最让我欣赏的是她绽放时的美丽，还有那芬芳的奇香，勾人心魂，让人陶醉；最让我伤情的是她走时依依不舍的样子，仿佛在向我哭诉，字字啼血，句句割心。

大概她是充当"女婿"，初三给我来拜年。我不忍心她离去，找来一根木棒给她撑住，不让她闭合。把照片分享到微信朋友圈，有人说我揠苗助长；有人说要顺其自然，不能强"花"所难；还有人说花开花落自有时，人来人往任由之！可我还是舍不得她走，撑着她不让她败落。今年没有把握住机会，她开放时我不在家，我回来时她就要闭合，只留下这凄惨的场景。

有人说花开富贵，有人说猪年好兆头，有人说象征着吉祥、如意，我静静地期待着。

幸　福

　　幸福，并不像我们想象的那么少，也不像我们期待的那么多。当幸福来临时，要尽情享受；当不幸降临时，不要悲伤，熬过苦难幸福就会来到！

　　幸福需要回味，需要品尝，回味一生就幸福一生；苦难要忘记，渡过苦难就是幸福！

　　幸福并不与财富、地位、声望、婚姻同步。幸福是一个人的心态，是一个人的认知。有多少人身在福中却不知福，有多少人在苦难中徘徊，忘不掉痛苦，走不出悲伤。不会"糊涂"就得不到幸福！

　　幸福到底是什么？不同的人对幸福的理解各不相同。

　　幸福是工作了一天，平安地回家歇息。幸福是辛勤了一个月，喜悦地享受着这个月的薪酬。幸福是一年到头，全家团圆，吃着年夜饭，看着春晚，听着隆隆的炮仗声。幸福是用尽洪荒之力后的惊喜回报！

　　幸福是春天的花开，幸福是夏天烈日炎炎之后的一声炸雷，幸福是秋天采摘的累累果实。幸福是儿时的一颗水果糖，幸福是少年时代的红领巾，幸福是高校的录取通知书，幸福是经过漫长的牵手，然后走向婚姻的殿堂。幸福是孩子呱呱坠地时的哭声，是孩子叫的第一声妈和爸。幸福是上有老，下有小的祖孙同堂。幸福是白发苍苍时，依然牵着手的相濡以沫。幸福是老人的唠叨，父母的叮咛。幸福是儿女的一个电话，是孩子们的一次回家，是孤单时的陪伴。

其实我们都很幸福，幸福就在我们身边，只是我们没有用心去发现，没有感觉到我们已经处在一个幸福的时代。

当我们一无所有时，我们为有一个健康的身体而幸福；当我们不再享有健康时，我们还可以庆幸地说："我还活着"；甚至我们不再拥有生命时，也要大声地说："这个世界我曾经来过，我很幸福！"

狗王死了

在街上，经常能看到狗王。它体型不大，但很健壮。宽厚的胸脯，滚圆的屁股，走起路来，昂首挺胸，屁股一扭一扭的。它尾巴高高地跷起，向这里所有的狗宣示：我是这里的狗老大，这条街我说了算。

狗老二的那半拉耳朵就是被狗王咬掉的，所以公狗们见它来了，就躲得远远的，夹着尾巴，怯怯地看着，随时准备着逃跑。母狗们见它来了，就兴冲冲地迎上去，又是点头，又是哈腰，尾巴摇得像拨浪鼓似的，亲昵地蹭来蹭去，有时候还会来个激情拥抱。狗王高兴了迎合一下，不高兴了理都不理。

狗王不但在狗界很扎势（方言，摆谱的意思），在人面前也很扎势。别的狗都在人行道上溜达，它不，它偏要大摇大摆地在街道中央穿行。我有几次开车遇到它，不得不停车，让它横行。任凭后面的车队排成了长龙，任凭喇叭齐鸣，它依然慢悠悠地展示着它的王者风范，不慌不忙地通过。更可恶的是，它连正眼瞧我一眼都不！这分明是在说："我想咋走就咋走，你管得着吗？有本事撞我一下，撞我一下试试！我才是这里的王！"于是，狗王的尾巴翘得更高，步子迈得更正，目视着前方，不紧不慢地在我车前晃过。

今日看到它时，它倒在了血泊中，看不清全尸，死得很惨！

可悲的是，到死狗王都没有弄明白自己是怎么死的。狗啊！你太高估自己了，你在狗界称霸就算了，难道还想在人间也猖狂？

瘾

瘾，不是自古就有的。瘾，是一种习惯，是生活当中慢慢形成的一种嗜好。

抽烟有瘾，喝酒有瘾，随口说声谢谢、礼貌待人也有瘾，出言不逊、满嘴脏话也都有瘾。

瘾，可以是好的习惯，也可以是不良嗜好。好习惯，我们要逐步形成，慢慢培养，让好的瘾，为我们生活增光添彩；不良嗜好，我们要坚决克服，一定戒掉，不要让它影响了我们美好的生活。

没有戒不掉的瘾，就看你有没有决心，想不想戒。只要思想认识到位了，戒瘾是没有问题的。比如吸烟，吸烟是一种不好的习惯，对人有百害而无一利。吸烟就等于慢性自杀，既然如此，为什么不戒掉呢？有人说："不抽白不抽，死了白搭。"还有人说："人的命天注定，不抽不喝不顶用。"

非也，大错特错，科学研究已经证明，吸烟是有害于健康的，我们一定要认识到这一点，先从思想上认识到位。要想戒烟并不难，我给你推荐一个行之有效的方法——拒绝吸第一支烟。无论什么情况，都不能纵容自己吸第一口烟。有些人说，吸完这一支就不吸了，吸一支没有什么大不了的。我说，这是一种借口，是一种放任，有第一次就有第二次。一而再，再而三，这样你永远也戒不了烟。

从我做起，从拒绝第一支烟做起，从今天开始，戒掉对不良嗜好的瘾，没有做不到，只有不愿做到！

从现在开始，培养良好的习惯，革除坏瘾，养成好瘾。对不良嗜好的瘾，从拒绝第一次开始；好习惯，也从第一次开始培养。

向往草原

早晨起来，听着微信公众号"百草园书店"里的散文朗诵——《向往草原》，再一次勾起了我对草原的向往……

小时候，我对草原的认知是"天苍苍，野茫茫，风吹草低见牛羊"；是电影《草原英雄小姐妹》里的草原美景；是过年时贴在墙上的画——一人多高的绿草，一望无际，成群的牛羊膘肥体壮，一副万马奔腾、所向披靡的壮观景象。于是，我就想象着画草原，画奔驰的骏马，画了好多年，可怎么也画不出心目中的草原景象。憧憬着长大了一定要去草原，去看看真实的草原景象。

年轻时，我想象着自己骑上一匹枣红色的骏马，屹立在高高的山冈，头戴一顶牛仔帽，左手持缰，右手紧握套马杆。蓝蓝的天空，几朵白云，伸手可及。茫茫的草原，绿色的海洋，成群成片的牛羊，狂奔的骏马，穷尽在我的套马杆下。策马扬鞭，追赶那天边的马群，套住那匹头马，征服它的桀骜不驯，胯它在我的座下。

现在，我依然向往大草原，向往草原的辽阔，向往草原的蓝天白云，向往草原的葱绿，向往草原的本真，更向往征服一匹头马。骑上它驰骋到天边，倾听耳边簌簌风起，感受马蹄掠过草尖的轻盈，看那马耳向后、鬃毛飘起，马尾的随风扬起。经过一群一群的牛羊，超越一匹一匹的骏马，唱那首《骏马奔驰在辽阔的草原》。

有时候，坐上了飞机，飞上了蓝天，想象着这是身在草原。无际的天空，蓝天白云唾手可及，却没有养眼的绿色，没有骑上骏马穿越山丘的起伏感。乘上了高铁，时速可达每小时300千米，舒服平稳，把一切抛在身后。可还是没有驰骋草原的感觉，没有草原的辽阔，没有草原路在脚下的随性。开上豪车，飞驰在高速公路上，时速达到每小时100多千米，一切尽收眼底。还是没有想象中草原骑马的征服感，多了交规的限制，增加了意外风险，哪有策马扬鞭的纵情？哪有脚下生风的惬意？哪有超越一切的雄心壮志？

向往大草原，喜欢悠扬的马头琴声，喜爱仓央嘉措的情诗，也迷恋着降央卓玛、乌兰托娅、腾格尔的草原歌曲。有时候想，我可能来自大草原，我的骨子里有着草原的情怀。我向往草原，我要去看大草原，去征服草原的头马，去拉响草原的马头琴，去草原放声歌唱："美丽的草原我的家，风吹绿草遍地花，彩蝶纷飞百鸟儿唱，一湾碧水映晚霞，骏马好似彩云朵，牛羊好似珍珠撒……"

点燃你的男人

男人，蕴藏着巨大的能量，需要女人用爱和智慧来引导。

男人是山，厚重不语；

男人是海，沉稳隐忍；

男人是天，深邃广袤。

如果你不懂他，会为他的不爱言语而郁闷，会为他的隐忍而唠叨，更会为迷乱在他的深邃里而烦恼；如果你懂他，会被他的厚重感动，会被他的沉稳吸引，更会在他广袤的胸怀里翱翔！

因为男人不善外在表达，不屑外在流露，所以，就需要女人去点燃、去引导。如果做到了，他就是喷涌的火山，澎湃的大海，他年轻时会给你巨大的激情，中年时给你浑厚的爱情，年老时给你无限的温情。用恋人的爱去感受，用母性的爱去珍惜，用女人的温柔去理解，你定会看到他的精彩绽放！

生为男人，不会随便把自己内心世界告白。作为一个男人，有责任让家人幸福、快乐，有义务让家庭和谐、美满。男人，永远是先家人之忧而忧，后家人之乐而乐。因为他坚强，他有担当，他是家庭的顶梁柱，他是女人心里的依靠！

其实，男人并非像女人想象的那么坚毅和刚强。他们坚韧，是因为他们把人生遇到的所有屈辱、挫败、打击全都隐忍在自己心中，不愿表现出来。他们刚强，是因为他们把生活中遇到的病痛、沮丧、压力，全都隐藏在自己心里，不肯说出来。他们只是不想让家人担心，不想让亲人难过罢了。

做男人是真累，身累，心更累，累的时候只能偷偷地掉眼泪！因为他是男人，在外面，永远是宁可流血不愿流泪！失意了、悲伤了、心痛了，抬头仰望一下天空，邀几个朋友喝口闷酒，默默地承受。完了，生活还得继续。

男人，再穷不能穷父母，再苦不能苦媳妇，再饿不能饿孩子。所以，男人得不停地拼搏、奋斗，他要让自己的父母骄傲，要让自己的女人幸福，要让自己的孩子不受委屈。

男人不是没脾气，而是他知道，老婆开心了，这个家才会幸福；男人不是不强势，而是他明白，和自己的女人讲理，纵然赢了也是输；男人不是不疼爱自己，而是他清楚，这个家每一个人，都需要他去疼爱。男人不是碰不到更好的，也不是不会动心，而是他承担着这个家庭的重任，不能有非分之想。男人懂得，爱和守护是一种不可推卸的责任。

男人也是人，有七情六欲。男人累了一天后，渴望有一个温馨的港湾歇息。男人在外面受了伤，默默地舔舐完心中的伤痛，轻松回家。这时，更需要女人的体恤、柔情和理解。或安静的倾听，或悄然的关怀，或可口的饭菜，给他完全的信任和鼓励，用女人特有的柔情温暖他，感化他！因为再坚强的男人在女人面前都是孩子。男人需要一个懂他的女人！

男人一生何求？健康的父母，懂他的老婆，为之骄傲的孩子！

男人需要女人来引导，挖掘他最大的潜能。让他的生命有光彩，让你的人生幸福！让他在这个美满温暖的家里，歇息养伤。待充满能量后，再去创出更广的天地，更精彩的世界！

中秋赏月

太阳还没有落山，我就急切地搜寻着十五的月亮，期待着它爬上山头的瞬间，渴望着它美丽的显现。可当我发现它时，它已高高地挂在了天边，根本不知道它是从哪个山头冒出来的。不知何故，今年的月亮看起来比以往任何一年八月十五的都要圆。我赶忙打开窗户，月光扑面而来，洒满了全身，洒满了整个屋子。啊！好美的月亮！

走，赏月去，我可不能错过这难得的恩赐。

一片松林，一条凳子，一个人，一杯茶，一盒月饼，便是我的世界。透过树梢望着皎洁的月光，静静地享受着这里属于我的一切，什么都可以去想，什么都可以不想。都说"海上生明月，天涯共此时"，在我这片天地却是"明月枝头来，独享我一人"……

往年的今天，月光是暗淡的，心情是忧伤的，今年的月光冲淡了我的悲伤，增添了我的喜悦。是啊，多么美好的时光，连月光都比往年亮了许多，美丽了许多，我有什么理由悲伤？有什么理由不去享受？

感谢上天，一切都是天意，一切都是最好的安排！快乐每一天，幸福每一天，才是对亲人最好的安慰！想起了去年的今天写的悲伤诗：

月没圆，人不全，

空对月，思绵绵！

雨潇潇，泪涟涟，

想亲人，盼团圆！

吃月饼，品美酒，

谁与我，一同醉？

喝喝喝，一醉百醉！

罢罢罢，一了百了！

知足常乐

和往常一样，我要了一碗咸汤面，碗放高凳，人坐低凳，面向朝阳。正急不可耐地捋袖持筷，准备开吃。

一只小蜜蜂，嗡嗡飞来，徘徊眼前，不肯离去。可怜的蜜蜂啊，你饿了？你渴了？我虽急于吃却不忍驱离它，只好咽津忍耐，仔细观察，蜂儿似乎有话要说，我用心倾听。

"嗨，你好！不错啊，饿了有饭吃，渴了有水喝啊！哪像我们蜜蜂，整个春季都在忙碌，为越冬储备食物。如今繁花落尽，春去夏至，我们不得不起早贪黑，翻山越岭，飞更远的路寻找晚开的花朵。我们辛辛苦苦酿的蜜都被你们人类掠夺了，我们助花授粉后的果实也被你们采摘了，你们为了让我们更好地供养你们，冬季里只给我们一点能维持生命的白糖，今天我也要抢一回你的食物吃。"

蜜蜂趴在我的碗沿，狠狠地吸了一口，"嘿，难吃死了！你就吃的这东西，一点也不好吃，不光是盐重的问题！原来你们人类的生活也不怎么样啊！我们最差冬天还有白糖吃。"说完，它高高兴兴地唱着歌："我们的生活充满阳光，充满光……"知足地飞走了。

我津津有味地开吃了，心想：小蜜蜂呀，你懂什么，子非鱼安知鱼之乐？你怎么就知道我不满足呢？我就好这一口，我最大的满足就是每天吃一碗面，比吃肉夹馍、大鱼大肉都过瘾。

文学让他找到了精神的栖息地

■ 郑智云

好友李拥军的散文集《塬畔的树》即将付梓，我为他高兴，也为他祝贺。

此前，他让我为之写序，拿到复印文本，我认真读了两遍。这本文集中，没有惊心动魄、跌宕起伏的故事，也没有妙笔生花的抒写，更没有风花雪月、卿卿我我的柔情蜜意，有的只是本真。质朴的话语游走于庸常的生活之中，深入到世俗肌理。这是他生命之旅的真切体验，也是他心路历程的回放与总结。文章或是对苦难家史的追忆，或是对亲人的缅怀，或是对现实生活的看法，这些扬正气、接地气、聚人气的一个个小故事构成撩人的风景，蕴藏着他的憧憬、向往、期盼和诉求，无不都是作者内心对这个世界的感受和认识，传递着他的价值取向。其中不少文章机俏漂亮、文采丰沛。其理性、情趣、灵悟皆自然溢出，极少有雕琢的斧痕，读者从中不难看出作者敏锐的诗意感觉和对生活不同于常人的感受能力。正如安黎君所说：他写亲情，写出了刻骨铭心的爱与痛；写土地，写出了羔羊跪乳的一往情深；写庄稼，写出了感恩戴德的炽热情怀；写窑洞，写出了含泪的笑和含笑的泪；写牲畜，写出了对生命的怜惜；写苦难，写出了艰辛中的精神坚韧……尤其写亲情的诸多篇章，字字泣血，声声含泪，感人肺腑，催人潸然。

初识，一个善良的举动

认识李拥军是近年来的事。记得一次市作协组织部分作家去宜君采风，车上，一位披肩长发的中年汉子引起我的注意。向邻座文友打问，才知道他是耀州作家协会主席。半个世纪来，我从未离开过这个圈子，耀州作协几位主席，颇有名气的作家像曾曦、李双霖、郭建民、苏盛柱、李怀德等，我都较为熟知。却从未听说过这位叫李拥军的先生，也没见过他发表的文学作品，静静一想，能被推选为作协主席，肯定是位耀州有分量的角儿。采风一整天，我们彼此默默相随，未曾搭话。返回的路上我要下车，在车门口绊了一下，坐在旁边的他急急扶了我一把。我回头望了他一眼，道了声谢谢，就急急匆匆分手。

文学让他找到了精神的栖息地

说也怪，他那个善良的举动让我久久不能忘怀，于是便自然而然地产生了想解读他的冲动。凡与文友聚会总要问问李拥军的事，问问他的文学创作情况。慢慢地，我才知道他是个企业家，却又十分钟情、执着于文学创作。

他为人低调，从不张扬、狂狷，不用金钱去抬高自己的人格品位。好口碑是人格魅力的外化，一个人的美誉来自这个人的精神内核，来自他对周围人的辐射和影响。于是，在我心里，这位口中有德、目中有人、心中有爱、行中有善且有本事的好人留下了十分好的印象。此后，我们便频繁地交往起来。

拥军是名校毕业的本科生，他本来有着为不少人羡慕的光鲜职业。生活改变了他的运行轨迹，那是一个艰难的选择。捉襟见肘的时代，人们都被穷怕了。使他拿出勇气、下定决心经商的是两个原因：其一，拮据的经济情况每每陷他于尴尬之境，他很难周济、补贴那个穷家，帮扶弟妹；其二，是为了尊严、面子，穷困拮据的他家与较为富裕的妻子娘家差距太大，他怕心爱的妻没面子，受委屈，他义无反顾地选择了停职经商。也许是上苍对这位善良人的眷顾，他竭尽全力在商海打拼，经过滚雪球式的发展，不几年便成为远近闻名的企业家，生意做得风生水起。遇到好年景，他能为国家上交近百万元税费，安排上百名下岗工人工作，为社会的繁荣和稳定做出了一定的贡献。但他从未放弃对精神层面的追求，总是用文化去构筑自己的精神骨架，用现代意识去考量大千世界，因为他明白：文学让人远离下流与卑鄙，让人的灵魂趋于清朗与洁净，它能给人以儒雅、纯正与清醒。作协是个群众组织，没有经费。他担任作协主席后，多次组织耀州作家和文学爱好者集会研讨、采风，花钱的事都是他想办法。为此，会员们很感激他，说他厚道、大气。他主编的"铜川文苑"微信公众平台是目前铜川地区最有影响力的文学园地。创办至今，已刊发文艺作品近二百期，赢得广泛赞誉。商海波涛汹涌，游弋自如需要精力与心智，但他从未放弃利用空闲或边角时间读读写写，只是不事张扬，外人少知而已。今年，《陕西日报》连发他的两篇散文——《吃咸汤面》和《收麦的记忆》，在铜川文学圈引起爆响，又有《父亲的窑洞我的家》《我婆》《怀念母亲》《斫柴》《东塬的柿子》等篇目闪耀在"中国作家网""新浪"等各大网站，可谓收获多多，让人刮目相看。文学，让李拥军找到了精神的栖息地。

情为心结

散文是"情"的艺术，也是一种长于袒露心迹的文体。它偏重于写真情实感。文如其人，一篇好的散文是作者的修养、人品、才气的综合产物。它潜隐着作者的感情变化和内心成长的历程：或慷慨激越；或平和清静；或凝重深沉；或含蓄隽永，总有作者情感流露、宣泄和抒发的痕迹。感恩是一个有良知的作家的生命支点，拥军的散文总是饱含着浓浓的感恩的情愫。

文本中描写祖母（我婆）、父亲、母亲、妻、蔡老师等篇章感情十分真切，读后令人久久不能忘怀。在土匪枪杀爷爷后，三十三岁的祖母没有改嫁，不离不弃，硬是把五个不懂事的孩子拉扯成人。她教孩子们耕地、耧耙、收麦、种麦，几乎每天都是凌晨四五点钟起床下地，实在累了就跪在地上朝前干。渴了喝口水，饥了啃几口馍，母子相依为命，因为她心中有个信念：孩子们总归会长大，苦日子总会有个头！在婆的艰难操持下，一个濒临溃败的家一天天地缓过来。作者由衷地感叹说："没有我婆的艰辛付出，就没有我们李家的今天！"

父亲是盏灯，照亮儿女们的前程；父亲是把伞，为儿女们遮风挡雨；父亲是座山，是儿女们的依靠。为了那孔窑洞和那座新房子，父亲不知熬过了多少个没黑没明的日日夜夜。他的手磨出了血泡，血泡又被磨成了老茧。从打窑、打胡基、备料到落成，他把人生所有的苦难、劳作、屈辱、挫败都强压在自己的心中！老屋浸透着父亲的汗水，融入了父亲的心血，散发着父亲的味道，遗留着父亲的精神！作者从父亲身上学到了一个男人应有的自强和拼搏的精神，承袭了一个男人应有的无私、奉献与担当。

"母亲"是人世间最伟大的字眼。作者的母亲是那个苦难大家庭的主角，在那艰难的岁月，家院没有门窗，是妈妈用旧衣碎布缝制帘子遮风挡雨；炕上没有席，就铺上麦秸睡；没案板、没勺，连锅都漏水，每到做饭时妈妈总要先糊锅。他家孩子多，一年难得吃上一次白馍，吃上一顿有肉的饭。一次，在给婆买药时，一位好心人送给他一个夹肉的大白馍，他舍不得吃，跑回家兄妹四人你一口我一口吃，赶到自己吃时只剩下一小口，肉没了，但他还感到肉味还在……父亲常年在外教学，家全靠母亲支撑。母亲拼死拼活地干，一有闲空就起早贪黑地纺线织布、补贴家用，其艰难是想得到的。母亲走了，愧疚的儿子每每想到母亲，就从心底喊出："妈，你在，家就在！你走了，家就没了，天塌了，地陷了！""你不在的日子，儿子以泪洗面，默默地祈祷。"因为他知道："妈妈的世界很小，却满满地装着我们！天之大，大不过妈妈的情怀，地之厚，厚不过母爱！"

《妻不在的日子》写出了一个大男人真实的内心："听说妻子要出远门，心中暗暗窃喜，好像要挣脱缰绳，逃出牢笼，再也没有人限制，没有人唠叨……"可当心爱的妻真的离开一段时间，他心里就总觉得空落落的，家里冷清，他忽然发觉被妻唠叨、管制也是一种幸福。"一个人孤零零坐在客厅，一会看两眼电视一会又看看手机，心总是不宁，魂不守舍……"妻不在，没了家的气氛，心慌难耐。由是，他便悟出了这样一个朴素的真理：要十分珍惜与妻相濡以沫的情分，因为下辈子不一定能再相见。可谓感悟深切。

总之，《塬畔的树》是一本耐读、耐品的书。

有待开掘的富矿，他能走出精彩

从某种意义上说，人们一般无法摆脱父母在他生命旅程中一开始就划定的轨迹。是朴素的感情和严格的家教拓展出他新的人生航向。几十年的风雨剥蚀使他显得格外清醒，具有现代人的思维方式、价值观念、行为模式和感情意向。他坚持做人与经商、修身与立德相统一。他时时、事事、处处检查并约束自己的行为，提醒自己做个正直的人，对社会有益的人，他没有像时下一些人视金钱为自己唯一的追求目标。尽管他今生与权力无缘，商海搏击、文学创作却让他的生活有滋有味。李拥军借助文学来诠释自己的心志，锻造自己的性格，升华自己的灵魂，体现自己多彩的人生价值！

　　苦难锻造了他顽强的生命，顽强也昭示了他苦难后的辉煌。他另一部厚重的中篇小说《迁坟》也即将面世。丰富的阅历，宽阔的视野，充沛的感情为他开掘文学的富矿提供了难得的条件，执着与投入助推他走向理想的彼岸。

　　心中有情怀，胸中有境界，思想有活水，脚下有定力。相信拥军会在这条荆棘丛生的上坡道上继续攀登，走出自己的精彩。我与他的朋友们在翘首期盼着。

二〇一八年十月一日